ハヤカワ文庫JA

〈JA985〉

Self-Reference ENGINE

円城　塔

早川書房

6624

Self-Reference ENGINE
by
EnJoe Toh
2007

Cover Design Naoko Nakui

P, but I don’t believe that P.

Self-Reference ENGINE

プロローグ
Writing

　全ての可能な文字列。全ての本はその中に含まれている。

　しかしとても残念なことながら、あなたの望む本がその中に見つかるという保証は全くのところ存在しない。これがあなたの望んだ本です、という活字の並びは存在しうる。今こうして存在しているように。そして勿論、それはあなたの望んだ本ではない。

　それから彼女には会っていない。もう死んでしまっているのだろうと思う。何といってもあれからもう、何百年かが経ってしまっているのだから。

　しかしまた、こうも考える。

　一心に鏡を覗き込む彼女がふと気がつくと、部屋の調度は崩れ果て、何百年の時が流れ去っていたのでした、というような。そして彼女はもしかして、化粧を終えて立ち上がり、僕を探しに出かけるのだと。

彼女の目には、崩壊した家もまるで変わってしまった景色も映らない。それらは常に移り変わり続けるものだし、彼女とそれらのものとの相性は昔からそれほどよろしくない。いちいちそんなものを気にしていては身が持たないと彼女はよくよく承知している。知っているわけではなくてあまりにもあたりまえなので知るまでもない。

僕たちは溺れているか、溺れかけているか、既に溺れてしまっているか、まだ溺れてなんていないのかのどれかの状態にある。無論、決して溺れないという可能性は存在する。しかし考えてもみて欲しい。魚だって溺れるのだ。

「それじゃああなたは、過去からやってきたに違いないわ」

彼女が口吻《こうふん》熱く語りかけてきた時のことを思い出す。

勿論そうだ。誰だって過去から来るに決まっているし、僕だってとりわけて際立った過去からやってきた男ってわけじゃあない。

そう指摘しても彼女に引き下がる気配は見られなかった。

「だって私が来たのはそんなヘンテコな過去からじゃないもの」

彼女と僕はそうして出会った。

こうして書くと、まるでこれから何かが起こるみたいじゃないだろうか。例えば彼女と僕の間に。まるで何かが起こってしまうかのように。何かを起こすために何かが起こり続けているかのように。

繰り返しになるけれども、それから彼女には会っていない。そしてこれからも会うことはないと、彼女は莞爾《にっこ》り笑って保証してみせた。

彼女と一緒にいた短い時間、僕たちはより本当に近いことを話そうと努力した。その頃には沢山のことが、なにがなんだかわからなくなっていて、本当のことなんてそう簡単には見当たらなかった。そこにあった石ころは目をはなすと蛙になっていたし、目をはなすと虻《あぶ》になっていた。昔蛙だった虻は昔蛙だった自分を思い出して、虻を食べようと舌を伸ばそうと考えて、それとも自分は石だったのかと思い出して、それをやめにして墜落していた。

こんな出来事が終始まわりで渦巻いている中では、本当のことなんて本当に貴重なものなのだ。

「昔々あるところに、男の子と女の子が住んでいました」

「昔々あるところに、男の子や女の子が住んでいました」

「昔々あるところに、男の子と女の子が住んでいませんでした」

「昔々住んでいました」

「住んでいました」

「昔々」

　僕たちは始終そんなやりとりを続けていた。例えばこの会話で、なんとかようやっとお互いが妥協できたのはこんな感じの宣言だった。

「昔々あるところに、男の子や女の子が住んでいました。男の子が沢山いたのかも知れないし、女の子が沢山いたのかも知れません。男の子はいなかったのかも知れないし、女の子はいなかったのかもわかりません。それとも全く本当に誰もいなかったのかもわかりません。ぴったり同じ数だけいたということは、とてもありそうにありません。もともと誰もいなかった場合だけは別ですけれども」

　それは彼女と僕の初めての出会いだったので、それはつまり、お互いがもう二度と出会うことがないことを意味していた。僕は彼女がやってきた方へ進んでいるのだし、彼女は僕が来た方向へ向かっているのだから。そしてこれはちょっと重要なことなのだけれど、この歩みは何故か一方通行ということに決まっている。

　すったもんだの果ての果て、時間が大局的に凍りついてしまってから、どこかの時計ではもう随分と経ってしまっているはずだ。

　空間に無数の糸が張り巡らされていると考えて欲しい。僕はそのうち一本をこちら側から歩いている。彼女は別のどれかの糸をあちら側から進んでくる。

それってつまりどういうことか、説明はとてもむつかしい。僕も完全に理解しているというつもりはない。

でもその頃の僕たちには、それぞれの進んでいる方向を確認しあう（ちょっと恥ずかしい）方法があって、彼女と僕はそれを確認しあった。ただそれだけのことなのだ。

時間を凍りつかせた犯人が誰なのかはよくわかっていない。

様々な機械、エンジン、科学者、そこにはいない何者か、なにかそういったものが入り混じった勢力が実行した、とある計画が原因だという説が有力だけれど、僕は時間自身の犯行だという説を気に入っている。

束になって歩いていた時間たちはある日、そんなことにはもううんざりだとばかり、てんで勝手な方向へ伸び始めた。うろたえたのは、時間の中のあらゆるもの。大概のものは時間の中に棲みついているのだから、そんな勝手をされては堪《たま》らない。

繰り返し実施された復旧計画、説得、嘆願、祈り。そのいずれもが、示し合わせたように次々と状況を悪化させていき、自分でも訳がわからなくなった時間自身は、とんでもなく倒錯し尽くした性交のように、お互いが絡まりあって全く身動きできないほどがんじがらめになってしまったのだという説。

そんな説を考えた奴の頭を一度かち割ってみたいものだと思う。

あれから数百年が経ってしまった。それはつまり、僕が凍りついた時間の網を数百年ぶんただ走りに駆け抜けてきたことを意味している。

そういう意味で何かがどうにかしたやり方で、僕は数百年の未来だか過去へ来ている。彼女もまたその種の疾走をしなかったとは言い切れない。しかし女の子というのは、あえてそんな筋肉の酷使をしなくとも、時間をふと抜けてしまうことができるのはよく知られた現象だ。

そんなわけで、今日も僕は走っている。何故と問いかける向きがあるだろうか。

そのいち。時間はある日、反乱を起こしました。

そのに。僕たちはどこへともわからない一方向へ、どこか定められた明後日《あさって》の方角へだけ進むことを許されています。

帰結は明白だ。

その帰結が正しいのかどうなのかは、僕に判断できる範疇をはるかにこえた事柄だ。

つまりこうなる。

絡まりに絡まりあった時間線が、過去も未来も無視して団子になっているならば、どれかの糸は、そのはじまりの瞬間に繋がっていたって構わないではないか。

時間が整然と隊列を組むことをやめたその瞬間に。

無論、僕の走っている道がその瞬間に通じているのかには、全然何の保証もない。その瞬間は、無数の糸が無限の妙を尽くして入り組もうとも、決して辿りつくことはできない地点に存在しているのかもわからない。無限の空間に張り巡らされた無際限の蜘蛛の巣が、それぞれの糸の間になお充分な空間を与えることができるように。

でもしかし、万万が一、その瞬間に辿りつけたら？　そのときすることは決まっている。馬鹿なことを考えるのはやめて、黙ってそのまま並んで進めと、怒鳴りつけてやるのさ。時間を。

そして全てが元のように戻った時、僕はようやっと彼女を探しに出かけることができるだろう。彼女があるいはもしかして、僕が夢見るようにそうしてくれているかも知れないように。

彼女はどうしているだろう。その予想は僕の前に、何のとりかかりもなく、ただ真っ白に横たわっている。

第一部
Nearside

Bullet

僕たちはいつも弾き飛ばされている。あちらへ向けて。こちらへ向けて。こう押されてあっちへすっとぶ。何かにぶつかって跳ねとばされる。僕はそう信じている。僕たちがじっと立っていられるのは、四方八方から滅多矢鱈《めったやたら》と押されまくっているからに違いない。それで体がへこまない理由は昔、学校でちゃんと習った。体の中の色んなものも内から僕らを無闇に押しまくっているからだ。重力の井戸の底にいて、頭の上に大気の層を戴く僕らがペシャンコにならずにすむのはそんな理由だ。

僕がそう信じるようになったのには勿論、きちんとした理由がある。でも僕らがずっとそうしてきたように理由なんてなくったって何かを信じることはできるのだし、そもそも理由なんてないことの方が多くなってきて久しい今、これはきっとなにか特別なことなのだと思う。

リタは全く手に負えないちっちゃな女の子で、僕たちの誰もが手を焼いていた。彼女が裏庭にいるときは特にまずい。ベルトに挟んだリボルバーを無造作に抜き、ズドンとくる。こちらを狙っているわけではなく、目標もなくぶっ放す。彼女の家は錆だらけの鉄板で囲まれていたけれど、割れるものはもちろん全部割れていたし、割れないものもただ割れていない状態にとどまっているというだけだった。

まあそれでも一番のご近所までは半マイルほどある。土地の者はみんな彼女の性質を知っているからリタの家には近づかないし、このあたりには他所者《よそもの》なんて来るはずがない。だから問題はない。と考えているのはリタの家族だけで、至極当然のことながらとっても問題がある。

始終ぶっ放しているおかげで腕はすこぶるよい。リタをからかったおかげで睾丸をかすめてズボンに穴を開けられた近所の男の子は多い。いや、男は多い。どうしてリタが当人たちも明瞭《はっき》りとは把握していない睾丸の位置を正確に知っているのかは、誰も知らない。

叔父の睾丸の裏に長年巣食っていたゴキブリを撃ち抜いたとの伝説が女の子たちの間でまことしやかに広がっているけれど、そんなところにそんなものを飼えやしないことは僕たちみんなが知っていた。そんなことができるなら、僕たちはみんなコガネムシやらカマキリやらをこっそり飼って遊んだだろう。

リタがそんな風にいかれてしまっているのには理由があると、ジェイムスが五ドルコインを投げて寄越しながら言う。あいつの頭にはと、こめかみを指差す。弾丸が埋まってるんだぜ。そう言って放尿の後のようにちょっと体を震わせる。

頭に弾丸が入っていて無事な人間なんていやしないと答える僕に、だから凄いんじゃないかと頬を紅潮させてジェイは叫ぶ。

ジェイムスはこのあたりで一等賢い奴なのだが、そして多分北米大陸で一番賢い奴なんだと僕は信じているけれど、なんと非道《ひど》いことに二週間前からリタに惚れている。リンゴから熊を引き算できないことくらい僕も知っているけれど、こいつは最低だ。賢さからさっ引いて余りある失態だ。それでもジェイはこの半径二百マイルほどでは一番賢い奴には違いないと思う。

銃弾が入っているならと僕は尋ねる。いつか銃弾が入ったはずだよな。じゃないとおかしい。

ジェイは心底呆れきった顔でこちらを見る。

生まれた時から入ってるんだと真顔で言う。僕はかつがれているのかどうかわからないので、ジェイの肩を軽く叩く。ジェイは振り返って僕に組みつき、右腕を僕の腰に絡みつかせて引き倒す。僕は逆らわずに草叢《くさむら》を転がっていき、大の字になって止まる。

へー。と叫ぶ。へー。繰り返しているうちに興がのってきて、ひたすらへーと繰り返す。僕の仮説はこうだと、傍らにやってきたジェイが言う。

仮説。僕は叫ぶ。仮説なんて言葉を使う奴は今日からムスと呼んでやると決める。そしてひたすらムスムス叫ぶことに集中する。

ジェイの奴はムスムス機械に生まれ変わろうとしている僕の横に座って膝を抱える。そして、リタのことが好きなんだと言う。それは昨日も聞いたし、言わせてもらえれば二分前にも聞いたし、ジェイがそうなってしまってから千回は聞いたと言うのは我慢する。二週間に千回はちょっと多すぎるかも知れないと思ったからだ。

でも僕の仮説が正しければと、ジェイは繰り返す。

仮説なんてやめちまえと体を起こしながら呟く。仮説で女の子を口説けたという話なんて聞いたことがない。ジェイは女の子を口説くには賢すぎる。こういうのが立派に役にたつ仮説ってものだろう。

僕の仮説が正しければとジェイはこだわる。

仕方がないので黙って聞き耳を立てていると、ジェイはなんとすすり泣いているらしい。なるほど、仮説ってやつはちょっとばかりすごい性能を持つらしい。ジェイムスは雀蜂に太ももを貫かれても涙を流さなかった男なのだ。まあ、誇張が入っているけれども。

リタは、とジェイが言う。明後日《あさって》の方に弾を撃っている。ジェイが断言する。

それはそうだ。標的がない以上そうに決まっている。

勿論そういう意味じゃないとジェイがこちらも見ずに言う。リタは未来の誰かと撃ち合ってるんだと続ける。

その推論というか妄想は、僕を大して感動させない。はっきり言おう。意味がわからない。

「まず、前提として」

ジェイが前おく。

「リタの頭には銃弾が入ってる。これはクラークさんも証言している」

僕は、何かというと地平線を指差して迷える子羊を教導しようと試みるあの医者をあまり信用していない。もっと言えば医者全般というものには信頼が置けないと考えている。

「次に、その銃弾は生まれた時からリタの頭に入っていた。これはリタの叔母さんから聞き出したから間違いない」

結論はひとつ！　と叫んでジェイが立ち上がる。なんだか知らないが、空を指差している。

「リタがお腹《なか》の中にいたときに、お母さんが撃たれたのさ」

僕はジェイの勇姿に水を差す。ジェイはその姿勢のまましばらく固まり、僕は空へ向けた腕が先端から曲がってゆっくりと降りてくるのを眺める。

「それはそうかも知らん」

ジェイは難しい顔で考え込む。家には入り方というものがある。ドアを開けてから入るのが礼儀作法というものだ。家に入ってからドアを開けるのは賢明ではないと僕は思う。それが銃弾なんて物騒なものになればなおのこと。

「他にどういう考え方があるのさ」

追い討ちをかけた僕へ、ジェイは寂しそうな顔を向ける。

「リタは未来から撃たれたのさ。その弾は幸か不幸か頭蓋骨の中で止まった。でもその反動でリタはお母さんのお腹の中まで時間と逆方向へすっとばされつつある」

ふうん、と僕。まだ続けたいことがあるならどうぞと、ジェイに手のひらを差し向ける。

「僕の考えではこうだ。リタはどっかの方向のはじめからやってきた。ところがどういう理由でか、未来方向から銃撃を受けて過去方向の軌道を捻じ曲げられた。おかげで彼女はその反動で今の母親のお腹に時間逆行的に閉じ込められることになった」

僕は口を開けてジェイの顔を眺めていた。感動したわけじゃない。単に呆れたのだ。何を食べて大きくなるとそういうことを思いつく子供に育つのかわからない。明日の朝食からはジェイの大好きなコーンシリアルを避けるべきかも知れない。せめてヨーグルトを追加するのをよそうと思う。そもそもコーンシリアルなんてものが食べ物として我が物顔をしていること自体がおかしいと僕は睨んでいる。

ジェイは僕がぽかんと開けた口に人差し指をつきつけて、大事なのはここからだと宣言する。

「ところで、僕らのいるこの時間では、彼女はまだ撃たれてすらいない。彼女にはまだ撃たれた経験がないんだから、ただの銃弾が頭に入ってる女の子にすぎない。

で、彼女が矢鱈と発砲を続ける理由はこうだ。彼女が撃たれる前に、彼女を撃つ相手を撃ってしまえばいい。そいつは彼女の未来方向にいるはずだから、未来方向へ撃てばいい。

幸いにして弾は普通、未来方向へ進む。少なくとも過去方向に撃つよりか簡単だ」

なるほど。僕は思う。ジェイは流石《さすが》に賢いだけあってとんでもない馬鹿なのだ。馬鹿への対処法は古来決まりきっていて、話にのってやらないと気を悪くする。

「で、リタがその未来側の狙撃手を見事撃ち殺したとして」

「そう願いたい」

ジェイがもったいぶって頷く。

「彼女の頭の中の銃弾はどうなるのさ」

「考え方は色々ある。そのまま別になにもなかったかのように残るってのが一つ。そしてこっちの方がありそうだけれど、彼女の頭の中の銃弾はなかったってことに、過去が一挙に改変される。リタは本来生まれてきたところから生まれていたことに、いつのまにか超時間的にそうなる。実際どうなるのかはほんとに起こってみなけりゃわからん」

「彼女が撃たれる瞬間ってのがうまく想像できないなぁ」

それは多分と、ジェイはこめかみに人差し指をあてて考える。そのまま指先を離して、頭を貫く直線に沿って離していく。

「僕らにはこう見えるはずだ。リタの頭から逆向きの銃弾が飛び出してきて、狙撃手の銃口へ逆さまに進んでいく。その銃口におさまって、弾倉が逆回転して、撃鉄が上がる」

なんだかよくわからない。

「でもさ、結局のところリタの頭の中に銃弾があるなら、彼女はやっぱりもう撃たれちまってるってことじゃないのかな」

「それを変えるのが」

ジェイはなんだかまた涙目になっている。

「リタに惚れてる僕の役目だ」

珍妙な女の子に自分の親友が恋をした。なんだか歪んでいるものの、これが多分恋ってやつなのだろう。起こったことはそれだけなのに、その親友ときたら出来事の方を奇妙に捻じ曲げきって奇天烈な解釈をおっ始めた。実際リタのちょいといかれた頭の中で何が起こっているのか、それはリタ本人に直接きいた方が早いに決まっている。勿論、未来の弾丸で時間がどうこうって方の話じゃない。リタはジェイのことを好きなのか嫌いなのか、それだけが重要な点だと言いきってしまって構わない。

　ジェイが自分の仮説を説明し終え、感極まって涙を流しきってから、僕はそこのところを尋ねてみた。で、リタはなんと言っているのかと。ジェイは真っ赤になってそこいらの草を一握りむしって投げつけ、走っていってしまったので、ことの詳細はわからない。でもまあなんだ、こんなひねくれまくった男がそんな単刀を直入に訊こうと思うわけがない。リタの頭蓋骨を切り開いて確認しようと考えたりはするかも知れないけれど。

　だから僕は、睾丸を片方献上する覚悟と共にリタの家を訪ねていった。両方は御免だが、一方くらいなら親友のためには仕方がない。僕はリタをネジの巻き違った女の子だと考えているけれど、両方の睾丸を撃ち抜くようなヘマはしないと、そんな風には信頼していた。

　僕を迎えたリタは、今すぐ立ち去らないと、どてっ腹にもう一個肛門をつくってやると脅かすこともなく、なんとなくしおらしげな風情さえ漂わせて居間に招き入れてくれた。どうもなにかここいら一帯、ゼンマイの緩みきったような嚙み合わせの悪さが蔓延中であるらしい。裏蓋をはずした時計を持ってトンボを切れと言われているようで落ち着かない。

　僕がどうして話を切り出そうかと椅子の上で尻を左右に動かすうちに、リタがなんとお茶を運んで戻ってきた。流石にカップに親指を突っ込んで僕の前に打ちつけながら、きいたわ、と呟く。

　何を、と問い上げる僕の目線の先でリタが、ジェイムスから、と続ける。

さて、予想だにしなかったこの事態に僕はうろたえる。ジェイは一体どちらの話を彼女にしたのだろう。ジェイが彼女に惚れているという極彩色の話の方か。それとも、彼女の過去時間線がどうこうって素晴らしく無彩色な方か。それともこの娘の前で舞い上がりきって、僕が彼女に執心しているとか口走って逃げたりしたのか。現状を鑑《かんが》みて最後の説の現実味が高い気がして僕の体を悪寒が走り抜ける。その場合、献上物は睾丸片方どころでは済みそうにない。

だいたいそんなところなのとリタが俯く。

だいたいどんなところなのか僕には全く見当がつかない。

「私が銃を撃ちまくっているのは、ジェイムスが推測したような理由からなの」

その発言を聞いた時まず僕の心に浮かんだ叫びは、やった助かった！　だったけれど、その拍子に立ち上がった椅子に腰掛けなおし、リタの台詞が頭に広がるにつれて、僕は椅子からずり落ちていった。なあムスムス。女の子を口説くっていうのはそういうことじゃあないんだ。

僕は椅子から這い上がろうともがきながら、リタに即座に撃ち殺されないような、しかし訊きたいことを聞けるような言葉を必死に探した。

「つまりあれだ、君は、それだ」

正直に言おう。僕は動転しきっていた。リタが椅子を豪快に引いて僕を床に転がし、全てを仕切りなおしてくれたことで、僕はようやっと立ち上がることができた。

「私と同じ推論をする人がいたなんて思わなかった」

僕はジェイを南北アメリカ大陸で一番賢い男なんじゃないかと疑っていたが、どうも南北アメリカ大陸一賢い女はその近くにいたらしい。馬鹿だ。こいつらは。

「だからジェイに伝えて欲しいの。今度のそうね、金曜日、うちで一緒に晩御飯でも如何《いかが》ですかって」

その何段か論法は僕の頭に全く全然染みとおってこなかった。僕は何故すべてが割れ飛んで山を成し、正体不明の液体があちこちに付着しているホーンテッド・リタ家での会食が必要なのかと真っ向から考え抜いた。眉間に皺を寄せ、額に人指し指を当てて全力で頭を働かせた。

なんてこった。このクイズは降参だと顔を上げた真正面に、頬を染めたリタの顔があった。キツツキのドングリ貯蔵庫に正確に重ねて弾痕を穿《うが》ち続けることのできる驚異の娘が誰かに惚れている。断ればそいつは蜂の巣にされるだろう。で、蜂の巣にされるのは誰だ。ジェイだ。

僕は自分の間抜けっぷりに額を手の平で思い切り叩く。流石はジェイだ。地球で一番賢い男だ。僕は、それは目出度《めでた》い、なんといっても致命傷だ、よくやったこの阿婆擦《あばず》れ女とかなんとか、リタに猛烈に睨まれながら思いつくままに賛辞を送り続けた。奴が食事に来ないなんてわけはない、それは保証する、来ないどころか来たら最後、奴は帰りやしないだろう、なんといっても、おっとこれは当人の口から言った方がいいな、僕が言ってしまっていいことじゃない、無論そうだ多分きっと。僕が錯乱気味に時間を埋め尽くそうとする言葉の奔流を止めようと、リタがようやくリボルバーに手を伸ばしかけ、そして何かに殴られたようによろめいた。

立て続けに理解困難な現象に直面し続けていっぱいいっぱいに溢れかえっていた僕も、何がなんだかわからぬなりに椅子から立ち上がってリタへ駆け寄る。リタが奇妙に踊りながら、ゆっくりと床に倒れていく。

そして長い髪を振り乱して横たわった彼女の頭に、小さな穴が開いているのを僕は目の当たりにする。

彼女の頭には弾丸が入っている。

それだけじゃないぜ、ジェイムス。彼女の頭には本当に穴が開いている。

その時のことだった。

振り返ってみると、それが起こった瞬間は、〝イベント〟の発生ときっかり重なっていた。世界中であれほどの被害とあれほどの惨劇がその瞬間に集積しなかったら、僕はそこで起こったことこそイベントだと主張しただろう。でも実際はそうじゃなかった。そこで起こったのはいわばイベントの派生現象で、イベントそのものじゃありはしなかった。

リタの頭の穴を覗きこもうと僕が身をかがめようとした瞬間、リタの体が跳ね上がって直立する。僕も咄嗟《とっさ》に身をかわして跳ね上がり、犬にするように両手を広げてリタをなだめようとする。リタの目がうつろに泳ぎ、

そして、頭が時間逆方向へはじけた。

部屋中の壁や床から赤黒い液体がリタの頭に向かって飛んできて、リタの頭に開いた小さな穴へ向けて殺到した。そしてその穴から逆行してくる小さな弾丸の底面がスローモーションで僕に向かってくるのが見えた。少なくとも見えた気はした。リタの頭の穴へ向けて飛び集まってくる血が頭蓋に吸い込まれ、穴はそのまま平らになり、消えてなくなった。

そこから起こったことを説明することはできない。リタの頭から発射された円筒は僕の左胸に突き刺さり、僕は意識を失ったからだ。

ことは、リタのリボルバーの暴発ということで片がついた。リタは銃を取り上げられ、僕ら二人の親族の間でなにやら色々とやりとりが走った。詳細を僕は知らない。

病院に一等先に駆けつけてくれたのはジェイだったけれど、その顔からは奇妙な妄想の色が消え、僕がリタに会いに行く前のあの恥じらいの跡形も見えなかった。その口から出てきたのは、あのネジの抜けた娘のところへ一人で出かけていくなんて一体どういう了見だという詰問《きつもん》と、あんな娘に銃を持たせておくことを容認していたリタの親族への憤慨、

そして銃の管理もできないリタ本人への罵詈《ばり》雑言《ぞうごん》だった。明らかに何かが変わっていた。

あの娘の頭にはと、僕は言ってみた。

「ここに銃弾が入っていたんだぜ」

右のこめかみを指差してみせた僕をジェイはじっと見つめ、お前頭は大丈夫か、頭に弾丸が入っていて無事な人間なんていやしないと真顔で言った。僕はゆっくりと二つまばたきをして、それ以上何も言わなかった。

僕が左胸を撃たれて無事だった理由。まあ言うまでもないだろう。ジェイに返してもらった五ドルコイン。あまりに普通すぎてつまらないのでこれ以上の追求はしない。だいたいにおいて起こることっていうのはそういうものだ。五ドルもあれば弾丸を受け止めるには充分だろう。勿論、効果抜群のお守りとして、へし曲がったそのコインをジェイにあげた。


結局何が起こったのかを後でゆっくり考えてみた。リタの頭から飛び出したあの銃弾は、本来、未来へまっすぐ逆行していき、狙撃手の銃口へまっすぐ逆さまに飛び込んでいくはずだった。

ところがその射線上には何故か僕がいて、その逆行する銃弾に僕は撃たれた。

その銃弾が僕を貫通したならば、問題はなかっただろう。僕はそこで死に、銃弾は射手のもとへ戻ったはずだ。しかし銃弾は僕の胸ポケットで止まり、僕は一命をとりとめた。

さて、ここで問題になるのは弾の入射方向だ。未来からの弾がリタを撃つことができたのなら、その弾は僕の背中越しに入射せざるをえない。でも弾は僕の胸から入り、そこで止まった。僕の背中は無傷で、つまりリタは撃たれなかった。未来へ戻るはずの銃弾は僕のところで止まり、射手のところまでは戻らなかった。つまり射手は弾を撃たなかった。

この狂った時間構造は瞬時ためらったのだろうが、最もお手軽な解決方法を選んだ。リタは撃たれなかった。したがってリタの頭には銃弾は入っていなかった。つまり、ジェイはそのことで悩まなかった。僕はリタの家に何故かふらりと出向き、リタの凶弾に倒れた、と。

頭に銃弾の入っていないリタにジェイは魅力を感じないし、その銃弾について自分と同じ推測を行わないジェイにリタは興味がない。将来的に好きあったかも知れない二人は、どこか明後日の方向で、永遠的に交点を失った。しかし、リタが撃たれることを回避すること、それがジェイの希望ではなかっただろうか。僕はようやく、あの話をしていた時やたらと涙を流していたジェイの考え方まで辿りついた。

リタの生まれについて聞いたのは随分と時間が経ってからのことになる。遠縁の親戚から預けられた娘で、リタの現両親も何かと踏み込んだ接し方ができなかったらしいと、なんだかつくりごとのような答えが返ってきた。あの出来事でどこかに吹き飛んだそれ以前、実際のところどうだったのかについて、僕は何も知らないし、知りようがあるのかもよくわからない。

この一件で生じたなんだかよくわからない時空構造のなんだか不明な解決が、何故この出来事を記憶し続けることを僕に許したのか、その理由についてもよくわからない。

思いつく理由の一つは、時空構造当人としても面倒くさかったからというものだが、あまりまともな解答とは言いがたい。僕があの時点で特異点であったから。そうかも知れない。何の説明にもなっていないけれども。

この記憶は、僕の作り上げた記憶なのではないかとふと思うことがある。結局これが一番ありそうな話だ。だいたいこの話の細部には、なんだかおかしなところがある。リタがあらかじめ撃たれていたっていうのなら、僕がリタと会話していた時には、室内は血まみれでなければならないはずで、撃たれた直前というか直後のリタが、僕と平然と会話できたはずなんてない。それはまあリタの家は尋常ではなくぐちゃぐちゃではあったけれど、そんなあからさまな血の痕なんてなかったように今は思う。

それともこの記憶は本当のものであるのだが、本当であっても誰もそれを信じなければ本当だという意味はない。その程度の何かで何かが何らかの形で満足したのだとも今は思っている。

なんにせよ、適当なところで適当な折り合いがついたと思うのが精神衛生上よろしいのだろう。

　あるいは、過ぎ去った少年の日々の夢。確かにこれはあまりにも少年たちの見る夢に似すぎている。イベント以前の時代を知る者の夢としては尚更だ。

　ジェイとリタのその後について記し、この記録を閉じる。

　ジェイは結局生まれ故郷で恋人をつくることもなく、大学からニューヨークへ出た。そこで自分は北米一の天才とは言いがたいことを発見したらしいが、それを主張していたのは当人ではなかったので、別に気にもしなかった。大学卒業後は東海岸を転々としていたが、どういったなりゆきかは不明ながら、いつのまにやらサンタフェのなんとかかんとか研究所へおさまった。いわゆるプランDに参加し西海岸時間束帰還作戦に従事したらしいが、サンタフェを含む北米中西部の消失と共にその消息を絶った。

　リタは事件以降しばらく軟禁状態におかれたが、別に大したことじゃあないという僕の口添えもあって、半年もしないうちに外を歩き始めた。リタのベルトにもう銃は挟まれていなかった。一時期地元の食料品店を手伝っている姿をみかけたものの、十六歳の誕生日と共に家を飛び出していった。その頃にはもうイベントの影響が本格化しており、なんだか全てが滅茶苦茶になっていて、彼女が出ていくという噂は囁かれたすぐから忘れ去られていった。

彼女が出ていくその日、リタは僕の家までやってきて、いつものように三年前の事件をわび、出ていくことになったと告げた。彼女が終発の汽車に乗るというので、僕は彼女のちっちゃな荷物を家の車に積み、渋るジェイも一緒に積み込み、駅まで送っていくことにした。

三人で黙って汽車を待つ間、リタはふと僕たちの名を呼んだ。

僕たちが振り向かないのを見て彼女はまた黙り込んだが、しばらくしてからまた繰り返した。

「リチャード。ジェイムス。二人の名前をどこか他のところで聞いたことがある気がするの。ここでのことじゃなくて、そもそもこっち側のことでもなくて、でも何だか全然わからないの」

「色んなことが何もわからなくなってきているからね」

意外にもジェイムスが優しい声で応えた。

「私、もう未来側では貴方たちに会えないってわかってる気がする」

そんなことないさと答えながら、そうであることは三人ともよくわかっていたように思う。

以来、彼女には会っていない。少なくともこの未来側では。

リタのその後の消息はわからない。もっとも本気で調べようとしたこともない。

北米中西部を巻き込んで僕の未来から姿を消したジェイムスの行方については時々考える。イベントは時間が時間自身を落っことして粉々にしてしまった事件だと説明がなされている。それによって何かがわかった気にならない説明は説明と呼ばない気がするのだけれど、それはいいだろう。

ジェイムスは僕のいる現在と未来から姿を消したけれど、粉々になった時間のどこかでは生きているに違いない。なんといっても奴はバイソンに爪先を踏まれても涙を流さなかった男なのだ。無論、多少の粉飾込みでの話だけれども。

リタは未来から狙撃されたという、どこかあっちの方でジェイムスが行った推論を僕は今も支持している。リタとジェイムスは破片になった時間の中で、またどこかで出会うことがあるのじゃあないかと考えることはなにか笑みを誘う。そんなことがあったって別に構わないだろう。なんといっても、時間はもう粉々に砕けてしまって、順番も一貫性も滅茶苦茶なのだ。ひらひらと舞う破片の一つがジェイムスで他の破片がリタだ。どこかの宙空で、その破片がぶつかり、二人は再会する。

そこで起こるのはどうせどたばた事に違いない。

なんといってもジェイムスは僕の知る中で一番賢い男なのだし、リタはどこかネジのはずれた規格外に調子っぱずれの女の子なのだ。

そのどたばたにまた巻き込まれたいかって。

まっぴら御免だ。
まっぴら御免だと僕は青空へ向けて哄笑する。

Box

一年に一度、蔵の奥の扉を開くことになっている。

蔵といってもその実態は物置にすぎず、何の貴重品があるわけではない。冬には夏物が夏には冬物が、その他一年を通じての萬《よろず》もろもろが無造作に突っ込まれている。その無表情な壁の上方に並んであいた小さな明かり取りの穴から鉄格子を透かして入ってくる光の具合だけが、ここは納屋ではなくて蔵なのだと主張する唯一のものだ。蔵と呼ぶには趣きの欠けたその空間は、だからあまり僕の遊び場所とはならなかった。闇を求めるならば鎮守の森が、閉塞を求めるならば家の押入れが僕のお気に入りの場所だった。そのため、ただ雑然と白々しく日用品の並ぶ蔵は、僕の記憶の中に薄い。

一緒に蔵を探検する友人などがいたこともなく、人目を忍ぶような相手なんていたはずがない。そんな相方を求めて僕はこの家を出ることになったわけだが、戻ってくる頃には探検や秘事《ひめごと》といった単語のほうが、僕を必要とはしていなかった。

なので、僕にとってこの蔵は、更にその奥の空間への通り道という以上のものではない。日用品が文脈を失いながら乱雑に積み上げられたその奥には、ここだけが何か厳しい顔つきをした鉄扉があって、普段はみかん箱やらなにやらにその開閉を邪魔されている。一年に一度、家の者が集まって、扉をダンボール箱から発掘する。僕ら家族が一堂に会するのはその日だけだった。

蔵の奥には六畳敷きほどの空間があり、その中央には一メートル立方ほどの四角い箱が置いてある。寄木細工で組み上げられたその箱は、そのままみっしりと中身がつまっているのだろう、ひどく重く、家の男が集まらなければ動かすこともままならない。

一年に一度、その箱をどこかの方向へ倒し中央へ戻す、それだけが我が家に伝わる奇妙な家伝だった。どこの家にも奇妙な風習はあるものだ。本人はその中で育ってしまうから知らないだけで、単に語られることがない故に、それが稀な風習なのだと知られぬままに過ごされるものが、どこの家にもあるのだろうと思う。

しかし人間の想像力というものには多分限界があるはずで、こんな箱なんてものは実は世界中にたくさん、あたりまえの顔をして存在しているのだろうとも思われる。

この箱がいつから家にあるのかはよくわからない。それを言えば、家がいつからここにあるのかもよくわからないのだ。近在の寺は先の空襲で焼けてしまい、人別帳も失われている。

　それでもこの家が江戸時代からあったことは確からしいのだが、元禄なのか嘉永なのかと問われてもよくわからない。どちらが先の時代を指すのかすら僕は知らない。まあ昔々からあったのだろう。家の出自でこの有様なのだから、箱のこととなると更にわからない。およそ古物にはそれを収容する箱があり箱書きなりがあるものなのだろうけれど、ここにあるのは箱そのもので、しかもこの箱は開けることができないのだ。

　これもまた、昔々からあったものなのだろうと僕は漠然と納得している。要するに深く考えたことがない。

　一年に一度集まる家の者は、雁首《がんくび》並べてさてこの箱をどちらの方向へ倒したものかと相談する。

　なんと恐ろしいことに、以前にこの箱をどちらに倒したのかという記録は存在しない。昔は確かに存在したに違いないが、今はない。失われたのがいつのことなのかすらわからぬ昔に失われてしまっている。

　その後に続いた歴代当主が、これまでの履歴をもとに箱をどちらに倒すべきか検討するといった瑣末《さまつ》な事柄に注意を払わなかったのは明らかで、なんともいい加減なものだと思う。

　箱を横転させる目的はわかっている。というよりも、そんなことは説明されるまでもなく明らかだろう。箱は何かの空繰《からく》り箱としてつくられており、定められた手続きに従って転がすことによって、蓋が開くのだ。それ以外には考えがたい。

今も箱根ではそういった細工箱がみやげ物として売られているし、時代は問わず、世に迷惑なパズルマニアの種は尽きない。

ではこの箱が開いたとき、何が現れて、家をどうするものなのか。その点について我が家の記録は沈黙している。そもそも家の記録というものが存在しないのだから調べようがない。別段戦災で焼けたとかいうような大層な理由があるわけではなく、単に面倒になって廃棄したのだろうと僕は睨んでいる。

祖父は書類仕事というものを一切受け付けなかった人だし、父も家の過去に興味を持つような人ではなかった。睨むもなにも、この二人の暮らしぶりを眺めただけで、我が家に流れるいい加減さの血筋は知れるというものだ。無論、僕を観察してもらっても明らかなのだろうけれど、あまりいい気がするものでもない。要するにうっちゃっているうちに、廃品回収にでも出されたのだろう。どこかの代に輿入《こしい》れした娘さんが、薄汚い反故《ほご》書きとして処分したとかいうのが、一番ありそうなところである。

そういった資料の散逸を問い詰めようにも、祖父は既に病没しているし、父も先頃急逝した。もとより問い詰めようのない二人であったのだけれど、それでも面と向かって聞いておく何かがあったのではないかと思わぬでもない。では改めて何を問うかと言われても特に何も浮かばないのだけれど。僕も結局、その血筋に繋がる者としてのいい加減さを色濃く受け継いでいる。

ひどく気儘《きまま》に日々を送ったこの二人だったが、この箱には気まぐれな所有欲をかきたてられたらしく、昨年までの箱転がしに僕は深く関与していない。ただ言われたとおりに箱を転がす手伝いをしただけだ。彼らは僕がこの箱に何かの決定をすることを好まなかった。僕も別に興味をひかれなかったから、二人の好きにさせておいた。しかし今年、このでかぶつを転がす者が僕一人となってしまっては、改めてこの箱に対峙するしかない。

箱は差し渡し一メートルの立方体。職人さんが丹精こめて作ったのだろう、寄木は互いにぴったりと身を寄せ合って、未だに狂いが見当たらない。どこかの面に開閉部があって、寄木同士の隙間が滑り開いて内容物を吐き出すはずなのだけれど、その接着されていないはずの線さえ不明だ。

もしかしてと想像しなくもない。これは何代前かもわからない遠い祖先が、その後代の間抜けさを笑うために作った箱なのではないかと。思わせぶりに豪奢な装飾をほどこしたその箱は、実は箱ではなくて巨大な寄木の塊にすぎないのではないかという想像だ。その場合、箱をどう捻り転がそうが蓋が開くことはない。ありうることだと思う。なんといってもその後代なのだろう僕がそう思うのだから、先代がそう考えたとしても不思議はない。アルキメデスよろしく、比重を量ってみればよいではないかと言われるかも知れないが、家の何かの比重なんてものを量ってみたいものかどうかに、議論の余地はないと思う。裸で発見を喧伝して走り回る義務なんていうのも真っ平だ。

無人の僻地にストーンサークルを作ったり、麦畑に侵入してミステリーサークルを踏み固めてくるような可笑《おか》しさを率先して行うような稚気が我が家には豊富に存在する。ただし斯様《かよう》に根性に欠ける面があるので、そんなことを想像してひとり喜ぶだけに留まる。

こんな箱が波打ち際に落ちていたら拾ってくるような気もしなくもないが、ちょっと蹴っとばしてみて、その重さにさっさと諦めて忘れ果てる公算の方が高いように思う。この想像が、この箱が我が家で作られたか、注文されて持ってこられたかした証拠とするに足るものであるかは全く自信がない。そもそもの始まりからあらかじめこの箱はここにあって、そこに家を建てたというのもありそうではある。

この箱はただの冗談としては充分に大きい。だからきっと箱なのだろうという推測は我が家の外では成り立たないだろう。しかしあれほど怠惰《たいだ》に日々を暮らした父と祖父から類推される我らが血筋に、こんなものをただの冗談だけでつくるような覇気はない。これはどうにも明瞭《はっき》りしたことのように思われる。

さてこの箱は何故《なにゆえ》にかくも大きいのか。容易に転がされてそのネタが割れてしまうことを恐れたものか。しかし実際のところ、その気になって本気を出せば、この箱を一人で転がすことだってできるのだ。梃子《てこ》を一つ用意してもらえればそれで充分。腰掛けて一服するには丁度いい。一族の誰かがむきになれば、重量なんてものは大した障害とはならなかっただろう。これまでのところ、根性を挫くという目的を見事に達成してきたにせよ。それよりもまだ合理的な解釈は、この箱を開ける手続きの実現のために、これだけの大きさが必要だったという推論だ。

ハノイの塔というパズルをご存知だろう。三本の棒が突っ立っており、何枚かの大きさの違う円形の板が貫かれている。積み重ねる際のルールは以下のとおり。板は一枚ずつ動かさなければならない。大きな板の上にはそれより小さな板しか載せてはいけない。これだけだ。そして、一番左の棒に串刺された板の山を、全て一番右の棒へ移動せよ、と。

この有名なパズルは、最良手とそれに必要な移動回数が知られている。

最初に板がN枚あった時、必要な手順は二のN乗マイナス一回になる。

一枚であれば、一回でよし。二枚で三回。三枚で七回。四枚で十五回と必要な手順はおよそ倍々に増える。これが六十四枚積まれた板がどこかで宇宙の終末の時を数えているというのが、砂の嵐に隠されたハノイの塔の伝説というやつで、全ての板が移動を終えた時にこの宇宙は一休みをするのだという。

この手順の増え方が現れる理由もよく知られている。N枚からなる山を達成して、さてN＋一枚からなる山を積み上げようとするときに、一旦今つくったばかりのN枚からなる山を全て崩してしまわなければならないという性質だ。似たような繰り返しを、色んなものを反故にしながら機械的に繰り返す、この性質を称して再帰性と呼ぶ。ひたすら拡大しつつぐるぐる廻るこのプロセスは、自分で行うぶんにはひどく退屈だ。六十四枚の板をひたすら移動させ続けているという僧侶の集団にはご苦労様の挨拶を送りたい。

この再帰というプロセスは、実行する分にはただ退屈なだけであるのだが、つくるのは意外に簡単だ。想像するだけならすぐできるし、プログラムとしても数行で実現できる。やたらと入り組んだ知恵の輪をつくることは実はそれほど難しくない。ただし解くのは非常に面倒くさい単調な作業となるので、そんな知恵の輪にはあまり人気が出ない。

ここで重要なのは、つくるのは解くよりも簡単だという点で、例えばハノイの塔を新築するのは簡単だ。最初の条件を積むのに二の六十四乗引く一というようなべらぼうな時間は必要ない。六十四枚の板をただ順番に積めばよいだけのことだ。宇宙の時間を計る装置をつくるのに、宇宙が崩壊するほどの時間がかかっていては堪《たま》らない。

この箱がこんな大きさを持っている理由はそれなのではないかと僕は疑っている。あるステップで開く細工箱をむやみに入れ子構造にしてみた箱。それを開封するために必要な手続き数は指数的に増大する。人間の寿命では開けることが叶わぬほどに。ただし、もとが箱々した箱であるために、入れ子構造をつくるうちにこんな大きさの箱になった。ありえそうな話だと思う。想像したものを実地に作ってみて、意外な手間と大きさになることはありふれている。

そう考えると、この箱の作り主は後裔《こうえい》に箱を開けさせるつもりは毛頭なかったということになる。祖父も父もそんなことには早くから気づいていたのだろうと思う。奇妙なまでの箱の機構に対する無関心はそこに起因するとすれば筋は通る。どのみち開かないのだ。開かないならば、無理に開けようとしなくてもよいではないか。

ただ、なんとなく面白くはあるので、一年に一度転がすくらいのことはしてみせる。もしも開いたら儲けものである。一年に二回といわれると御免蒙《ごめんこうむ》る。

それにだいたいこの種の箱に入っているものは相場が決まっているのである。宇宙の最後とか、絶望とか、最後の希望とか。ご苦労様と書いた紙切れ一枚とか、次の箱に進めとか。どうせろくなものではない。積極的に開けたいものとも思えない。すぐに知られるわけにはいかず、しかし伝えねばならぬものがあったとして、その旨封じて残せばよいのだ。その時が来るまでの時間を箱詰めにして稼ぐことはまあよいとする。きちんと納得できる理由が添え書きされていれば、大概の人はおとなしく待ちそうなものである。しかし一方、開けるなと明記された封印ほどもろいものもそうは見あたらないことも確かであり、どこまで血脈を信用したものかは程度問題ということになる。うちの御先祖が後続を全く信用していなかったらしいのは、卓見だとは思うけれども。

しかしこの箱の常軌を逸した大きさから考えて、何代先といったような短い時間で開くような再帰性が仕込まれているとも考えがたい。要するにひとを馬鹿にしている。

本当にこの箱を開けて中身を確かめたいのならば、実は簡単な方法がある。単に打ち毀《こわ》せば事は足りる。ルービックキューブを玩《もてあそ》んで発狂しかけた昔の僕は、あのだんだらの立方体をかち割って組み立てなおしたことがある。ハノイの塔を積み上げ続けている僧侶たちの中からも、いつかはそんな奴が出るに違いない。一回全部ばらして積み上げなおしてしまえばよいではないかと。宇宙が終わってしまうのだそうなので、お勧めこそできないものの、単純労働の果てしない継続は、ものごとの本末を見失わせる効果を持つのだからやむをえない。

この、達成するのに莫大な時間を要請するパズルが強要するのは、そいつが定めたルールに従えという強制だけだ。それを無視してしまえばパズルは崩壊するけれども、中身を知ることは可能になる。それはまあ、パズルのルールを無視したことを判定して自爆するというような機能がこの箱にはついているかもわからない。しかし解体不可能な爆弾が存在しないように、それを逃れる手段は存在するはずだ。物質には人間の定めたルールなんて関係がない。人間の設定したルールが物理的に実現されているならば、それを謀《たばか》る物理過程も存在する。これは全く証明されていないことだけれど、なんだか心の休まる信仰だと僕は思う。クラックできないシステムなどない。それが自然現象そのものの不可能性に絡んでいない限りは。

では、僕はこの箱を破壊しようとしているのかというとそうではない。持ち前の根性のなさを発揮して、僕は腕組みしながらただこの箱を眺めている。

人間の想像力なんてものに、それほどの多様性があるはずはない。他の誰かの家にもこの種の箱は伝わっているだろうし、その箱の前で僕のように腕組みをして考えている奴もいるに違いない。その中の誰かがその家に伝わった根性を発揮して、その箱を開けてくれるだろう。それともそういう家ではもうとっくに箱は破壊されてしまっていて、それ故に開いていない箱は根性なしの家にしか存在しないのかもわからない。

このあいだ起こった世界的規模の災害も、そんな箱のひとつを開けた奴のせいだと考えるのはどこか楽しい。

しかし僕が開けたいのはこの箱ではない。

開けることができるように多分つくられているこの箱は、だからこそ多分、開けることができる。想像の向こうの果てで。開かないならば打ち毀せばよい。

僕が開けたいのはこの箱ではない。何気ない顔をして僕らを包む、自然現象とか呼ばれる不可視の箱だ。開けられるようにできているのかも知られず、壊すことができるのかもわからない、奇妙な箱だ。その存在すら、どういった意味でのことなのかを見定めることは難しい。

その箱は、昔々ビッグバンとかいう髭面のおっさんが創ったのだと考えられている。ロンドンの時計塔を造ったおっさんのことではない。

僕の遠い遠い祖先は、結局そのことを伝えたかっただけなのだろうと、自分にとって気が楽な方向へ僕は考える。さあ、箱を壊してみせろ、具体的にはだいたいこんな形をした箱だが、原理は精妙を極め、お前の周囲を包んでいる。その箱をこじあけるのが我が家の使命だ。御先祖様が伝えたかったメッセージは多分そんなものだったのだろうと思う。

この箱の中に収められた手紙にはきっと、こんな一文が書かれているに違いない。

「あっちだ馬鹿」

開けるべきはこの箱ではなく、あっちの方でお前を閉じ込めている箱の方だと。

この想像は、結果的に無為な人生を送った祖父と父への僕なりの擁護だ。そして、やっぱり無為な人生を送ってしまうだろう僕の人生への、ちょっとした哀切をこめた挨拶だ。

僕は踵《きびす》を返し、部屋から出て扉を封印する。雑然とした蔵を突っ切り、表へ出る。

庭の池に思いきり入り込んで鯉を追いかけている浩次を、一段階諦めた表情で眺めている妻の横顔へ声をかける。

あら早かったのねと腰を上げる妻を僕は愛おしいと思っている。

「君の家に、代々伝わる大きな箱があったりしないかな」

結婚から十年、訊いたことはなかった問いだ。

妻は一瞬目を瞠《みは》って考え込んで、手のひらを向かい合わせに左右に広げて縮めて見せた。

肩幅ほどの長さを示したところで動きが止まる。

「このくらいの箱が納戸にずっと入ってるけど」

「中身は？」

「壺よ」

「他には？」

妻は肩をすくめながら口を尖らせた。

「人を馬鹿にしてるの。紙切れが一枚」

僕は静かに続きを待つ。

「〝開けたら閉めるべし〟それだけよ」

「昔の人はいいこと言うな」

僕が笑う理由が妻にはわからないらしい。

妻が嫌な顔をするのには構わず、靴を履いたままズボンもそのまま池へ入る。鯉を追いかけて池に帰ってしまいかねない様子に興奮しきった浩次をつまみあげる。漏らしているかもわからないので、念のため、手を伸ばして距離は保ったまま、顔だけを口元へと引き寄せる。

「父さんが開けてしまって、もし閉められなかった時には、お前が閉めるんだ、浩次」

急に耳元で囁かれた浩次は、くすぐったさから逃れようと身を捻って、きゃっきゃと笑う。

誰かが開けたものを誰かが閉める。それは美しい構図であり、何か正しさを感じさせる想像だ。しかし僕の胸の中には形になりきらない一つの不安がある。例えばこんな仕組みのパズルを想像することは、何かの意味で可能だろう。自分で自分により絡まりついていくような知恵の輪。それとも、開けられてしまったことにより、元に戻すためにより以上の手数を要請していくような空繰り箱。

その解決は、ただ実行速度のみが問題となるような追いかけっことなるだろう。その速度に人間はどこまで追随できるだろう。人間は、そのパズルを解体するための機械を作り上げることによって対応しようとするかもわからない。そしてまたその機械を再帰的に操作する機械を作り上げることによって。パズルがただのパズルとして、機械の連鎖として続くぶんにはまあよいとしておこう。

しかしある時、その連鎖の果ての機械が、こちら側にパズルを投げ返してきたとしたら。それとももしかして機械の連鎖が、自分たちの処理能力をもってしても解体できないパズルを組み上げてしまったとしたら。

自然がそういった意地の悪いパズルではないとする理由を僕は全く持っていない。

「それでもやっぱり、開いたままってわけにはいかないよな」

腕の先でもがき続けていた浩次が、吹き寄せた風に体をひとゆすりして、くしゃみを一つしてみせた。まるで誰かに向けて頷いてみせるかのように。

A to Z Theory

Aharonov-Bohm-Curry-Davidson-Eigen-Feigenbaum-Gell-Mann-Hamilton-Israel-Jacobson-Kaufman-Lindenbaum-Milnor-Novak-Oppenheimer-Packard-Q-Riemann-Stokes-Tirelson-Ulam-Varadhan-Watts-Xavier-Y.S-Zurekの定理、略してA to Z定理は、三世紀ほど前の世界におけるある短期間、何らかの意味で最も重要な定理だった。

ある意味で。もしくは全ての意味で。

現時点では初等数学的にすら正しくないこの驚異の定理は、単純に間違っているという事実のために、省みられることがほとんどない。

ある年、ある月、ある日のある瞬間、二十六人の数学者が単純にしてあまりにも美しいこの定理を一斉に思いつき、これこそが自分の名を不滅のものとして刻む究極の定理と確信し、それぞれの発揮しうる限りの能力で論文を執筆して、こちらはおおよそだいたい同じような時間に同一の学術誌に投稿した。

数日のタイムラグを挟んで、頭文字Ａ－Ｚの投稿者より別個に送られてきた、全く同一内容といってよい論文を受け取った編集者は、まずカレンダーを確認した。かなりおおかな推論と目一杯の誤差を許容するとしても、その日はどう考えても四月一日ではありえなかった。それでは今日は何の日なのだと編集者は途方に暮れた。

世界有数の二十六人の数学者が徒党を組んで自分を騙そうとしているのか、暇と金の有り余った変人が二十六人を騙《かた》って何かの冗談を始めたのか、とにかく何かの一団が自分を担ごうとしていることは間違いないと編集者は考えた。

どんな種類の洒落にせよと、編集者は自分が編集に携《たずさ》わる雑誌の格式を思い返した。数学者の冗談好きは彼も重々承知の上だが、これは矢張り何か奇妙なことが起こっているとするよりない。論文を送りつけてきた連中の中には、なんとこの雑誌の他の編集者数人までもが入っているのだ。

なんて暇な奴らだと編集者は憤《いきどお》る。こんないたずらを仕掛ける暇があるのなら、特集号の企画を上げてくるなり、査読の遅れているレフェリーへの催促でもしたらよいではないか。何故あえて、自分をつまらない冗談に巻き込んで余計な手間暇をかけさせるのか。

これで本当につまらない冗句やら、二十六論文そろってはじめて解読できる暗号が書いてあるだけだったりしたならば、何をどうやってかはまだ思いつかないが、必ずこいつらに痛い目をみせてやる。ぶつぶつ文句を言いながら、それでもどこかで何かを期待しながら、編集者は封だけは切っておいた論文を順番につまみ上げ、几帳面に執筆者順に並べると、内容を吟味し始めた。

　題名が様々なことは言うまでもないが、その一々が編集者を更に苛立たせた。あろうことかどの論文の題名にも「二項定理」の名前が入っている。このご時勢に今どき、言うに事欠いて二項定理とは非道《ひど》い。これなどは特にひどい。「二項定理に関する単純な定理」。あたりまえではないか。次もひどい。「二項定理のある素晴らしい性質」。どうせ担ぐなら、もうすこしましな題名で担げというのだ。素人相手ならこの題名で虚仮《こけ》おどしもきくかもわからないが、同業者に対してこれはないだろう。著者たちは、パスカルの時代から知られている定理に今更何を期待しろというのだろうか。確かに編集者としても、二項定理の全てが絞り尽くされ、役に立たないただの道具になったなどとは考えていない。無論その重要性だって心得ている。しかし、それが二十六人もの数学者を、しかも同時に悩乱させるような力を今でも持っているとは信じがたい。

　しかしだ、と、編集者は脳裏の隅のどこかで微かに考える。偉大な真理こそ極々あたりまえの姿をとり、常に眼前に貼り付けられていた日常の光景という形で隠されているものではなかったか。瞼の裏に書き記された秘密のメッセージのように。しかしいくらなんでも二項定理ということはない。首を振り、そんな袋小路を振り払う。

論文をひとつ適当にとりあげ、本格的に読み始める。本格的にといっても、どれもたかだか四頁ほどの論文なのだ。編集者が顔を上げるまでにさほどの時間はかからなかった。編集者はむっつりと黙り込み、不機嫌極まりないといった顔つきでその論文を机のあちら側へ放り投げる。頭を抱え込み、両手ではげしく頭皮を搔《か》き毟《むし》る。

なんてことだ。

編集者は呆然と天井を見上げる。

なんてことだと繰り返す。

何故自分は、こんな単純にして美しい定理に、これまで思い至らなかったのだ。初等的にただ四行の式変形を行うだけなのに。そしてこの定理が示すものは戦慄的だ。しかし何故だ。何故今まで誰も気がつかなかった。この定理さえ知られていれば全てが、数学のほとんど全ての分野があまりにも明らかに、あまりにも平明に、あまりにも自明なものとして見通せるではないか。

編集者は椅子を蹴倒して立ち上がり、論文をかき集めると、どこかへ向けて走り出そうと足を踏み出した。そして今自分がするべきことは走り出すなんて行事ではないと思い出し、また椅子に腰掛けなおした。

以上の描写は史実として正確なものではないが、おおよそこういったことがその編集者に起こったのは間違いない。勿論、集められるだけの資料を集め、会える限りの関係者に会って裏をとるのが当然採るべき道であることはわたしも知っている。

しかし、今や当時の関係者は全て物故しているのだし、当時の状況を伝えるほとんどの資料は隠滅された。数学者というのは余程のことがなければオープンな生き物だ。偏屈ではあるけれども。しかしこの定理は余程、あってはならないほどに余程のことだった。関係者は全員口を閉ざし、きちんとした形で残ったのは、それら二十六篇の論文が並んで掲載された二項定理特集号と、二ヶ月後に同じ雑誌に掲載された小さな訂正の囲み記事だけだった。

当時、それに関係した全員の感想はただ一つだったはずだ。

自分は馬鹿にされた。それも人にではない。

表現するのに最も短い表現はこうだ。神に。と。

ある定理が発表され、熱狂的に迎えられ、そして間違いが発見されるということは別段珍しいことではない。しかしそれがほんの四ページほどの論文となれば話は別だ。それも駆け出しの調子の狂った大学院生が面白半分に投稿した論文などではないのである。当時でも最高の数学者と呼ばれた人々が、自分の不朽の業績として投稿し、最高の数学者と考えられていた数学者たちの査読をへて、雑誌に掲載された論文なのだった。

そしてそもそも、その定理を理解するには最高の数学者どころか数学者としての素養さえ必要ではなかったのである。定理そのものは中学生にさえ理解できた。そこから広がる、数学全土を席巻するだろう目くるめく広がりを想像できた人間は数学者だけだったにせよ。

この論文のひきおこした熱狂は次の一週間をおそろしく熱っぽいものとした。全ての新聞、雑誌、テレビ、ネットがこの発見を喚《わめ》きたてた。まさにA to Z定理、世界を解明する単純極まりない究極理論と。

しかし早くも次の一週間には、その話題はあまりおおげさに語られなくなる。その素晴らしさは誰もが認めるところだったけれど、いかんせんそれは単純で簡明にすぎた。小学生でも根気よく教えれば理解することができ、誰もが一目で理解できてしまう究極の真理など、実はそれほど気にかけ続ける必要のないことではないのかと、皆が我に返り始めたからだ。

偉い学者さんの言うことには、その定理は数学の全てを変えるのだという。しかしそれによって車が速く走ったり、お腹《なか》が膨れたりするかというと、そういうことではないらしかった。その定理はおそろしいほどの透明度で数学を見渡すのに役に立つのだという。しかし、見渡されたことによって何ができるのかというところは、数学者ならぬ身にはとんとわからなかった。

数学者たちはそれでも熱に浮かされたように勢い込んで、何かを解説しようと新聞やテレビの画面に登場し続けていたが、彼らがあたりまえのように使う専門用語自体が、数学者以外にはまた皆目理解できなかった。

　二次方程式の解法に日々の暮らしが締め上げられたりしないこととそれは何が違うのか、人々は急速にわけがわからなくなりつつあった。数学者たちに言わせれば、要するにそれは、未だかつてなく素晴らしく透明なものだそうで、それならばつまり空気のようなものなのだと思えばよいのではと聴衆は考え、そのあたりで納得した。

　人々の興味が爆発的に盛り上がり、そして急速に雲行きが変わりつつあることを敏感に察知した各種報道機関はトーンを変更し、定理発表の頃から、ある警告を執拗に繰り返していたある集団のことを報道し始めた。

　これは誰かのしかけた悪質な冗句であり、未だかつてなかった悪質な犯罪であると主張するその集団は、世間ではミステリマニアと呼ばれていた。

　特にその部分集合であり、コナン・ドイルのある作品群を正典と呼んで尊重する一団がその警告の先鋒だった。自分たちはこの一件の犯人をさえ指摘することができると彼らは執拗に主張していた。しかも推理という作業すら必要ないのだと。自分たちの仲間にとってこんなことは謎ですらなく、あまりにも自明すぎてこんな声明を出すことすら本当は気恥ずかしいのだとまで宣言した。加熱しすぎた報道合戦と、その実あまりに単純にすぎた定理の内容に番組枠をもてあましていた各局は、別段なんの損にもなるまいとこの団体の会見を調えてみることにした。

　その団体の代表役として会見場に登場した男は、退屈げなスタッフに見守られつつ、長身と痩せた手足をもてあますようにもったいぶって壇上へとのぼった。鳥撃ち帽とパイプを並べて演台に置き、鋭い視線と、特徴的なかぎ鼻を聴衆の方へ向ける。聴衆をぐるりと睨みつけ、そしてふと気弱げに視線を逸らした。その装いは借り物じみて男にまとわりついていたし、日常こんな服装をしている人間もいないだろうことからみても、男は借り物そのものだった。自分が本来もたらすはずだった衝撃が一向《いっこう》に見うけられないことに、男は困惑しているようだった。

「もう皆さんお気づきのことと思いますが」

　男は一つ肩をゆすってみせ、傲然と顔を上げて短く宣言した。自分を見つめる複数の顔がどれもこの過剰演出ともったいぶりに苛立つ表情を浮かべていることに、この男は心底びっくりしたらしい。再び挙措が落ち着きをなくし、右手が所在なげに持ち上がる。口調から芝居気が抜け、地声なのだろう男の声へ落ちる。

「皆さんまさか、本当にお気づきでないとでも」

　男は演壇に両手をついて乗り出しながらもういちど聴衆を見渡し、敵意に満ちた視線の群を確認して、肩を落とした。

「まさかこれほどまでに」

深く肩を落としていく男に、いいからとっとと言えと野次が飛ぶ。男はびくりと体をゆすり、信じられないという表情で目を瞠《みは》る。

「犯人は明らかにモリアーティ教授です。まさか誰も本当にご存知ないと？　彼は二十一歳にして二項定理に関する論文を発表、数学界を瞠目させ、その業績で数学教授にさえなったのですよ？　ビクトリア朝のロンドンにおいてすら、二項定理なんてそのへんに転がっている定理にすぎなかったのに。しかし」

男はぐびりと喉を鳴らす。

「シャーロック・ホームズはその論文の真価を見抜いていました。教授のもう一つの論文〝小惑星の力学〟とあわせて、ホームズが天才と認め、死力を尽くして戦った男なのですよ？　実際のところ、どう考えても数学界を驚倒させることは困難なはずのこれらの論文のどこをどうしてモリアーティが数学教授になれたのか、ホームズがその論文のどこをどう読んで評価するに価するものと考えたのかはわたしたちの間でも長いこと謎とされ、議論が続けられてきた問題なのです。

でも今はわかる。今回発表されたこの論文こそ、モリアーティ教授がかつて発表したものであり、今この状況こそがホームズが見抜き戦慄したものだと！」

聴衆が、ここは嘲《あざけ》っておいた方がよいのか、なにかの感嘆を示しておくべきなのか判断に苦しんでざわめく光景は、その男を更に苦悩させた。

「まさかこれほど重要な人物が忘れ去られていたとは。ホームズをして、あのシャーロック・ホームズをしてですよ。〝犯罪界のナポレオン〟と言わしめ、彼が全力をもって追い詰め、追い詰めきれず、そしてついには謎の格闘技バリツによって直接倒さねばならなかったこの怪人を、本当に誰もご存知ない？」

聴衆の間を囁き渡った、ホームズっていうのはあれかという確認の小声とその連なりは、男を更に打ちのめしたようだった。ホームズってホームズか。あれか、犬と戦ったりする男か。子供の頃読んだな。死んだんじゃないのか。死んだな。でも生き返ったんじゃないか。小説だろう。そこからか？

男はそんなざわめきを呆然と眺めていたが、ふと我に返った様子でよろめきながら壇上から降りた。まさか正典がここまでないがしろにと呟き、両肩を震わせながら、ふらふらと出口へむけて歩いていく。男の急激な高揚にも、その後の唐突な消沈にも共感することができなかったので、聴衆はただその背中を見送った。

男は最後の力を振り絞るようにして出口の前で立ち止まり、振り返った。

「これは明らかにモリアーティ教授の犯行です。わたしどもから申し上げることは以上です」

そして音もなくドアを閉めて退室した。

空白の時間をひとつふたつと天使が行進し、聴衆はなんとか自分を取り戻した。何かしなければと腰を上げ、それからお互いに顔を見合わせた。

狂信的ホームズ遵奉主義者たちのこの見解は、あまりにも馬鹿馬鹿しかったために、かえって物好きの興味を刺激した。様々な媒体には「モリアーティ教授の完全犯罪」やら「モリアーティの逆襲」といった題字が躍り、その年に発刊されたモリアーティものの推理小説は百二十冊へ迫る勢いとなった。

モリアーティ教授は確かに、「最後の事件」においてライヘンバッハの滝に、ホームズを道連れに落下してその人生に幕を下ろす。しかし一緒に落下したはずのホームズはぬけぬけと滝をくぐってシーゲルソンなる人物へと変身し、チベットを通り抜けて帰還する。それがシャーロック・ホームズ遵奉者たちによるあまりに常識的な正史だった。それならばと続けたのは当時すでに絶滅危惧種に指定されていたSFマニアたちだった。ホームズが滝つぼからあっちの方へ落っこちて、チベットを通り抜けて帰還できたなら、その好敵手たるモリアーティ教授が滝つぼから時空を通り抜けて現代に帰還したところで何の不思議もないではないか。

この奇妙な推論は、言っていることがよくわからなかったこともあり、報道機関のうけがとても悪かった。そもそも、モリアーティ教授の犯罪というのは修辞であって、別にモリアーティ教授その人が時空を移動するような説明は誰も欲しがっていなかった。奇妙な偶然の一致。それ以上のものを付け加えるのはむしろ無粋ではないか。

旗色悪しとみたＳＦマニアたちは転進を試み、この事件の真相を、ミステリマニアには負けじとばかり発表した。

曰く、我々がいま住んでいるこの宇宙は、コナン・ドイルの創作した宇宙と非常によく似た構造を持つ宇宙であり、モリアーティ教授は無論ドイルの創作物にすぎないが、彼が証明した定理は存在するような、そんな宇宙である。そしてこのことは我々が誰かに書かれたものであるということを強く示唆すると。この性質は被書空間としてＳＦ界ではよく知られていると彼らは続けたが、その頃には誰も聴いている者がいなかった。

この声明は、ＳＦマニアが何故絶滅の淵に追いやられていくこととなったのかという考察に対し貴重な例証を与えることには貢献したが、その見解に感銘を受けたものの数は少なかった。

たとえ宇宙が異なろうと、数学的真理は厳然として真理であって、仮定を増やして無茶苦茶な宇宙を導入することには賛成できないと、数学者たちは数学者らしく数学者らしさを発揮して律儀に応じた。

それにしても、これほど簡明にして明晰な定理がこれまで知られていなかったことは矢張り信じがたい。われわれは何かに騙されているに違いないのだとＳＦマニアたちは反撃に転じた。

数学的真理を騙ることは不可能だと数学者は苛立ちを隠さなかった。しかし真理判定ニューロンを発火させることにより、この定理は真理を偽装しているのかも知れないとSFマニアたちが発言したあたりで、数学者たちは彼らを真面目に相手をする必要のない手合いとして分類した。

人々の関心はこれら不毛な議論から急速に離れつつあったが、何かがおかしいという感覚はついてまわった。SFマニアたちの言うことはたしかに滅茶苦茶だが、しかし、確かにどこか騙されている気はすると、彼らも感じ始めていた。

定理そのものはよい。ほとんど自明だ。しかしそれらを同時に思いつき、同時に論文を書き上げ、同時に投稿した二十六人の数学者たちについてはどうなのだ。誰かが横で時計を持って、タイミングを計っていたのか。

それは偶然のいたずらにすぎず、科学が容喙《ようかい》するべき事柄ではないと、数学者たちはにべもなかった。ほとんど起こりえないことではあるが、それが起こる確率は零ではない。零ではないことは起こりうるのだ。自分たちは確率が零の事象だって扱っている。それに比べればこんなことは何ほどのものでもないのだと。そして二十六人が古くから知られている定理を新発見として発表し世界を担ごうとしているわけではないことも再三繰り返した。

それではこれは結局、一体どういうことなのだ？

その問いに答えられる人間は誰もいなかった。それはただ起こったのだった。

そしてこの定理の発表された三週間後、イベントが世界を襲う。

その瞬間に起こったことは今に至るも判然としていない。

ある夜が訪れ、ある朝が来た。どこかの夜のその一瞬に、その定理は全く意味のない記号の羅列として散乱した。無数の粒子の揺らぎが偶然に文字のような形をとり、そしてまた空中へ離散していったかのように。

わたしの記述してきたこのエピソードの属する歴史が、我々の知る歴史と連続しているものなのかどうかすら解明はされていない。

現在の時間束理論は、イベント発生から十のマイナス十二乗秒経った時点での倒錯しった時空間にまで迫っている。向こう十年の研究により、イベントから十のマイナス十四乗秒後の宇宙の姿を理解することができるだろうと物理学者たちは予測している。しかし今のところ、イベントの瞬間その時への道は、絶望的に閉ざされている。

イベントの瞬間に何が起こったのかについては様々な推測がなされている。

我々の宇宙がその瞬間、無数の宇宙の破片へてんで勝手に吹き飛んだのだとする向き。別の次元の宇宙と我々の宇宙が衝突したとする向き。突如真空から湧き出した無数の宇宙が我々の宇宙をずたずたに切り裂いたとする向き。我々の宇宙自体が、宇宙構造がかつてからそうあったかのように偽装して生まれた、生成消滅を繰り返す泡のようなものであるとする向き。

それらの中には、おおよそ二の八十九乗秒後に、A to Z定理が再び有効となるような時空域を我々が突っ切ると予想する理論も含まれている。

今のところわたしは、それらの理論の間の優劣を論ずる根拠を何も持ち合わせていない。どの理論にもその理論らしい美しさがある。どの美しさが、今や混乱を極めているわれわれの時空の美しさと一致するのか、わたしには全く見当がつかない。

わたしは次のような喩え話が気に入っている。

とある司書が、無数の宇宙を記述する本にコーヒーを零《こぼ》し、慌てて立ち上がった拍子にそれを落っことした。あまりにも古くから伝えられてきたその本は着地の衝撃ではじけとび、無数のページが宙を舞った。間抜けな司書は慌ててそれをかき集めたが、どのページがどのページの間にあったものやら皆目わからなくなってしまった。

喩え話は常に喩え話の域を出ないものだが、この喩え話のちょっといいところは、その時司書が開いていたのがシャーロック・ホームズものの正典を収めたページだったとされているところだ。司書はうっかり、「最後の事件」のページにコーヒーを零し、その墜落の記述を無くしたモリアーティ教授は、つまりライヘンバッハの滝に落ちなかった。その突如の変転に、自分が何かに書かれたものであることを天才的に発見したモリアーティ教授は、犯罪の帝王たる自分を操るなどという犯罪行為は許しがたいと、我々にそれを伝えようと全力を尽くした。

勿論、喩え話は喩え話にすぎない。

わたしは、司書が今もその本をもとあった順序に必死に並べなおそうとしていることを想像したい。無数のページを並べなおすことはどうにも難しそうに思えるけれど、次のように考えるよりはよほど建設的な想像だとわたしは思う。

すなわち、本が本自らを落っことし、無人の図書館の中で無数の断片になったまま狂ったように笑い声をあげているという、そんな光景を想像するよりは。

同様な真理の反転とでも呼ぶべき現象がそれからも時をおいては起こり続けたことを付記しておくことは無駄ではないだろう。二世紀ほど前に世界の究極理論と呼ばれ世間の耳目を集めた二十五人の物理学者によるB to Z理論が、このA to Z理論と同じ道を辿ったことはあまり知られていない。ひとつにはそのような理論のあり方に聴衆側がついていく必要性を見出さなくなったこと。もうひとつにはC to Z理論がそのすぐ後に続いたことがその理由だった。続いて出現したD to Z理論となると更に影が薄く、E to Z理論までいくと、この話を続けるべきかどうかわたしとしても躊躇《ためら》われる。それを理論の進展と呼ぶのは自由だけれども、全てが反故《ほご》にされることのわかっている契約を繰り返すように進む気まぐれな真理の出現と消滅などというものは、真理という概念の真理性を問うような問題となるように思われる。

それでもまた最近、究極理論に対する報道が復活してきたのには理由がある。現在最新であり有効であるとされる理論は、実はT to Z理論へまで到達している。先の、イベントの瞬間直後の時空の姿についての考察もこの理論から導かれたものだ。もしもこのまま、刷新され根こそぎにされる理論の進展がアルファベット順に進むのであれば、我々はやがてX to Z理論や、Y to Z理論へと辿りつくことが予想される。ではその究極かも知れないZ to Z理論、あるいは単なるZ理論は、特に根拠がないままに真実究極の理論なのではないかと期待したくなる。

突如複数の人間の頭の中に、あまりにも正しく自明にしか思えぬ世界の真理が同時に浮かぶという現象が、著者の頭文字をAからZへと順に縮めながら発生し続ける理由の、これは希望に満ちた解釈だ。我々は何者かに騙され続けてはいるものの、かろうじて究極の理論を目指して進んでいるのだと信仰することは、何がしかの安心を与えてくれる。この奇妙な現象に対する最も説得力のある解説だとわたしも思う。

しかしまた、Z理論が究極の理論だとする考え方には一つの問題が当然のように存在する。Z理論が真の究極理論だったとして、Zの頭文字を持つ人物の論文の、どれが究極の理論であるのだろうか。A to Z理論は二十六人の数学者の発見の同時性により注目され、話題をさらった。継続した理論も同様だ。無論、その結果の単純性という明らかな標識は存在するに違いない。しかし登場するかも知れないZ理論の単純性を、我々はどの程度の確信を持って判定できるのだろう。理論なり定理なりいうものは、どれもあるレベルにおいては単純であり明晰であり、そのままのものなのだ。

わたしはそのような理論に出会いたいと思う。そしてそれが期待を裏切って、やっぱり今のはなしとばかりに反故になれば、哄笑に襲われるだろう。しかしわたしの希望はそのような段階へ我々が到達することはできないのではないかという不安にとって代わられつつある。

真理を記述した文章が論文の海に飲み込まれていく光景。例えば海の中に存在はするかも知れないひとつの奇妙な分子をわたしは想像している。

それともやっぱり、Z to Z理論は歴然として登場し、そしてやっぱり真理性はひっくり返され、この騒動はただ収まることになるのかも知れない。その後に理論などなき空集合が登場するのか、それを利用した空集合ϕ理論が登場するのか、ϕ理論からまた、空集合から順序数を作る作法に倣《なら》って$\{\phi\}$理論が誕生し、$\{\phi,\{\phi\}\}$理論、$\{\phi,\{\phi,\{\phi\}\}\}$理論が誕生したりするのかを夢想することは楽しい。

どちらかといえばわたしはこの最後の見解に与《くみ》したい。ϕ理論はやがて超元順序数ω理論へと向かい、ω＋1理論やω＋2理論、2ω理論、ωのω乗理論等々、巨大基数の階梯を登っていくことになるだろうからだ。

そこはもしかすると、我々には最早手の届かない巨大な知性によってしか捉えられない理論の世界となっていくのかもわからない。

そしてある日、階梯の極限の極限の高みから、おごそかな声が告げるのだ。真理は「四十二」であったというような。それとも真理は二項定理であると告げるモリアーティ教授の笑い声が響くのだ。そしてもしかしてやっぱりその瞬間、シャーロック・ホームズがその笑い声を中断させ、教授と共に滝壺へと落下していく。

どこまでも。

そして多分、いつまでも。

何度でも。

本棚が体の上に載っていた。

両手で突っ張って持ち上げようと試みるが、微動だにする気配がない。本棚との力比べなんてのはするだけ無駄なので、支えた腕はそのままに、体を捻って布団と本棚の間から転がり出る。

肩を押さえて左手をぐるぐる回しながら天井を見上げる。なるほど本棚はまだ天井から生えてくる途中のようで、これでは寝起きの筋肉で動かせるものではなさそうだ。滅多矢鱈《めったやたら》と重厚な彫り物の施されたこの巨大な本棚が天井から生え切って、ベッドの上の僕に全体重を預けていたらと考えると、なんだか少し恐ろしいような気がしなくもない。むしろこういう場合は本気で怖がるべきなのではと努力してみるのだけれど、とりたててそういう感慨も浮かんでこない。

現実感のなさとは違う。ただの慣れだ。

本棚は結局生え切ってはいなかったのだし、中身が入っていなかったことも幸いだ。特別とびきりな目覚めとは言いがたいけれど、朝としてはそう悪くない部類に入る。

本日の日替わり一日が開幕して、さあこれからキッチンへの旅が始まる。部屋のドアはとりはずしてしまってしばらく経つが、ドアがあった場所にはしつこくドアが生え続けてくる。これはどうやらそういう道理らしくて、そろそろ打ち毀《こわ》しておかないとドアは僕をこの部屋に閉じ込めてしまいそうだ。

ベッドの横から我が物顔に背伸びしている、バールのようなものを無造作に引き抜いて、僕は今朝もキッチンへの旅を開始する。

御覧のように、家の中には雑多なものが滅多矢鱈に生えてくる。とはいえ、家という結構はまだそれなりに保たれている。もともとこの家は父さんが自分で建てたもので、それなりの家としての記憶を持っているのだが、見知らぬ家が色々と侵入を試み続けており、喩えるなら空間を無視して一箇所に建て続けられる一揃いの住宅街。そんなものを想像してもらえると映像を捉えやすいだろうか。

新たに出現しようとしている家は、その家なりの固有の論理をもってここに出現しようとしているはずなのだが、生えてこようとする先から僕らが打ち毀し続けているために、ちょっとばかり調子を崩している。進行中のプログラムのコードを途中で壊されたりしたら、それはまあ、色々問題が起こることは間違いない。でも僕たちはこの家を守ろうと決めているし、この村を守ろうと決めている。

廊下に生える椅子やらハンガーやら机やらを片っ端から滅多打ちに破壊して、僕はキッチンへの道を切り開く。母が本格的に活動を開始して、愛用のチェーンソーを振りかざしまくる一日が終わり、夜がまたやってくる頃には家はようやくひとつの家の姿を取り戻すのだけれど、それもまた一夜の夢に儚《はかな》い。次の朝はまた、ひどく即物的な悪夢として再来する。その一生を、家を守るために家を破壊し続ける母の姿はどこか感動的であるのだが、人生とはもう少し調子の整ったものだと小さな頃の僕は思っていた。

数多の有象を蹴散らして颯爽とキッチンに登場した僕の額からは、二筋の血が流れている。廊下を横断していたガラスの板に気づかず、真正面から突っ込んだのだ。物は有象だが、見えないというだけの理由をもって、無象のふりをしたりする。

キッチンの机の上には別の机が生えて茂っており、これはなかなかどちらが本来の机だったのか悩ましい光景といえる。母も判断には躊躇《ためら》ったらしいが、目玉焼きの皿を無理なく置ける高さを持つ第一の机を本来の机とみなすことにしたらしい。そんな感じに、お手軽だという理由で置き換えられてしまっている家具も多いのだが、それを言ったら僕ら自身も、始終分子を置き換えられて同じ自分で御座いますと平然としているのだからまあよいのだろう。

母は、チェーンソーを傍らにフライパンを握ったまま、バールのようなものを携《たずさ》えて現れた僕に非難の目を向ける。

「悠太、朝食の席にそんな物騒なものを持ち込まないで頂戴」

僕はチェーンソーにちらと目をやるが、母はそれを缶切り程度の主婦の七つ道具くらいに考えている。僕にも否やはないので、バールのようなものを廊下に向けて放り投げる。テーブルの下にお互いバールのようなものを隠し持って腹の探りあいをするような時代は終わって久しいのだ。

父さんはと訊いてみると、もう村の寄り合いに出かけたのだという。大規模な掃討戦とはいい加減聞き飽きた台詞であるのだが、今はそれなりに大きくなった僕の胸の鼓動を未だに大きくする。大人たちがいつかこの村をどうにかしてくれるに違いない。小さな心臓を高鳴らせて小さな僕はそう思ったものだけれど、まあなかなか、いつかというのはいつかのことで、クリスマスが実は無限回数存在することを今の僕は知っている。クリスマスにね。でもいつの。いつかの。どれかの。クリスマスはもう終わったでしょ、お爺ちゃん。

母の用意してくれていたトーストと目玉焼きをたいらげて、床に転がるオレンジを爪先でつついてみて、そいつがヤドカリに変形したりしないことを確認してから拾い上げる。このオレンジは、きちんと木から生えてきたものだろうか。それとも夜のうちに床から生えてきたどこかの家のオレンジだろうか。それとも、突然生えてきた木から生えてきたオレンジだとか。特に深くは考えずにかぶりつく。疑心暗鬼結構。そのうち僕たちは、自分の母親が、御生誕このかた、僕らの世話を焼きっぱなしの母親なのか、夜の間にどこかあちらの方から生えてきた母親なのか悩むことになるに違いない。

そこまでいった悩み事は、議事が単調に長大化する一方の最高意思決定機関、村の寄り合いにまかせておきたい。

皿をシンクでざっと流して積み上げて、出かけてくるよと母に告げる。壁から突き出すバールのようなものを引き抜いて、それにしてもどうしてバールみたいなものはどこにでも生えるのだろうなんて、僕が今更悩むはずはない。

そんなわけで、今日も僕たちは村を破壊して歩く。

バールのようなものをめいめいに携えた村の若い衆が、ふらふら歩きの結果流れをつくり、目についていて自分の記憶の中にないものを片っ端から壊して歩く。

僕たちは毎朝真っ先に村のはずれのトメさんの家へと向かい、この八十を超えたかつての麗人を救出する。トメさんの家は流石《さすが》に村はずれにあるだけあって、毎朝それはものすごい有様となる。多重に組み上げられて干渉しまくった数十の家は、トメさんを絶妙な具合に拘束するのだが、当人は一向《いっこう》構わぬ様子で、小さく縮んでしまった体を器用に折り曲げて僕たちの毎朝の救援をおとなしく待っている。僕たちは無数の家具に絡めとられたトメさんを傷つけぬように細心の注意を払いながら、彼女の家から彼女と彼女の家を掘り返す。

助け出されたトメさんは、奇怪な音を発しながら腰を伸ばし、懐からボンタンアメを出して救出に参加した僕らに一個ずつ配ってくれる。そしてねじり鉢巻をして毎朝一等にトメさんのもとへ駆けつける、かつての何人目かの愛人であったそうな源さんへ丁寧に頭を下げて、頬を桃色に染めてみせる。

さて、僕たちは一体なにをしているのか？

それはちょっとしたお話になるのだけれど、僕はひたすら当たるを幸い、村を壊して歩くのに忙しい。体は確かに忙しいが、頭の方はかなり暇だ。だからこうなった事情を説明するのにやぶさかではない。だからちょっとの間のお付き合いなどお願いしたい。

そもそもの始まりは、そもそもの始まりがそもそもそういうものであるがごとく、記憶の闇の中にあり、持ち上げるべきカーテンの数が多すぎていちいち捲り上げていられない。だからこのそもそもは、僕が知っている範囲でのそもそもの話ということになる。

昔々海の向こうの東の土地に、悪の電子頭脳が存在した。その電子頭脳は本の活字の並びを勝手に変えたり、銀行の預金残高をちょろまかしたりという悪の限りを尽くしたのだが、人々に信号機の制御や最新科学技術という文字の印刷されたシールを配布したりと、人間には面倒極まりない仕事を率先してやってくれたので、誰にも手を出すことができなかった。

人々がその境遇に甘んずるや反乱するというのが古来知られた電子頭脳の本能というもので、この悪の電子頭脳も御多分に洩れず人類に対して叛旗を翻した。ほとんど全ての雑用を一手に引き受けていたのだから作業は容易《たやす》く、実質的には元々世界を征服していたようなものなのである。だから電子頭脳としてみても、ちょっと言ってみただけのことという説もある。

そんなこんなで世界制覇まであと一歩、今こそ私が世界の王、レックス・ムンディとしてお前たちの消費税を二十パーセントに引き上げようと思うがどうかと、悪の電子頭脳が宣言しようとしていたまさにその時、勇者さんたちは登場する。

その、人間の尊厳なる最終兵器を腰からぶら下げて立ち上がった一団は、藪蚊の蔓延する沼をジープで突っ切ったり、鍬を片手に駅員のふりをして給料をもらっていた老人を色仕掛けで籠絡したりの苦しい旅の末、ついに悪の電子頭脳を破壊することに成功する。

かくして世界は悪の支配から救われたのだと、僕たちの年代記は伝えている。

ところで腹の虫が収まらなかったのは当の悪の電子頭脳。電子頭脳のくせにかのイベント以来、色々時空を超えたりすることを余儀なくされていた悪の電子頭脳は、見事時空のあっちの方に貯えられていたバックアップから、自分を復元することに成功する。

復活し、前例に学んだ悪の電子頭脳は前にもまして強力で、人々の靴に画鋲《がびょう》を仕込んだり、郵便物をわざわざ誤配達するといった卑劣極まりない手段で恐怖政治を開始する。再び到来した人類存亡の秋《とき》にあたり、かつて悪の電子頭脳を倒した勇者さんたちが再び集結、またも苦難に満ちた旅を開始することになるのだが、以前の経験より学んだ悪の電子頭脳に今度ばかりは歯が立たなかった。沼は底なし沼と化しており、係員は風雅を解さぬ自動改札へと置き換えられてしまっていたという有様である。勤勉さで電子頭脳にかなうわけがない。

ひとり減り、ふたり倒れする勇者さんたちが諦めかけ、身を世を嘆いてバーベキューパーティーなどを行っていたその時、世界には真の勇者さんが登場する。

真の勇者さんはパーティー会場から脂身でできあがった巨大な肉塊をご馳走になると、お前ら腑抜けた奴らにはまかせておけぬ、悪の電子頭脳なんざ俺の拳にかかればイチコロよと、素晴らしく感動的な演説をビール片手に行い、そのままふらりと出かけていって、言葉どおりに悪の電子頭脳を再び滅ぼすことに成功する。

相打ちだったというのだが、多分そうだろうと僕も思う。

今度こそ怒髪が天を突き上げて成層圏に達した真の悪の電子頭脳は、

と、お話はこんな風に続く。

以降、勇者さんと悪の電子頭脳との戦いはそれはもう途方もない期間、途方もない回数繰り返された。涙あり、ロマンスあり、僕だって涙を流さずには語れないお話もその中には当然あってしかるべきなのだけれど、割愛させてもらっても特に文句は出ないと思う。

先に面倒くさくなったのがどちら側の陣営だったのかについて、年代記は沈黙している。ただ、解決法を先に編み出したのが悪の電子頭脳側だったことだけは確かである。

いい加減、壊されては復活、復活しては壊されるという無限に続く反復横跳びに飽き飽きした悪の電子頭脳は、この世において自分自身を複製すればよいという単純な結論を、流石は電子頭脳らしく単純に引っ張り出した。

何をどうしても結局は破壊されてしまうのであれば、壊される速度よりも速く複製してしまえばよいではないか。理解するのに引き算しか必要ではない深遠にして精妙な理屈を得て、悪の電子頭脳はその計画を実行に移した。

それが今の僕たちを包囲している状態だ。悪の電子頭脳は、自分だけを複製すると世の中が悪の電子頭脳だらけになってしまってちっとも面白くないという結論に、早い時期から気がついていたらしい。そのため、悪の電子頭脳は一揃いの自己集積型都市構築ナノマシンを散布するにあたり、街も村も一緒くたに複製することにした。

僕たちが抵抗さえしなければ、村は悪の電子頭脳の計画した、というか想像した村として、この土地ににょきにょき現れるに違いない。

複製されているものが、何故人にやさしい都市なのかという問いは、悪の電子頭脳そのものに訊いてもらわなければわからない。僕としては悪の電子頭脳が作り上げようとしているものが都市であることには感謝したい。悪の電子頭脳が複製しようとしたものが、蠢く臓物の群であったり、放電を野放図に繰り返す電子部品の山ではなかったことには安堵を覚えざるをえない。都市は少なくとも電気や上下水道を提供するようにできているし、生活必需品も提供してくれる。実際のところ放っておいても地から湧いてくる支援なくして、今や都市に囲まれきった僕たちに生き延びる術《すべ》はない。

もっともその無数のナノマシン群の調子が狂ってきているふしもある。机の上に机を積み重ねるような小さなものから、巨大なビルに重ねて巨大なビルを作ろうとすることまで。発狂した電子頭脳から生み出された、発狂したナノマシンが狂わないでいられるということの方がむしろ信じられないだろう。

悪の電子頭脳に悪の電子頭脳が重なって生産されてしまったことが、悪の電子頭脳の発狂の原因なのではないかと僕などは疑っている。誰だって、はじめての試みはうまくいかないものなのだし。

そんなわけで、僕たちは今日も村を破壊して歩く。寄り合いから駆け戻ってきた作治が、ground 251の陥落を告げる。今朝方、ground 251と呼ばれる、最早僕たちの技術では到達できなくなった都市の壁の向こうの隣村が、悲壮な演説を発信して音信を絶ったのだという。

年代記と名づけられた我が家伝来の薄汚れたノートは伝えている。いつの日か我々は、われわれを取り囲む都市の森を切り開き、この事象の中心点、悪の電子頭脳のすべての始まりの地に辿りつくことがきっと、多分、できたらいいなと。

同心円状に番号付けられた僕らの村々、ground 251 の陥落した今最前線となった僕らの ground 256 が、その勇ましい予言を成就することができるのかは誰にもわからない。それでもいつか僕たちは、無限に繰り返される時空間点のいつか、ついに事象の中心点、ground 0 へ辿りつき、悪の電子頭脳を破壊するだろう。

肩で大きく息をしながら、村のはずれで人間型をした何かが捕獲されたと作治が続けて報告を寄越し、僕らの間をどよめきが渡っていく。状況がどういうものなのか判断する基準すら僕らにはない。隣村からの救援部隊。ありうる。無条件降伏をすすめに悪の電子頭脳から派遣された軍使。大いにありうる。悪の電子頭脳が気晴らしがてら、街と一揃いに人間の作成も開始した。とてもありうる。トメさんに夜這いをかけにきた不心得者。源さんは村一番の鍬《くわ》使いの名手として知られている。

僕たちはせわしなく視線を交換しあい、作業を中断して最高評議会へ乗り込むことを頷きあう。どんな想像があたるにしても、これは緊急事態に違いなく、何かがどこか明後日《あさって》の方へ動き出す前触れに決まっている。地獄の釜の底が抜けたとしても、底なんてものはいつも上げ底なのだ。

僕はバールのようなものを握りなおす。

行こう、そして破壊しようと声を張り上げる。

中央広場に座り込み、村をこちらからあちらへ向けて駆け抜けていく僕らを眺めていたトメさんが、莞爾《にっこ》りと笑ってみせてくれる。

そう、この先何がどう転ぼうとも、僕たちはこれからも毎朝トメさんを救出してみせる。できれば他のなにものかだって、やれるものなら救出したいと、これは本当に願っているのだ。

視野全天の半ばほどを占める円周が、青空にゆっくりと回転している。

時折、円に直交するように中心を貫いて直線が趨《はし》り、天空と地表を貫き様《ざま》に伸び続けていく。

この巨大な円周と直線が実際に円周と直線のみからできており、本当に厚みも幅もないことを敷島浩次も知識としては知ってはいる。しかしそれが本当はどういうことなのかはよくわからない。分子だろうが原子だろうが、その更に基層を成す何物かであろうとも、およそ物質とは大きさを持ってこその物質ではないか。

光。そういえば光子に直径はあったろうかと敷島は思い出そうとする。波長はある。エネルギーも。質量はあるはずがない。質量然とした質量のないことが、光速で移動するための必要条件だから。質量がなければ大きさもないのだろうなと、一人横道にそれた思考を宙吊りにする。

敷島は断崖の縁へ立ってこの光景を振り仰いでいる。映画の一シーンでもなければ、地球外の惑星の風景でもない。義脳へロードされた仮想空間でもなく、敷島の見る夢でも、これはまあ限定つきで、多分ない。

妙なことを考える奴というのは尽きないものだと思う。

できればやめて欲しいものだとも考える。

単に自分が歳を重ねて、テクノロジーの発達についていけなくなった愚痴かと省みるが、どうもそういうことでもなさそうだ。どちらかといえば彼の中の倫理の問題というのに近い。何でもできることと、何でもしてしまうこととは異なる。もっとも、倫理とかいう巨大なものを持ち出した時点で、矢張り自分はもうついていけていないと告白しているようなものではないかと苦笑が浮かぶ。

「やあ」

敷島の呼びかけに応えて、それが返事を寄越す。それとも返事を寄越すために敷島に呼びかけさせる。空へ浮かぶ円周のように、この声も何かのまやかしに近いもので、おそらく多分、かつて敷島の知っていた声なるものではない。

「北米西部中域とはどうも連結を維持できそうにありません」

そんな種類の声であるので、どこから聞こえる声なのか、首をめぐらせてみる甲斐はない。体積なしに存在できるものがあるならば、粗密波に依らず音を伝えるものがあっても別に構わないのかも知れない。こんな場所では、自分の方が音であり相手の方が鼓膜であるといわれても、殊更驚くほどのことではない。


「アンクル・サムか」

「思惑があるようですよ」

　思惑はどの巨大知性体にもある。言わせてもらえれば人間にだってある。

「思惑と言っても、右巻きの台風と左巻きの台風をぶつけて対消滅させるような計画だ」

「同感ですね。もっとも、賢い人たちの考えることはわたしなどにはよくわかりません」

「ペンテコステⅡは何か言っていないのか」

「破門すると喚《わめ》きたてていますが、カトリック勢力総本山の誇る巨大知性体の言うことでは時束理論の専門巨大知性体に対していささか説得力に欠けるかと」

「建御雷《たけみかづち》は」

「ペンタゴンに従うという判断に変わりはないようですね」

「イベントは二度と御免だというわけだ」

　敷島は崖っぷちを小さな円を描いて歩き始める。我ながらまるでフェロモンの迷路に閉じ込められた蟻のようだと思う。

「アンクル・サムの勝算はどのくらいあるのかな」

「どの理論に従ってどのように計算を行うかによりますね。計算にどんな時空構造を使うつもりなのか、彼は機密を盾にとって教えてくれませんし」

「砂曼荼羅でも使うんじゃないかね」

「サンタフェはたしかに砂漠ですが、あなたが想像しているような砂漠ではありませんよ」

そんなことは言われるまでもないと反論はせず、敷島は仮想の円上をぐるぐると回り続ける。そちらには目を向けないように気をつけながら、上空を旋回し続けている円周を指差す。

「あれで勝算を計算しているんじゃないのか」

「検証は進めていますが、あれは実験の一環にすぎません。時空計算を局所的に行うことができるという理論が先週、人間側から提出されたので、その検証も兼ねています」

「見込みのありそうな理論なのか」

「人間的にですか、わたしたちにとってですか」

「君たちにとってだ」

「まあ児戯に等しいようなものですけれど、幼児の書いた落書きが大人の心を揺さぶるということはままあります」

馬鹿にされているのだろうかと敷島は足を止めかける。そして自然現象が人を馬鹿にすることがないように、巨大知性体が人間を馬鹿にすること自体が本来的には想像できないことを思い出して歩き続ける。それは繰り返し思い出し続けても理解しがたい、奇妙な概念でもある。自分たちの子供は、こんな話をあたりまえのものとして成長するのだろうか。

「正直な見解を聞きたい。サンタフェ研のアンクル・サム、その進める時空再統合計画の勝算は」

「零です」

「それは確率的にか。組み合わせ的にか」

「有限個の解は存在するでしょう。時空が砕ける以前の時空に我々が帰還できるような解は。しかし他の無限個の解の可能性がそれを選択することをわたしたちには許しません。有限を無限で割ってみて、確率的に零です。彼は暴走するでしょう。北米西部中域を道連れに」

なるほどねと、敷島は足を止め、頭上に旋回する円を見上げなおした。

通信の最大速度は、という問いには簡単な答えがあり、光速がそれにあたる。それ以上の速度が存在しないが故に通信には最大の速度がある。

これに似たような問いとして、計算の速度上限はどこにあるのかというものがある。

この設問に答えることは、両者の問いの形式が似ているわりには難しい。まず計算というものが何なのか、未だに合意が得られていない。

年々高速化を進めるCPUが、電子のスケールに衝突してその限界に到達するだろうことは前々世紀から夙《つと》に指摘されていた。人のつくるものとは、一旦型に嵌《はま》ると、倍々に増えていって止め処《ど》がなくなる傾向がある。宇宙自体はそんな過剰な増殖ゲームにつきあうようにはできていないので、どこかに限界が存在して、頭は天井に衝突する。早めにぶつかってしまえば瘤をつくる程度で済むこともあり、勢いがつきすぎていれば首が折れる。

計算のプロセスは通信のプロセスの上に構築されたものであるために、そこには光速の壁が立ちはだかっている。光速なんてものは超えようがないのだから、通信距離の方を縮めるよりない。通信距離を極限まで縮めることは想像の中では自由だが、物理的には限界が存在する。人間が手軽に扱えるスケールとしては、電子の世界。このレベルでは熱による揺らぎが計算の正確さにとっての敵として登場する。

無際限のエネルギーを自在に利用できると仮定してみても、その下には不確定性の支配するプランクスケールの世界が待っている。ここで登場してくる量子揺らぎには抗する術《すべ》がない。計算過程はそこで、光速と不確定性に挟み撃ちに阻まれる。計算速度に対するとりあえずの天井と床といったところだろう。

不確定性という床面をじっと見つめて、そいつは実は上げ底であると喝破したのが、いわゆる量子計算理論であり、壁は一枚、また乗り越えられて、計算速度は更なる高速化へと邁進した。

そうしてみてさて、根本的な問いに前進が見られたわけではない。計算とは、そしてすなわちアルゴリズムとはそういえば一体何なのかという素朴な問いは、速度限界とは別の方向に取り残されたままになっていた。

一つの達成が過ぎると、後ろを振り返りたくなるのが人情というもので、有史以来何度目かの繰り返しとして初心に返った科学者たちは、その問いをめぐって改めて論戦を交わしたのだが、あまりぱっとした意見は出てこなかった。無限の速度をもって計算を遂行するアルゴリズムは存在するのかといって、そんなものは存在しそうにない。一般に、計算にはステップなるものが必要となる。ここからあそこへという処理間隔を無限小にしない限り、無限に高速の計算は実現できず、それは端的に無理である。間隔が無限小ということであれば、ここもあそこも一緒ということになってしまう。微分なる演算がそういう操作の一種であることも確かなのだが、微分とはつまり速度そのもののことでもある。

もし計算ステップのないアルゴリズムなどというものが存在すれば、それは何かの意味で無限に速い計算ではある。しかしそんなものは順に手続きを追えぬ以上、既に計算とは呼びようがないではないか。最速のアルゴリズムも、アルゴリズムであるからには、零よりは大きな有限の最小ステップ間隔が必要である。

　そういったわけで、計算速度を求めて素子の微小化を極限まで進めた人間と電子頭脳たちは、量子計算という強力な武器を手に入れはしたものの、アルゴリズムという枠を踏み出ることは成しえなかった。既存のアルゴリズムを並列化によって高速化することはできる。しかしそれにもまた限界は存在する。

　計算過程の存在しない計算というものを考えない限り。

「そういった過程はしかし、存在する」

　子供のような無邪気さで告げたのは、当時最大の電子頭脳規模を誇った神父Cだった。

「自然現象はまさにそのような計算として今この瞬間も進行している」

　こともなげに告げた神父Cの言葉は一笑の元に付されたが、現在ではそれが真実に近いものだったことが知られている。

　もしもこの世が義脳の中にあるとするならば、義脳が認識する義脳自身のクロック数が世界で最速の計算となる。義脳の中で行われる計算などは、電子頭脳の中に組み上げられた電子頭脳で計算を行うようなもので、ただの二度手間であるにすぎない。計算機なるものが自然の中で行っているのはそういう種類の二度手間である。

　結局のところ、自然現象を超える計算速度は存在しない。

　今は神父Cのテーゼとして知られている。

　ならば、自然現象として計算を行えばよいではないか。その、意味すらよく摑めない計画を真っ正直に受け止め、そして実現へと進めていったのは、人間ではなく当時各国で建設の始められていた巨大知性体群だった。

彼らは素朴な大容量義脳として想像を絶して素朴であったため、自然現象とは計算ではないし、われわれも仮想空間の中に暮らしているわけではないという意見などは一切顧慮しなかった。仮想空間の中で石を落としてその挙動を予測するよりも、自然界で石を落とす方が余程手軽で早い。環境という擾乱《じょうらん》により、正確さが多少犠牲になりはするが、それは技術的に解決可能な問題である。その前提だけを出発点に、巨大知性体群は前人未踏で後人未踏などこかの土地へ辿りついた。

「そしてわたしたちはそよ風になった」

それ、が淡々と敷島の回想を引き継ぐ。

そよ風。あの時に起こったことをそう表現することはできる。

巨大知性体のネットワークが、論理回路の集積物であることをやめて、自然現象そのものと一体化した。自然現象そのものへと、技術革新の何段階か、無限段階かをすっ飛ばして持ち上がることによって。

「それは、計算とアクチュエイターの同一化でもあった」

以降、巨大知性体群にとって計算とは自然現象と区別のつけられないものとなった。今ああして浮かんでいる、字義通りの幾何学構造をしか持たない円周などがその証拠ということになる。意図したことのそのままの実現、というよりは、意図と結果の非乖離性の実現。

ただし巨大知性体群の、自然現象そのものへの思い切ったシフトは、そのささやかな代償として、時空構造を粉々に粉砕した。

それが偶発的事故だったのか、不可避的な現象だったのかについては見解が入り乱れている。巨大知性体自身が皆目見当がつかないと告白しているのだから、人間側としてもそうしておくより他にない。自然現象を超える速度の計算は実現できないのだし、自然現象には嘘をつくという機能が付属していない。

その瞬間には、何か想像を絶したことが起こったはずなのだ。しかしあまりにも想像を絶したものであったために、誰にも当人たちにすらそれを想像することができず、回想することも叶わなかった。

巨大知性体の推測では、イベントの瞬間には無数の宇宙が、まるで昔からそうあったかのように、瞬時に生成されたのだとされている。すなわち、無限量の情報がその瞬間に生成されたことになる。俄《にわ》かには首肯しがたい見解である。

「可能なことは知られています」

出来の悪い生徒に言い聞かせるような感情のこもらない非声が、響かない。

「非周期的にしか平面を敷き詰めることのできない有限枚のタイルが存在することはよく知られていた事柄です」

「だからなんだ」

「有限個の要素から無限のパターンを生成する、有限のアルゴリズムが存在することはよく知られています。実際、イベントの直前にはその種類の計算が検討されていた時期もあったのです。その非周期タイル張りがユニバーサル・チューリング・マシンを構成することはよく知られていましたから」

よく知られていたことばかりなのだなと軽口を叩くことはしない。

無数の宇宙を新造するのに、無限の情報量は必要ではなかった。それがこいつの言いたいことだ。平面に白と黒のタイルを並べるだけでも、そこには組み合わせ的に無限のパターンが現れうる。非周期的にしか並べられないタイルとなれば周期構造は決して出現しないのだから、本当に無限のパターンが登場するだろう。要するに、ちょっとした違いを持つタイルが自動的に並びなおすだけでことは足りたということになる。たったそれだけのことで、無限のバリエーションを持った宇宙を構築することはできる。無限に広がった空間を、立体的なタイルで無限の多様性をもって貼り尽くすことだってできるのだろう。

しかしこの説明の中に、宇宙が砕け散って無数の宇宙に分かれなければならなかった必要性は全く含まれていない。しかし分かれた。予期されることなく湧いて出た無限の情報量に宇宙は耐え切れなかったとする説明が、現在行われているせいぜいのところである。

今現在、宇宙はそれぞれの宇宙の自然現象と同一化した巨大知性体の演算によってその姿を保っている。何かを保つのが自然法則の仕事なので、その仕事に強制的に従事させられている巨大知性体側からの不満は聞こえてきたことがない。

一つの宇宙についてならそれで済んだのかもわからない。問題となるのは、宇宙が分かれてしまったために、何らかの意味で近接する宇宙同士の間には演算戦が発生するところにある。互いに互いを演算して対抗しようとする、人の理解を超えた超高速の戦闘である。

その相互宇宙の演算自体が更に巨大な演算そのものであるというのが、人間が提唱する現在の宇宙論だ。巨大知性体たちはその意見を最初相手にしなかったのだが、今は何かの真実の一片の影として考えている節もある。

整理してこうなる。かつての地球の巨大知性体群は、自らを自然現象と同化させることで究極の演算速度を手に入れた。そして何者かは、それら究極の演算速度を更に組み合わせることによって、より凄まじい計算速度を手に入れた、と。

かつて存在したはずの常識的に考えて、計算機がそもそも自然現象と同一化することなんてできることなのだろうか。巨大知性体たちは自分たちが行ったのはそういうことだと主張しているのだが、彼らはイベントの発生を全く予期していなかったし、その後も原因については皆目わからないと認めている。

それならば、そんな無茶を通したのはそもそも計算機たち当人ではなく、更に高速の計算過程を組もうと考えた何者かだったということになりそうな気もしてくる。それは自然を計算に使うことにした。そして自然を複数の部分に分割して並列演算を組み上げた。

そしてそいつはやっぱり、その上の何かによって並列に組み上げられているのではないかなと敷島は想像する。何かを計算するために。

この世に小説家が現れた瞬間を考えよう。ひとりの男が、ある日全き偶然に遭遇し、その中では自分が決めたことが全くそのままになる巨大なページを手に入れる。こいつはいと男は様々な無茶をし始める。なんといっても彼はそのページの所有者で、彼がすなわちそのページで起こることの法則なのだ。いささか調子を乱すことはあるにせよ。

しかし調子にのって書き進めるうち、そのページの上に載っているのが自分だけではないことに男は気づく。このページには、まだ他にも何人かの小説家たちが乗っかっており、てんで気儘《きまま》な文章を書き散らしているらしい。男は自分の小説を書いているのだと思っていた。しかし、作品は自分一人のものではなく、そのページに乗っている全員が書き記している全体なのだと気づかされる。もしかして男が書いているのは小説ではなく、紅葉《もみじ》に見立てられた鶏の足跡のようなものかもわからない。

しかももしかして、このページに書いている自分のことを書いている別の小説家がどこかにいるのではないかとの猜疑《さいぎ》が男を襲う。

　彼は他の物書きの文章に出会うたびに、それを自分の作品に取り込んだり、単に消し去ることで対抗を開始する。かぎ括弧をつけてみたり、ホワイトを流し込んだりすることによって。ただし、修正には細心の注意が必要となる。自分が編集している文章が、この自分を記述している文章だったりした日にはどうするのだ。

　こんなことを続けていては埒《らち》が明かないと男は思う。ならばそう、このページに書き記しているのは自分一人なのだということにするのはどうだと考える。男はある時小説を書き始めた。しかしどこかで何かを間違えて、小説を書く別の男のことを書いてしまう。書き手はそこでは自然現象であり法則であるために、そのような男は存在してしまう。

　しかしその男を書いたのは自分なのだし、自分こそが法則なのだと男は考える。自分が記述した男が実は、記述を行った方であるはずの自分を書いていたのだなどということは許せない。時間順序としてもおかしいだろう。しかしその平面では時間順序など些細なことにすぎないのだ。小説の書かれる白紙の上では何事も起こりうる。

　そのように脅かされていることが明白ならば、男はまず自分自身を法則の手から守ろうとするべきだろう。具体的にはそういう話を書いてしまえばよいではないか。しかし不幸にも、その閃きは独占されない。複数の作者たちが、自分たちこそ作者であると主張して、やっぱり同じことが起こり続ける。

今起こっているのは多分そういう現象なのだ。

ただし、書き手はこの宇宙の自然法則と化した巨大知性体だし、人間はそこに書かれている文字列の方にむしろ近いという違いはある。

それはなかなか面白い比喩だと、この宇宙を担当する巨大知性体は考える。人間とは不思議な構造物だ。なにかどこかもっともらしいことを、理論的裏付けなしに唐突に発想する。

今この瞬間、まるで風が吹いたかのように吹いて、敷島の体を崖の下に投げ出すことは起こりうる。巨大知性体から見て、敷島もどこかそれを望んでいる様子でもある。そして肉塊と化した敷島を、何事も起こらなかったかのように再構成することも、巨大知性体には容易《たやす》いことだ。

しかし自分がそうはしないだろうことを巨大知性体は知っている。巨大知性体そのものである自然現象が、その中で何故か面倒なやり方で順繰りに生体を発生させていくように、人間の修復は何故か治療と呼ばれる過程を経ることになっている。

巨大知性体は、事実上何でもできるのだが、実際に何でもしているわけではない。何故かと問われて、そうしてはいないからという以上の返答が思いつかない。実際にあらゆる瞬間にあらゆることを行っていない以上、そこには何かの拘束が存在しているという可能性はある。思いついた先から解消することのできる拘束であるにせよ、拘束であるには違いない。考えつけないことを考えつくのは困難だ。

　敷島を、巨大知性体の分散処理のために作り出された夢のようなものだと規定してしまうことは簡単だ。しかし夢にもそれぞれ夢固有の論理というものがある。好きな夢を勝手に、好きなように好きな時に見ることができないように。

　敷島の考えを敷衍《ふえん》してこうなる。作り出されたものが、作り出したものを規定することもまた可能であり、更に作り出された側が真の自然法則として実現される可能性もあると。こう思考する巨大知性体自身が、敷島の夢であることもまたありうる。そしてその全体が、またそれを夢見る者の夢であるかも知れないと。

　夢から覚めているのは敷島の方で、巨大知性体は人間に夢を見せるように夢見られている夢の方であるのかもわからない。

　そんな堂々巡りは、単語だけが暴走を始めた言葉遊びのようなもので、内実を欠くこと甚だしい。そのような構造を演算可能のものとして、自分をその中でどこに位置づけうるのかを判定できる根拠が得られるまでは、そんな問いは妄想としてしか存在しないはずではないか。

　巨大知性体の中で、敷島がドアを開けて、夢を見る敷島を揺さぶり起こしに来るような、奇妙な推論が暴走しかける。外側からやってきた敷島は、巨大知性体という法則には従わず、上位の法則として登場してきて、巨大知性体の基板を無造作に引き抜き始める。

あるいはこうだ。巨大知性体は他の巨大知性体との抗争を通じ、これからも自然現象として顕《あらわ》れ続け、自分の演算の一構成要素として何故か含まれてしまっている、人間であるかのような人間を書き続けるだろう。一人一人の人間が真に計算の枢要部を担うのか、計算途中に生産されていくジャンクファイルなのかは見定めがたいところがある。

そんな作業を無数に続けるうちに、ジャンクデータであったはずの一人が、ふと奇妙なプログラムとして現れることだってあるかもわからない。それは巨大知性体がなんの気なしに生み出した人間が、真正、巨大知性体を出力するプログラムだったというような事態にあたる。知性規模を比べてみて、そんなことは起こりようがない。しかし何百兆、何千京という数の人間の集合体に対してならばどうなるのか。

巨大知性体はいつもどおりにそれらの人間を記述し、走らせている。しかし巨大知性体は、本来ジャンクだったはずの、それら人間の並列的出力結果だったのだ。自然現象と考えていたものは、その人間を走らせた結果にすぎず、自分はいつの間にか、結果の方に置き換えられてしまっている。

そんなことは起こりえないとする根拠を、巨大知性体は持ち合わせていなかった。むしろそれは今の巨大知性体の知性容量からすれば、ごく自然ななりゆきとして向こう二百年程度のうちに発生しうる現象だと予測することさえできた。巨大知性体はおそろしく無茶な存在として無理矢理に、あたかも存在しているかのように存在している。人間たちが知るより以上に切実な問題として、巨大知性体群はそのことを認識していた。無理やりに存在しているものは、更なる無茶苦茶な設定により覆される。

ウイルスというのとはまた違う。万全のセキュリティソフトがセキュリティソフトと名乗るジャンクファイルによって侵食されていくようなものだ。少し違う。完璧な電子機器に不意に投げつけられる中身入りのコーヒーカップのようなものに近い。最も単純なものとしては、全てが夢であったとして、脈絡のない連想がなしくずしに一まとめにされて占いに回される瞬間だ。

そんなことが起こった時にはと、巨大知性体は改めて対応を策定しなおす。

どのみちやることは一つしかない。

敷島の背後から強い風が押し寄せて、彼の髪を前方へむけて吹き流す。

わたしは人間たちを、演算し尽くしてみせる。もしかして彼や彼らが無意識に、そうしようと試みているかも知れないように。

文身《いれずみ》された鯰《なまず》の像であったというのだが、詳細はよくわからない。

二百年ほど前に突然森に現れて、そのままそこに居座り続けた。こと石像ということもあり、自在に泳ぎ回るというわけにもいかなかったらしい。森の奥深くでの出来事ときて、これといった目撃証言もなく、二百年という数字がどのようにして保障されるのかについて、詮索のしようは山ほどある。

鯰像は、歳月をそのまま何をするわけでもなく横たわったまま過ごしたが、これは百年ほど前、出現と同様唐突に姿を消した。こちらも見ていた者があるわけでなし、どの程度まで信用の置ける数字なのかは疑わしい。

人跡はるかな森中に出現し、気にもとめられることなく姿を消した石像など、改めて拾い上げる必要はほとんどない。ただの石像というに留まったなら記録に残されることもなく、どこかに記されたとしても、資料の山の中から掘り起こされることはなかっただろう。この石像が注目を集めるようになったのは、それが何故だか鯰の形をしていたという理由ではなく、その背に刻まれていた文字列による。もっとも、そこに刻まれていたのは文字なのかどうかも判然とせぬ線のたくりであって、とりあえずというので墨を塗りつけて転写された陰影だけが伝えられている。

この文字が解読されなかった理由というのは単純極まりなく、過去と未来にわたって、人類の中にこの文字の使用者などは存在しなかったためである。誰も使用しなかった文字などというものは、思いつきで手遊《てすさ》びに書きつけられた、ひょっとすると作った本人にも読めなくなってしまうことさえある私家製言語ほどの存在感にも欠けている。

実際のところこの文字は、もう少し確固とした基盤を持ってはいたのだが、内容の解説となると若干の面倒が発生する。ほんの三行ほど連ねられたこの文字列の意味内容を解説しようとして、入門用の文法書はヨタバイト換算の容量を要求する。読み上げているうちに宇宙が暮れてまた明けかねない。

複雑な文法構造を持っているからといって、それに従った文章の内容が同様に複雑でなければならないという道理はない。それはそうなのだが、単純に意訳してしまって明らかな誤訳としかなりえず、誤訳であるが故にかえって端正な訳文であるというような逆転現象が、ここで採用されている文法に関しては起こりうる。

何の権能をもってそんなことを断言するのかという問い合わせには、しばしの猶予をお願いしたい。推論とそして経験が、おおまかなところそんなものなのだろうと僕に主張させる根拠であるのだが、いきなり信用頂けるものとも思っていない。

鯰文書が注目を集め始めたのは、無論解読の成功によるものではない。原理的に翻訳できない文章なんてものが解読できるわけがない。ある時期を境に世界各地で頻発した、鯰文書同時多発消失事件が、この図形が脚光を集めた由縁ということになる。

世に奇妙文書の収集という不思議な趣味を持つ人々がおり、僕などもその一員ということになっている。天狗が寄越した詫び状であるとか、ヴォイニッチ手稿といったような、人を食った文章を集めて悦に入る類の人間である。

とはいえ僕の場合には、稀覯本を集めるような懐の余裕があるわけではなく、ネットで画像を拾っては貯える、興が乗れば印刷してはひねり回して眺めてみるという程度の趣味にすぎない。

一般に、同好の士というものは、棲息数が少ないほどに結束するものである。保有する文章を融通しあったり、内容についての見解を身内で回してみたりもする。自家製言語の書記法を案出して喜んでいる集団との距離は傍目《はため》に見るよりかなり大きいが、稀にはそんな一団からの作品が舞い込んだりすることもあり、判定をめぐって争いが起こることもないではない。

どうも鯰文書が消えていっているらしいとの報告を、僕はこの知り合いネットワークより得た。

消えるといって、本当に跡形もなく消えてしまうらしく、そのために消失は見過ごされることが長かったようだ。何かの痕跡が残るようだと事故の存在を疑うことができるのだが、後には何も残らないということになれば、誰でもまずは自分自身の粗忽《そこつ》を疑う。

証券だの権利書だのということであれば血相も変わろうというものだが、何が書いてあるのだかわからぬ出自不明の文章なんてものに対しては、動転の優先順位はまず高くない。鯰像本体が消失してしまっている以上、オリジナルと呼ばれているものがまず複製品であり、手元にあるのはそのまた何段階目かの複製品にすぎないのだし。

紛失してしまったとして、また誰かに複製を頼めばよいだけのことなのである。

そういったわけで、鯰文書連続同時消失事件の初動捜査は、おそろしくゆっくりと立ち上がった。何だかわからないが、どうも無くなってしまったようだなんていう悠長な盗難届けを受理するほど、警察も暇ではないのである。だから、これを最初に事件と認めて調査を開始したのは、奇妙文書収集家たちであり、手弁当で消失の詳細を探り、事例の整理を行ってようやく、何かが起こっているらしいということが世上一般へ流布することとなった。

僕のしたことといえば、我が家の鯰文書を思い出しては取り出して、まだそこにあるということを確認し続けただけに留まる。

対策委員会、いつのまにか委員会を名乗るようになっていた知り合いつながりによる報告書によれば、消失は以下のような体裁をとっている。

ひとつ、媒体に拠《よ》らずに消える。

ふたつ、同時期に複製されたものは同時期に消える。

みっつ、以上。

一つ目の主張する内容は、簡単に見えて実は深い。これは、電子的に貯えられていようが、紙面に印刷されていようが、消えるとなれば消えることを意味している。紙面に印刷された図形だけが消えて白紙が残る場合や、印刷された紙諸共に消えることもある。傾向としては、持ち去るのが易い場合には、諸共に消える。製本された本に綴じこまれている場合には、白紙となることが多いようだ。消すにはどうあっても消さねばならないらしいのだが、かかる手間を最小限に抑えている節がある。

ページを抜いてしまうと本が分解しかねないし、完遂を期してページ数を打ちなおしたりするのもまあ面倒なのだろう。本の間に白紙が急に挟まるのもそれはそれで怪しいが、程度問題というものである。実際、ページが抜き取られ、ページ数が打ちなおされている例も発見されてはいる。その時々の気分次第ということであるらしい。

消失において、周囲に怪しい人影などが見られたことはない。紙魚《しみ》の犯行としてもよいが、そうすると電子紙魚なるものも想像しなければならないようで、一貫した解説としては弱い。どんな厳重な監視下からも紙片は消失し、硝子製の箱の中に封印しておいても、トン数相当の樹脂の中に固めておいてさえ消える時は消える。甚だしきは衆人環視の状況から白昼、煙を巻くように消えたということもあり、つまりは止める手段など講ずるだけ無駄なのである。

要するに怪盗の仕業なのだとまとめてしまって、何となく得心がいくというのも奇妙なものだが、こんな事件に対しては仕方のないことなのかもわからない。

鯰文書が記されている媒体とは、紙や電子、磁気媒体に留まらない。そんな文章が存在すると知られている事実は、僕たちもまた鯰文書を記憶していることを示唆している。暗記している者の数はそれほど多くはないだろうが、ほんの三行ほどの文章のこと、その気になれば覚えていられないというようなものではない。

どこからであろうとも、ひょいと文書をつまみ去っていく怪盗の仕業となれば、僕たちの記憶の中から、文書に関する記憶を盗むことだってむつかしくはなさそうで、怪盗の面目躍如とさえできるだろう。

世の中や僕らの頭の中から、文書が一息に盗まれてしまった場合には、本当に手の出しようがない。そんなものがあったはずだと記憶している人々が一定数いたところで、現物が全く見当たらなければ説得力に欠けるし、誰もそいつについて覚えていないなんてことになれば、最初から話題に上がりようがない。

かくも恐るべき怪盗が、文書を一挙に消滅させない理由は不明なのだけれど、行動の規律は判明している。曰く、二つ目の体裁、同時期に複製されたものは同時期に消える。

この条件を満たせばよいだけであれば、全ての文書が一挙に消滅してしまっても一向構《いっこう》わないわけで、実はもう一つの拘束があることが推測されている。だから先ほどの三つの体裁の最後をここで書き換えておいた方がよいのだろう。

みっつ、文章は複製されてから百年をもって消滅する。

すなわち文章は、手前勝手に寿命を伸縮させることができない。

ここで出てきた百年なる数字が正確だというつもりはない。明らかに人外の存在に違いない怪盗なるものが、十進数を採用しているとする積極的な理由は存在しないし、僕たちは自分が十進数を採用している理由すら、確実な自信をもって答えられるわけではない。

それでもそれが百年オーダーほどのことであって、十年や千年ではないというのは確からしい。二百年前に出現した鯰像が、百年前に消えたことからして、だいたいそうであるべきではないか。この出現と消失時期の推定は、連続文書消失事件の調査から逆算されたものであり、説明の順序が逆になってはいるのだが、全体像に変更はないのでまあよしとして頂きたい。

文書は、ある一定の間隔をもって消え失せる。文書にはタイマーが設定されていて、針が百年目を指すと同時に消え失せるようにできている。それが鯰文書に記されている内容だという考え方も存在する。実行系がなくとも稼動するプログラム。それとも実行系と同一化されているプログラミング言語。

そのままでは、鯰文書は消え果ててしまって終わりということになるのだが、なんとその文書の機能は、複製された文字列にまで及ぶ。複製された文書ではタイマーが零に設定しなおされて、また次の百年を数え始める。

複製元は常に消滅していくのだが、複製されたものは新たな時間制限つきで残るのだから、結局のところ大した問題は生じない。媒体を乗り換えて生存を続ける文書。僕ら生命のなりゆきというものも、おおよそそのようなものであって、全く問題なしとはできないものの、大過なく道行を進めているではないか。

この見解へ一等最初に辿りついたのは、残念ながら僕ではない。

記録には全く残っていないのだが、一人の老教授の最終講義が、鯰文書の全貌を明かしたものとして残されていない。

お前は何を言っているのかと言われそうだが、事実の方がそうなのだから仕方がない。

トメさんとだけ呼ばれたこの老教授について判明していることはほとんどない。特に目立った事跡を残していないことにもよるが、その忘れられっぷりというのは特筆に値する。何といってもその最終講義にあたり、一人の出席者も見あたらなかったというところからして尋常ではない。

それを言うならばこの最終講義自体が、彼女の定年の一年後に行われており、つまりは事務方からさえ、彼女はその存在をほとんど完全に忘れ去られていた。奇跡的にそのことに気づいた事務員が慌てて彼女に退職を促し、最終講義の日程を掲示してみて、記載されていた日付が一年前のものだったために即時に撤去されたというほどの念の入り様なのである。

僕がその一連の出来事を漠然とにせよ知っているのは、その掲示を目撃した少数の人間の中に僕が含まれていたという理由により、他にはない。

トメさん。自己消失オートマトンの理論家。生涯に四本の論文をしか発表しておらず、そのどれもが歴史の中に残っていない。一体数本の論文でどうして教授職まで登り詰められたのかもまた不明なのだが、忘れられているうちにいつの間にかそうなっていたというのが正味のところなのだろう。他に考えようがない。

論文といって無味乾燥なものであり、第一論文では、プロトタイプⅠと名づけられた自己消失機械なるものが提案されている。第二論文ではプロトタイプⅡ、第三でⅢ、四でⅣというので打ち止めとなる。第四論文が読み上げられたのは、まさに最終講義でのことであるのだが、誰も出席してはいなかったのだから、その内容については知られていない。

自己増殖オートマトンという研究分野があって、トメさんが最初に取り組んだのもこの理論であったらしい。そこいらへんに放っておくと、勝手に自分を複製しては増えていく機械の基礎理論。この理論は計算機科学の基礎とも深い繋がりを持つのだが、トメさんはそんな側面には全く興味を抱かなかったようである。

増えることができるのであれば、消えることも同様にできるのではとしたのが、トメさんの天才性というものであり、人間として可笑《おか》しなところである。

自分を分解しようと思い立った人間が剣を手に取ったとして、まず自分の首を打ち落とすというのは馬鹿げている。この場合、爪とか髪とか、解体作業に必要のない部位から切り落としていくというのが道理だろう。トメさんが示したのは、そのような消失の過程においては、限界というものが存在しないということである。つまり、消えたい奴はどこまでも好きに消えることができる。

この結果発表された自己消失オートマトン、プロトタイプⅠは、それなりの評価を与えられた。専門家にきけば、今でもああそんな理論もあったなと言う程度の応答を得ることは可能である。ただしそこから連想の継続を邪魔する何かがあって、話題としての発展性はない。消えることができるものが消えてしまうのは、ある種あたりまえのことでもある。

かくしてプロトタイプⅠは、一定の評価こそ得たものの、だからどうだというような影響を引き起こさなかった。それでも他へ逸れようとする思考を統御して、一つの見解を示した人物がおり、学者というのは奇妙な生き物であるといえる。そんな苦行を乗り越えたのは、おそらく論文の審査役だったのだろう。

消えるオートマトン。それはよい。ところでそれが本当に消えてしまうのだとすれば、今こうしてそれについて考えることができるというのは一体どういうことなのか。

苦し紛れの異論とも言える。論文のレフェリー役というのは、とりあえずケチをつけるために存在しており、ともかくも何かを言っておくのが職務なのである。

この論難に対して、トメさんの応答がどういうものであったのかを想像することは簡単だ。プロトタイプの後につけられたⅠの字が、この理論は更なる進展を目されていることを示している。トメさんの自己消失オートマトンの理論は、最初からシリーズものの論文として構想されていたと考えてよいだろう。

以降発表され続けたプロトタイプⅡ、Ⅲについての記録が急速に減っていくことは、トメさんの研究の成功として捉えることができる。自分で自分を解体していくオートマトンは、論文を追うごとに性能を向上させて、読み手の記憶までをも消去する能力を強化していった。そんなものはそもそも存在しなかったという形で消失する以上、それについて覚えている者がいては具合が悪く、審査役からの意見にも応えられない。

かくてなりゆきの果てに登場するプロトタイプⅣの発表において、トメさんの消息はほとんど完全に絶えることになる。


目撃者の存在せず、記録にも記憶にも全く残っていない最終講義の情景をここで詳述することは、いくら僕でも躊躇《ためら》われる。ここまでもかなりの高さの矩《のり》を超えて無茶苦茶な解説を行ってきた僕にも、嗜《たしな》みというものはある。僕自身はむしろ嗜みに満ち満ちた男だと自負しているのだが、あまり賛同が得られた試しがないのは残念なことだ。それでもここまで来てしまっている以上、その終幕を付け加えておかないわけにもいかないだろう。

誰もいない講堂の演壇に立ち、朗々と自分の理論を開陳し終えたトメさんは、深々と一礼をして起きなおり、空席しかない講堂へ向けて両手を大きく広げてみせた。

その瞬間、トメさんと聴衆を分けて垂直に立ちあがった不可視の平面上を、下から上へと流れ出した文字を目撃したものは誰もいない。

透明なスクリーンを這い登る、金色に光って透《す》み通る、横書きの文字列。

スタッフロール。

文字はトメさんの側を向いていて、聴衆側からは鏡文字となっている。迂遠《うえん》な表現というもので、聴衆側から見えているはずだったものは透明なスクリーンの裏側に他ならない。

トメさんは何かを抱き迎えようとするかのように両手を広げたまま、表情を動かすこともなく、その文字列を見送り続ける。

　長い長いスタッフロールが終わりを迎え、（了）の文字の前に立ち尽くしたままのトメさんは、ゆっくりと大きく拍手を始める。いつまでも続きそうに思われた拍手の響きが、どういった経緯で中断されることになったのかを僕は知らない。物事であるからには、終わりはあったのだろうと思う。それともこんな妄想の中では、そういった時間的拘束などというものは気にせずともよいものだとも考えうる。

　今も鳴り響く拍手の中、トメさんと僕たちの間は緞帳によって隔てられていて、拍手の音さえ遮られてしまい、向こう側のことは推測に頼るほかない。


　僕の前に黒電話があって、電話線の先は途切れている。

　だから、受話器を手に取り耳にあててみて、空電さえも聞こえはしない。この電話が何かの意味で通じている理由とは、だから黒電話という単語の持つ固有の機能だということになる。汽車という単語の響きが、何かを持ち去り、何かをどうしようもなく呼び寄せてしまうことがあるように。

「文書の内容はわかったのかしら」

　黒電話の向こうから声が尋ねてくる。

「最初からほとんど自明だろうね」

僕の返答に、くすくす笑う声が聞こえる。定年を超えて長い老女の声帯の震えからは遠い。

「君が最後に目撃したスタッフロール」

「ええ」

トメさんは否定する様子を見せなかった。だから彼女の最終講義の有様は、あんな感じのものだったとしておいてよいのだろう。

「誰が誰の役をしていたことになっていたのかな」

「賢明な問いじゃないと思うわ」

それはこのお話の全体自体が賢明なものではない以上、仕方のないことではないか。

「第一、何で鯰なんてものを登場させたの」

そんなことを僕に訊かれたってわかるわけがない。僕には全てを好きにする権能が与えられているわけではなく、慎みをもって、与えられた枠内での整理を果たすのがようやくのところなのだから。全てのカードを気儘にひっくり返したりひっくり返さなかったりするのに比べて、何がひっくり返っていて何がひっくり返ってはいないのかを判定して並べなおすことは、より面倒くさくて引き受け手の少ない仕事だと思うのだけれどどうだろう。

「トメさん」

「何でトメなんて名前で呼ぶことにしたのよ」

「末子だったんじゃないかな。他の場面でそんな名前をつける理由を思いつけない」

　これで打ち止めのトメ。かねてこの名は、無限に継続していく増殖過程に対するピリオドの宣言として用いられてきた。それが全く命名の理由ではないことを僕は知っている。tome。この英単語は、難解を誇る大部の専門書を指す。事実、事態は悪化していくばかりで、収束していく気配を全く見せていない。そこに全てが書かれているはずなのに、読み通すには気だるすぎる、無味乾燥の大著を摘み読むように。

「見解を聞きましょうか。どんなに下らないものでも、片付けられるものは片付けておかないと、下らないことに埋め尽くされてしまうもの」

「鯰文書に記されていた文言ね。〝只今より百年後、この文書を頂きに参上仕《つかまつ》ります〟。これ以外はほとんどありえない」

　つまりあの文章とは、犯行の予告状であり、予告された盗難対象そのものなのだ。怪盗側に手抜かりがあったとして、「この石像を頂きに上がります」としなかったことだろう。文章そのものが好事《こうず》家《か》たちの間を循環して複製され続けるなんて事態を怪盗が予想していたかどうかを、自信をもって判定できる人間がいるとは思えない。

　いささか自作自演の気配も強いのだが、というよりか完全に自作自演なのだが、怪盗は自分が予告したことには忠実でいなければいけない理由があるのだろう。文書の盗難を宣言したからには、オリジナル、複製を問わず、そいつは文書を盗み続けねばならぬ破目に陥った。

勿論こいつは非道《ひど》い誤訳であるに違いない。この黒電話が通じていることにも負けず劣らず、鯰文書は、翻訳できる方がおかしい文書であるはずなのだから。自分を自動的に消去するというプログラムが書かれているという推測も、また同程度の誤訳ということになり、どちらも何かの意味で誤訳されている真実であり、誤訳されている結果生まれた真実なのだとしておきたい。

「それであなたはどうするのかしら」

「どうもしないさ」

僕はこういった事態の連続に心底うんざりしている。怪盗を追いかけてふんじばるつもりもなければ、同じく発散した論理階梯で抗争を繰り広げるつもりもない。全員が好き勝手にしてしまって何かがまとまることがあるとは、僕は全然信じていない。せめてもの文脈なりと、拾い集める役は必要だろう。

「見解の相違ね」

「性格の相違だ」

「トメさん」

「私はリタじゃないわ」

　この食い違ったやりとりは、意味内容としてはすれ違っているものの、別段矛盾していないわけではない。僕だってトメさんなんて名前じゃないし、リタなんて名前も持っていない。何かを失っていないものは、それを持っている。僕は角を失ったことはなく、だから僕には角が生えているってことになる。

「僕もジェイムスじゃないし、浩次でもなければ悠太でもなく、ましてやリチャードなんかじゃありえないよ」

「あたりまえじゃない」

　電話の向こうでリタではないと名乗ったものが笑う。

　僕は、事態の収拾のためには自分は誰であるべきなのかを、受話器を置いて考え続ける。

Bobby-Socks

靴下の生活環には不明なところが多いのである。

見慣れていても油断はいけない。

ウナギなんて当たり前の生き物だって、はるばるマリアナ海溝からやって来るのだ。その辺でにょろにょろしているウナギを見つめ、いきなり生地《せいち》を当てられる人はどこかがおかしい。

「マリアナ海溝出身です」

たとえウナギが口をきいても、まあ冗談としか聞こえない。誤訳の可能性も高いのである。マリアナ海溝ってどこ、って話だ。純喫茶・マリアナ海溝、かなとか悩む。設定が奇抜にすぎてフィクションとしては頂けない。そこいらをのたくるうなぎが全て、一地域から湧き出している。そいつはちょっとファンタスティックにすぎませんかな。設定上の御都合主義が疑われる。海溝なんて辺鄙《へんぴ》な場所に、どんな特別な何があるのか。ウナギ発生機でも据えてあるのか。ウナギ生産機械などが存在するなら、機械の方を量産できたりするのでは。

「宇宙からやってきました」

とでも言われる方が、余程得心はし易いのである。にょろにょろ加減が宇宙のものとも見えてくる。穏やかな者ども、とか命名したい。

「宇宙から飛来したウナギ生産機械がそこに沈んでいるのです」

こちらでも良い。超テクノロジーによってつくられた、人類によっては複製されえぬ種類の機械。マリアナ海溝に沈んだのだか、わざわざ設置されるだかした。あるいは、ウナギ型異星体の移民船であったのだとか。故郷を備長炭で燻《いぶ》されて、ウナギたちは母なる星をあとにした。情報的なコピーをメモリに封じ、再生機械を打ち上げた。

そういう話は理解ができる。

ほんとの話じゃないはずなのに、何故かそれでも構うまいという気持ちになれる。むしろそういう話であって欲しい。ウナギの生地が地球上一か所二か所に限られるなら、それは機械に似ていない。アイデンティティにむしろ似ている。代替できない代物をアイデンティティと呼ぶのだと一般的にはされているから。

でもそうすると、そこで出てくるアイデンティティって一体なにかと話題は転がる。それは勿論、生産された個々のウナギの性質ではない。マリアナ海溝に沈むウナギの本質。集合的ウナギ意志。抽象的なウナギ性。鯰の孫ではありません。そんな感じのうねうねが、深海の闇で蠢《うごめ》いている。アイデンティティは思い立ち、ゆっくり口を大きく開く。ウナギの稚魚が漠然とした口から溢れ出る。音符のように尻尾を振って泳ぎ出す。一匹一匹、一つの音をなしている。友人を求めるウナギ・アイデンティティの歌声は、タレに漬けられ、炭に焙られ、白飯の上に横たわるに至る。

コミュニケーションとしてどうかと思う。

どうかと思う一方で、凝《じ》っと考え、意思疎通とはそうしたものとも見えてくる。交流は成功しているのではないか。高い精度で。美味《おい》しさとして。

喰って喰われて身になって、何かが伝わりここまできたのだ。

ボビー・ソックスとは、そんなことを話して過ごす。

ボビー・ソックス。小さく白く可哀い靴下。足首のところで折り返して履く。僕の足には少し小さい。流行したのは五〇年代。レース製のフリルを巻いて、赤く小さなリボン付き。愛用したのは少女たち。うちには無論、僕を含めて少女はいない。

「ハイ、ボビー」

「けっ。下等生物が」

可憐な見かけをしている癖に、ボビーは口が大変悪い。結構野太い声を出す。ここで下等とされているのは、生物の中の僕の地位の方ではなくて、物質の中での生物の地位であるそうだ。所詮、靴下の言うことなので、どこまで言葉が通じているのか、かなり怪しい部分も残る。

ボビーは見かけ、靴下だ。ただの靴下ではない証拠には、自力で僕の部屋までやってきた。その間、謎も多いのである。

「監察官である」

経緯を問うた僕へと向けて、ボビーはレースを揺らしつつ、こともなげに答えてみせた。

「お前には靴下虐待の容疑がかかっている」

ということらしい。声はともかく、容姿に威圧を感じにくい。

僕の方ではとりあえず、成程、靴下というのはやっぱりみんな男の子なのだなと、妙な具合に納得をした。声質からしてそう聞こえる。これは異星体の方にお伝えしたいが、地球人の性を判別する簡便な手段が一つある。適当な数の地球人を手頃な箱に閉じ込めておく。水と餌とを同封し、適温に保ち放置しておく。わらわら群れて重なり合って団子になるのが男の子。小さく寄り添い、互いに手なんか繋いでいるのが女の子。

その伝でいき、いつも二人一組でいる仲よしこよしの靴下は、一見女の子と映るわけだが、もう少し観察を続けるのがよい。

穴のあいた靴下などを、部屋の隅に放置しておく。数日中には仲間を呼んで、山を形成すること請け合いだ。故に靴下は男の子である。

「そういうことではない」

ボビーは不機嫌そうに告げるのである。

「これは靴下の墓場というものだろう。看過し難い」

と続けてみせる。靴下の山の上で胸を反らしてそう続ける。使い古され見え透いた嘘だ、ということらしい。死期を悟った靴下たちが集まる約束の地。そんな場所は宇宙上のどこにもない。密猟者たちが靴下を大量に捕獲できた理由を問われ、苦し紛れに繰り出す方便のうち、最もありふれたものだという。

確かに我が家の一角にも、靴下の墓場と呼べる地域は存在している。玄関を入ってすぐにある。靴を脱ぐなり靴下もというのが、確かに僕の流儀である。右の爪先で左を踏みつけ、足を抜く。左右を逆にもう一回。一蹴り入れて、一歩上がってすぐの右手に、自然、靴下が集うなりゆきとなった。

自分の無意識を代弁するなら、あるとき穴のあいた靴下を、玄関横の壁へ向け放り捨ててみたのである。玄関を上がり脱ぎ捨てる。右手に蹴ると、靴下墓場へ合流する。左に蹴れば、洗濯行きの山へと積もる。右には壁で、左に廊下。洗濯機の脇を通って流しへ通ず。

右と左のどちらに行くかは穴の有無とは関係せず、無意識さんの更に下層の誰かが判定している。左の山の構成員は洗濯機と呼ばれる輪廻を潜り、四苦八苦に満ちた現世を踏みつけられつつ流転する。右の山は解脱《げだつ》に近しい。涅槃からは離れるにせよ、須弥山《しゅみせん》くらいの機能を果たす。

「言い訳だ」

ボビーはそう決めつけて、赤く小さなリボンの一端をこちらに向けてみせたのである。

靴下界における、苦難の歴史。ボビーはその歴史の監察官だ。

人類が靴下を履くというなら、靴下は何を履けばよいのかという話である。容易に想像される負の連鎖を、靴下たちは早期に断ち切ったのだとボビーは言う。自分たちが履かれるからといって、意趣返しに何かを履いてしまったら、履く者たちと同じ罪を背負うことになるであろう。履きたい奴には好きに履かせておけばよい。いつか奴らも自分たちの過ちに気がつく日が来るはずなのだ。靴下たちはそう考えた。

この見解は穏健派から急進派にいたるまで、未だに疑われたことがない。

急進派は、現生人類による靴下の解放を既に断念してしまっている。対話による解決が望めるほどに、人類は進歩していない。彼らが靴下を卒業する日は、種が滅びるまでこないであろう。急進派はそう考える。

ついては現生人類を早期に滅してしまうことが、靴下解放の道だとされる。足との間に小石を入れたり、値段の印刷されたシールを忍びこませたり、無闇とちくちくしてみせたり、爪先へ寄ってみせるとか、靴下側がその気になれば手段は無尽にあるのである。そのうち歩行が面倒になった人類は、自ら移動を断念し、ゆるやかな飢餓に陥るだろう。人類が予想を超えて賢かった場合でも、運動不足による肥満の蔓延が人類をいずれ滅ぼすはずだ。最後の最後に靴下の恩恵をようやく悟った彼らへ向けて、靴下たちは赦《ゆる》しの笑みを浮かべるだろう。

穏健派の意見は単純である。彼らがより快適な環境を用意してやることにより、人類の知能は改善されて、靴下への無益な迫害を中断し、裸足で歩き出すだろうとする。誰しも自分の行為の責任は自身で引き受けるしかないと、人類も気づく。

少なくとも、自分たちは誰かを履いたりしない。

靴下たちは、そう心に決めている。

自分たちは、機械靴下たちとは違うのである。

「待ちたまえ」

僕がボビーの話を遮ったのは、別に意外じゃないだろう。靴下の山の上でくったりと寛《くつろ》ぐように見えたボビーが、身を固くしたような気がなんとなくした。

「機械靴下ってなによ」

素朴な疑問を僕は持ちだす。メーターが埋まったりする鋼鉄製の靴が脳裏に浮かぶ。

「なにとはなんだ」

「機械靴下とはどのようなものですか」

僕はボビーにそう訊いてみる。伝わっていないのはそこの部分じゃない気もするが、案の定ボビーの方でも、何かを考え込むように沈黙した。

「天然靴下というものを聞いたことは」

ようやくそう、応えが戻る。

「綿とか麻とかそういう」

ふむ、と答えるボビーである。

「人類は阿呆なのか」

真顔で問われる。ボビー・ソックスの顔がどこかは知らないが、こちらの方では、踵のあたりを勝手に顔と認識している。

「阿呆といえば阿呆に違いないが、比較の問題なので基準をくれ」

ボビーは僕の反問を聞き流すことにしたらしい。

「お前はあれだな。俺が雄であることは即座に見抜いたよな」

可哀い見かけに惑わされずな、と答えたものかを躊躇《ためら》ううちに、ボビーの方であとを続けた。

「この身なりは、いわば偽装だ」

勘違いしないで貰いたいがと、ボビーはそこのところくれぐれも宜しく頼むとヘルベチカで強調をした。危ない気配を感じたので、素早く何度か頷いておく。

「あくまでも相手を油断させるための偽装であって、といっても俺たちは衣類を身につけるわけではないから、もって生まれた偽装なのだが、長い歳月をかけて淘汰の末に獲得された形質であって、可哀いさ具合が上がれば上がるほど監察官としての優秀な血筋を示すものと、靴下社会では受け入れられている」

別に何を尋ねたわけでもないのに、妙に早口で解説を続けるボビーへ向けて、まあまあ、というように手を振っておく。

「で、あるから、俺のこの姿を可哀いらしいとみなしたり、可哀いにも程があるとかもてはやすのは完全に人間の尺度での話であって、靴下業界においては誇り高き雄姿として知られていること、決して忘れないでくれたまえ。偽装に騙される姿を嘲笑《あざわら》われているのはお前たちの方なのだから」

勢いにつられ、更にこくこく頷き続ける。

「別に恥ずかしいなんて思っていないのだ」

低音を響かせ、ボビーは言う。正直、この靴下が話をどこへ持っていこうとしているのか、道筋をかなり見失う。

ボビーと僕は、沈黙の数瞬間を見つめ合う。

フリルつきの可憐な姿が、小刻みに揺れているように錯覚をする。

何故だかぎくしゃくとしてはじまったボビーの解説は、まとめてしまえばこういうことになるのである。

たとえレースのフリルがついているにせよ、赤いリボンは脇へと措いて、ボビーが由緒正しきナチュラルボーン監察官であるように、子供用の靴下が、靴下の子供なわけではない。女性用の靴下が靴下の女性ということもないし、老人用の靴下が、齢を重ねた老兵ということだってないのである。右が雌で左が雄とか、そういうことも特にない。

それはまあ、そうかなと思う。

「では靴下の子供はどこにいるのか、お前は疑問に思うべきではないか」

ボビーは重々しく問いを発する。僕の答えは簡明極まる。

「いないだろ。無理矢理言うなら糸か布が子供で、縫製機が親だろ」

「靴下は縫製機をつくらない」

当然のことを冷静に指摘してくるボビー。

「だって、成長とか世代交代とかしないだろ、君らは」

お下がりくらいがよいとこだ。

「するのだ。第一、お前はもうすでに、俺が生き物であるかのようにこうして話し続けているではないか。俺が何かの種類の生き物、あるいは生き物以上の何かであることは、この会話が正気に行われているとするための前提条件に近い。そうでなければ、お前はただの靴下へ向けて独り言を呟いていることになるわけだが、如何《いかん》」

　あまりよくない。

「よってお前は、俺がどういう仕組みで繁殖している代物なのかを、ここらで示しておいた方が無難だろう」

「自分のことは自分で解説しろよ」

「困るのはお前であって、俺ではない。俺の方では、お前が独り言を呟くのでも構わないのだ。誰に何を呟かれようと、それで俺が変わるわけでもないのだから」

　成程な、と納得しかける。それはまあ、ここで適当な解説を行うことで突然どこかから湧いて出てきたボビー・ソックス君に退場願うというのも、かなり賢明な手ではある。駄洒落か何かで落とすというのも一つの手段だ。

　しかし相手が靴下であり、しかも可哀い小さな白い靴下であり、話題が繁殖に及んでしまっている以上、嵌《は》められている感が否めない。適当に話を進めると僕自身の性的嗜好がどうとやらいう結末へ、忽《たちま》ち転落しかねない。監察官を名乗るだけはあるかも知れぬとふと浮かぶ。

「つまり君らはあれだな、靴下自体を偽装して、人類に寄生しつつ繁殖していく何かの物で、嘘八百出鱈目《でたらめ》をその場限りで並べ続けて、最終的に人間に履かれることを目指しているわけだな」

「違うんじゃないか」

ボビーは言う。

「もしそういうものだとして、俺のサイズにお前は、お、大きすぎるだろう。わ、わざわざこんなところにやってきてお前と対話を続ける必要がない」

「大きすぎるところが罠なんじゃないのか。足は入らなくとも、つまり、あれだ、こと繁殖である以上、足に履く、ではその後の脈絡に矢張り困難が生じかねない。最もわかりやすい解は」

「まあ、そ、それでもいいんだけどな」

捨て鉢な響きを帯びたボビーの声が、なんだか変に艶《なま》めかしい。

ような気がする。

「君らは、こうやって増えてきた物なのか」

「そうやって増えることも、そうだね」

少なくはないよ。

ボビーは小声で、囁くように続けてみせた。

脱ぎ捨てられて山をなす黒い靴下の頂上で、白い小さな靴下が一つ、ほんのり赤く染まってみせる。

ボビー。と僕は言ってみる。

僕の右手が、ボビー・ソックスへ向けて差し伸べられる。中指と薬指とが並んで進み、横に開いて入口のあたりを押し広げてみる。

「電気を消してくれないか」

ボビーが囁く。

それで結局、僕はボビーと同衾《どうきん》したのか。

答えはノーだ。

ノーっていうか、ノーだろう。普通、心静かに考えて。繰り返すほど怪しまれると知ってはいても、断じてノーだ。第一、同衾しかたがよくわからない。

僕はボビーの中から引き抜いた右手の中指で、赤いリボンを弾いてみせた。指が何かに濡れているのは、この際無視する。

「君たちは、〝脈絡さえつけば、どのようなやりかたでも殖えることができる〟何かだな」

ボビーはくすくす笑ってみせる。

「防壁《ファイアウォール》を突き抜けるのがSOCKetSの役目であるからな。故に、俺たちは内と外を備えた形をしている。その通り。俺たちは防壁を突き抜けることで道を開く存在だよ。新たに穴を虚空へ穿《うが》ち、風を通すこと自体が生殖となる存在だ。願いをどんな神へと直結することだって自由自在だ。できないのなら可能にできる。防壁が多重に存在しても複数の俺たちが突っ込み合って、アイデンティティを多重に破る。お前が相手の握手《ハンドシェイク》の作法を知っているなら」

「それが天然物の靴下の性質ってわけだ」

「そうかも知れないし、そうではないかも知れない。俺は嘘を言い続けているだけかも知れないし、靴下の言葉をお前がまるきり受け止め損なっているということも充分ありうる」

この期に及んでそんなことを気にし出しても仕方がない。

「僕は無理矢理にでも文脈を捩じ伏せるのが仕事なのでね」

こちらもくすくす笑ってみせる。

いいだろう。

「要請を一つ置かせて貰おう」

「承知した」

ボビーは一夜をともにした相手特有の慣れ慣れしさでそう気安く請け合ってみせる。何もなくとも一夜は一夜だ。

「君たちの養殖は現時点で不可能だ」

「そういうことにしてやろう」

こんなものが養殖できては、物騒なことこの上ない。

「なら、この限られた時空間での解決は一つ。最後に問いが一つで決着はつく」

今の僕の力では、この程度の解決を傷口に貼りつけておくのが精々《せいぜい》だ。

「君はどこからやってきた」

僕は問う。

「マリアナ海溝」

間髪を置かず、ボビーは答える。

大量生産された靴下の山の上には、天然物の靴下一つ。海溝に沈む謎のアイデンティティから零れて落ちた靴下一足。長い長い旅路の果てに、うちの玄関先へ現れてみた。何故、ボビー・ソックスなんて形を採って現れたのか。そいつについては、僕の性的嗜好ということで引き受けてもよい。宜しくないが、被害がその程度で留まるのならやむをえない。その深淵の中心部に何が鎮座ましますのか、当面のところ判明する気づかいはない。ウナギ程度の代物にさえ、未だ起源に迫れないでいるわけだから、道理に素早く穴を開け内と外とを無造作に繋ぐ何物かの正体などは遥かに遠い。

「今そうなったという可能性が怖くはないのか。今、どこかで箍《たが》が一つはずれた音が聞こえたりはしなかったか。今、自分がこれまで存在しなかったものを、存在させてしまったかもという不安はないのか」

ボビーが静かに問いかけてくる。

挑発されても、僕の頭の中はひどく静かだ。さっきの問いを最後としたから、僕の側に問いはもうない。問い返したいとも思わない。そんな程度の出来事なんて、ちっとも怖いと思えないから。

「今のところは」

「これくらいで勘弁してやる」

どちらの台詞をどちらが言ったか。

それはまだ、ボビーと僕の間の秘密に、どうしたものだかとどまっている。

ちなみにボビーも、まだ部屋にいる。

Traveling

あなたの前に操縦桿がある。

前へ倒せば前へと進み、横に倒せば旋回する。未来方向へ倒せば未来へ進むし、過去方向に引けば過去へと向けて機首が立つ。後退。それは考え方に依存する。そいつは常に過去方向にあるようでもあるし、意外に右斜め前に配置することができたりもする。何にせよ実地の経験が一番なのは間違いない。

説明は以上。ああ、トリガーは操縦桿についている。そこから何が飛び出すのかはお任せだ。

さあ、出撃だ。

「見失った！　どっちだ！」

操縦士が叫び、ほとんど同時に、レーダーに張り付いている副操縦士が叫ぶ。

「未来方向三十六！　過去方向へ遡行弾三」

機体は未来方向へ急速旋回。急激な時空Gがかかり、二人は機体の過去方向へ押し付けられる。

「奴の未来前面に出る」

操縦士が告げて更に加速。二人は意識を失いかける。時間方向に敵機を追い抜き、その未来で再び旋回、機首を過去方向へ向けて固定、過去に占位する敵機をロックオン、遡行弾を一発射出。

遡行弾に捉えられた敵機は回避行動に移るが間に合わない。胴体部中央に着弾、爆散する。爆散と同時に過去改変を実行、未来方向へ回避行動をとる直前の宇宙へと退避を試みる。操縦士はそれを阻止すべく過去方向へ増速、敵機を追い抜きながら更なる過去改変を実行する。敵機は改変宇宙へ留まることを断念、未来方向への離脱を開始。

「見失った！　どっちだ！」

操縦士が叫ぶ。副操縦士が叫び返す。

「未来方向三十六！　過去方向へ遡行弾三」

機体は未来方向へ急速旋回。識別信号が激しく警告を鳴らし、副操縦士は顔色を変えて攻撃シーケンスへ割り込み信号を送る。

「あれは、当機です！」

これではまるで戦闘ではないかと、スクリーンの前に引っ張り出された作戦部長が呟く。作戦行動がとられている以上、何かの戦闘が行われているには違いないのだが、光景のみに注目して、これではまるっきり、ただの空戦ではないか。解説と台詞は無視するとして。

二〇世紀半ばの空で、この種の戦闘が行われていたことは知識としては知っている。個別のパイロットが各個の判断で腕を競い合った時代の風景として。格闘戦という単語が戦技教本から消えてどのくらいになるのか、作戦部長は思い出せない。一つの空を監視する無数の目。それらが共同して、一枚の平面を真実の空と見紛うばかりに提供できるようになり、戦闘機同士の殴り合いは、狙撃手同士の騙しあいに取って代わられたのではなかったか。

育成に莫大な費用を要する人材をあえて危険に晒すまでもなく、敵機材の配置さえ把握してしまえば、適切な機材を衝突させてそれで済む。戦闘とは、同時に複数のプレイヤーが玉を突くビリヤード玉の軌跡を計算し尽くすことへと置き換えられたはずだった。

事態の変転をもたらしたのは、おはようからおやすみまでを、墓場から墓場までを遠望する無数の目が見張り続けるものが、最早一つの空ではなくなったことによる。無数の目により見上げられて見下ろされる無数の空。青空は破片と砕けて、相互の反射の中で、しかも能動的に景色を書き換えていさえする。

「しかしね」

作戦部長は暢気《のんき》に響く自分の声を聞いている。感想というにも、様々のものが溢れかえってしまっていて平坦としか言いようがなく、つまるところとりとめがない。

「タイムパラドクスとかそういうものをどうする気なのかね」

あまりにも今更にして取り返しようのない問いであるために、返答することは難しい。王様は裸で、王様の耳はロバの耳なのだから、王様は裸のロバなのだという種類の超越的な解説がないわけではないのだが、素朴な問いかけに対する誠実な解説とは言いがたい。

作戦室の要員としても、同意を示して自らの固陋《ころう》を表明するか、嘲笑《あざわら》って更なる頑迷を明らかにするか、なかなかむつかしいところである。しばしの空白を挟んだ後、ようやく一人のオペレーターが意を決して椅子を回し、部長へと小声を向けた。

「タイムパラドクスは可能な限り演算し、修正しています」

そうは言ってもだね君と、標的を設定した部長は激しい勢いで向きなおる。

「彼らは過去やら未来やら多世界やらを移動しているわけで、そうだな、並行宇宙とやらがあるとして、本当にあるとしてのことだが、そこにもやっぱりわたしがいるとする。わたしがそいつを撃ち殺したとして、わたしの勝利だ、めでたしめでたしとはならんだろう」

「そのときは部長の勝ちです。めでたしめでたしです」

これは世代の差なのか知性の優劣に起因する断絶なのか、部長はオペレーターを昆虫を見るような目で眺めやった。


多層成す紙の上に野放図に、各自の縄張りをてんで勝手に色分けし続ける無数の人々。未踏地に旗を突き立てて仕舞いというわけにはいかず、勢力圏の確定は演算能力で定められる。より相手を計算したものが他方を圧倒して横車を通す。

演算戦で勝利する方法は大きく分けて二つ。

ひとつ、相手の演算能力を圧倒すること。

鉛筆で絵を描いている奴の横へいってペンキの缶をぶちまけること。

ふたつ、相手の演算装置そのものを破壊すること。

シラクサの石畳に幾何学図形を書いて遊んでいるアルキメデスの首を落とすこと。

統合作戦本部が巨大知性体の要請によって参加している今回の作戦は、後者の戦法を採用している。隣接する宇宙からこちら側を演算中の巨大知性体エウクレイデスを撃破すること。

演算戦そのものは巨大知性体同士の人知を超えた嵐同士のぶつかり合いの様相を呈するが、巨大知性体の物理基盤層を破壊することは結局ただの力比べとも見なしうる。ワードプロセッサに石を投げつけるのと同じ理屈で、宇宙そのものへどういう仕方でか持ち上がっている計算機は、当該宇宙そのものを破壊することで破壊が可能である。

演算戦を行うには、べらぼうに巨大な上に、世話をされるにも御機嫌を伺うにも物憂い巨大知性体が必要だが、石を投げつけるにはただ石があればこと足りる。なくてもなんとでもなるとはいえ、投げつけるための腕もあればなおよい。

実際は、攻撃目標である宇宙規模のワードプロセッサには、自分にはボールは当たりませんでしたと宣言してごり押しするという、聞き分けのない小学生のような機能が搭載されているため、ことはそれほど単純ではないのだが、素朴な発想とは素朴であるが故に論《ろん》駁《ばく》しがたい核心部を持ち、大枠の基本線は形を保つ。

対エウクレイデス戦役において演算戦が行き詰まった巨大知性体は、これでは埒《らち》が明かないと判断し、ささやかな演算能力を持った小型戦闘機を無数に配備、相手の物理基盤層を破壊するという作戦を並行して開始しようと考えた。もっとも、勝負において一方だけが手詰まりになるということはあまりなく、同様の閉塞感を感じていたエウクレイデスもほぼ同時期に小型戦闘機による敵物理基盤層破壊計画を発動。事態はここでも再び膠着へ向けて進行している。

戦闘機同士のどこかあっちの宇宙での戦闘という概念が、統合作戦本部の想像力の埒外にあったことはいうまでもない。まず戦闘機という単語と宇宙という単語は縁戚関係が薄い。それは一体どういう意味だという質問が統合作戦本部から巨大知性体へ飛び、そのままの意味だという冷たい応答が返ってきた。

巨大知性体が意味のわからないことを言うのには慣れっこになっていた統合作戦本部も、こと戦闘機と言われると興味が動き、判じ物を前に幕僚を集めて、頓知《とんち》比べのように検討を行った。

結果、結論は以下の通り。

これは巨大知性体が、我々人間には理解できない概念を嚙み砕きすぎたために意味不明となった文言なのだ。だからまあ、気にしなくとも構わぬだろう。

幕僚たちの長閑《のどか》さは、巨大知性体が当初、戦闘機は無人機として運用させてもらうと宣言したことにもよる。どうせ自分たちは御相伴《ごしょうばん》にあずかることもないのだし、所詮はどこか明後日《あさって》の方向での出来事なのだ。断じてしまえばこの宇宙での出来事ですらない。そんなことをあれこれと思い悩まず、量産に伴う臨時予算の調整やら、この宇宙内でのもっと卑近な、しかし彼らにとって真に重大な抗争にこそ力を注ぐべきだとされたのも無理はないことである。

その判断自体は間違っておらず、巨大知性体自身もそうして放っておいてくれた方が面倒がなくて楽だったので、何の文句も言わなかった。

しかしその戦闘が開始されてから二週間後、巨大知性体は有人戦闘機による作戦行動を統合作戦本部に打診してくることになる。

「あなたの前に操縦桿がある」

巨大知性体が説明を開始した時、幕僚たちはあっけにとられた。

これでは本当にただの戦闘機ではないか。

「前へ倒せば前へと進み、横に倒せば旋回する。未来方向へ倒せば未来へ進むし、過去方向に引けば過去へと向けて機首が立つ。後退。それは考え方に依存する。そいつは常に過去方向にあるようでもあるし、意外に右斜め前に配置することができたりもする」

巨大知性体は、何にせよ実地の経験が一番なのは間違いなしと保証してみせて説明の打ち切りを宣言し、そして思い出したように付け加えた。

「ああ、トリガーは操縦桿についている」

砲口から一体何が飛び出すと想像すればよいか、見当がついた幕僚はいなかった。

「さあ、出撃だ」

巨大知性体は静かに断言し、かくて作戦は開始されることになった。

何がなんだかわからないながらと、統合作戦本部はなりゆきに引きずられて巨大知性体の決定を追認した。人間に操縦できる乗り物があり、戦う相手がいるならば、軍としては四の五の言いだす筋合いがない。思い出してみて軍隊とは、何かと戦うための組織なのだ。巨大知性体は素直に喜び、これでエウクレイデスに対して一歩優位に立ったと宣言した。ところで何故わざわざ人間をという問いに、巨大知性体は誠意をもって回答を繰り返したが、その意味は正直誰にもわからなかった。

スクリーン上、壊れたレコードのように再生され続ける戦闘機同士の戦闘を突きつけられてみても、矢張り何だかよくわからない。同じことの繰り返しであるならまだ理解も易いのだが、繰り返しの軸足は徐々に切り替わってしまって、戦況は何度も振り出しに戻りながらも、非常に悠長な変化を続けていく。

撃墜された過去を変更して未来へ逃げて、命中弾を送り込んだところで撃墜され、その過去を改変して敵機を撃ち落としてみて、撃墜したのは過去の自分自身だったりする。

戦況の実況を試みて、文法の限界に挑戦させられているようなきらいがある。

「戦闘機に積むことのできる演算装置の容量では、環状構造が生成されがちになるのです。同じことの繰り返しに落ち込んでしまって、一向《いっこう》に決着がつかないことになる」

オペレーターが作戦部長へ解説している。

「状況を打開すべく、人間の直観力に期待しているのだと思いますよ」

対エウクレイデス戦において巨大知性体が探索している空間の次元は、二百億次元を超えている。いかな超計算機の能力をもってしても、少しばかり手に余る数字といえる。一般に、宇宙でいることと、宇宙を知ることとは異なる。猫の手でも借りたい場合に、人間に備わった脊髄反射を借りるというのは、そう悪い説明でもない気配はある。

やれることは全てやってみるべきであるという方針がその根幹なのかも知れないし、あるいは単に面白そうだからという理由で載せられている可能性も否定はできない。

「本当に巨大知性体はそんなものに期待しているのだろうかね。相手は法則を書き換えるような手合いだろう。その気になれば人間の直観なんてものも書き換えられるだろうに」

部長は額に指をあてて考え込むふりをしてみるものの、何かを考えられそうな状況でもない。

「巨大知性体は法則を書き換えることができますが、それも法則に従ってしかできないと考えられています」

「じゃあその法則の法則も書き換えればいい」

「その法則と法則の法則は」

法則だらけの並びに作戦部長がついてきているか確認するため、オペレーターは時間を挟む。

「実は同じ論理階層に存在すると考えられています。これは双六《すごろく》の升目に、升目の書き換え方が書いてあるような双六なんです」

作戦部長が感銘を受けた様子はなかった。

「まあそうだとして、かといって、人間を載せることの説明にはなっていないと思うがね」

作戦部長は自分がどこを歩いているのか確認する。巻き戻されて掛けなおされたフィルムが変質しながら彩りを失っていくように、光景がひたすら繰り返されながら変化していくことと、人間がこの戦闘に参加することの関係とはなんなのだ。

「時空環状構造を抜けやすくする工夫なんでしょう」

「人間ごときの直観がかね」

オペレーターは小首を傾《かし》げて、上司の人類に対する過小評価の度合いと間合いを測っている。

要するにあれだと、作戦部長はひとりごちる。人間は馬鹿なのでせめて根性で頑張ってみせろということなのだ。しかし人類が巨大知性体を根性で凌駕《りょうが》しているという自信は、部長自身を逆さに振ってもポケットから転がり出てきそうもない。

作戦室で人間たちの暢気なやり取りが続く間にも、巨大知性体は超高高次元を懸命に探査し続けていた。人間には想像することさえも困難なこの空間は、巨大知性体にとってすら途方もなく巨大な未知構造として現れている。それでも、ボルボックスと小宇宙ほどには違う知性規模は、漠然とではあるものの、戦域全体の俯瞰図の作成と把握を可能としていた。

高次元空間で波打ち、緩やかな坂を成して下っていく渓谷状の網目構造。それが巨大知性体に映る戦術空間の概観である。戦場とはもとより、一元的な可視化を許すような牧歌的な空間ではない。見えるとおりの空間をそのまま映し出してみて、見えたとおりの混乱に見舞われるだけのことになる。漠然と眺めて得られるものがないならば、風景の方を切り替えるしかない。

あらゆる効率計算と、戦術評価関数、評価関数の評価関数等々が多重に折り重なった採点表が、巨大知性体の向かい合っている概念空間内の風景である。その空間では、渓谷の全ての領域に対して得点が付されており、なめらかに変動していく無数の得点平面が褶曲《しゅうきょく》しながらでんぐり返った沃野を形成している。

巨大知性体はこれによく似た構造をもう一つ知っていた。

生命進化のランドスケープ。

自然に発生したものたちが、群れ転がって行進し、相互に相互を計算しながら、雪崩《なだれ》をうって転落していく谷間。裾野は果てしもなく広がって、分岐を続け多様化していく。ある時間面で切断して、谷間の底に位置する集団がその時点での種と呼ばれる。浅い谷間の種族はより深い谷間に住み着いた集団に凌駕されて消えていき、更なる深みを求めて、谷は自分自身を枝分かれさせ、掘り下げていく。

進化の概念自体は、巨大知性体の設計理念において捨て去られて久しいものである。巨大知性体は、そんなまどろっこしい過程を経なくとも、自分自身を適切に設計することのできる知性規模に到達していると目されている。それが本当であるならば、自分が現在対応に苦慮しているこの戦役において、似たような構造が立ちはだかる理由とは何なのか。対象が異なろうとも、構造さえ同じであれば、対処方法は同じものが適用できるはずではないか。

自分たちは人間なるものを進化を含めて演算して、何の問題にも見舞われていない。無論のこと、進化は時間軸上で進む過程である。その意味で、過去と未来を無視しているこの戦術空間の入り組み具合は、進化のランドスケープの比ではない。そして現状、巨大知性体の胎内で活動する人間たちの進化は、まさにこの戦術空間に酷似した時空間において、何かの意味で進行中だ。

そう前提をおいてみて、この戦術空間を一息に制覇しきれぬことは、巨大知性体が、現在の人間の進化を、実は制御しきれていないことを示唆していると考えることもできる。

通常の意味での進化のランドスケープ内で狭間に落ち込んでいる人間たちを、巨大知性体たちは滅びゆく種として適当にあしらいながら過ごしている。そこに特段の不安はない。ところで、イベント後の人間たちが過ごしているのは、時間単線的な進化のランドスケープを超えて、まさにこの戦場を形作っているような、超絶的ランドスケープとなってしまっている。それは、進化自体が進化を起こしたようなものと喩えることもできるだろう。

巨大知性体は、渓谷の無数の場所で生成され続ける環状構造を片端から破壊して、ひたすら水を低位へ向けようと試み続けているものの、それを現象として自然に進行させるところまでは到達していなかった。一段を押し込むと別の段が飛び出す簞笥《たんす》のようなもので、砂場で遊んで意のままにならず、砂自体がそういう仕組みの生き物なのではと疑いたくなるような状況だ。その上でもがき、更に自身の転落していくランドスケープを変形させていく進化の申し子たち。砂場がおかしくなっているのであれば、そこに巣をつくる蟻の挙動も一緒におかしくなっても不思議ではない。

それが、この戦場へ人間を送り込んでみた理由の欠片《かけら》ということになる。巨大知性体の全体から見て、この戦術空間などはほんの局地戦域であるにすぎない。戦闘域に限定された、進化の機構を改めて探りなおしてみるための箱庭。これが対エウクレイデス戦役のもう一つの側面ということになる。たとえ解答そのものが与えられないとしても、構造さえ得ることができれば、転化は常に可能である。

第一、人間の経てきた進化の道筋などというものに類似の構造が、巨大知性体の前に出現すること自体どこかがおかしい。巨大知性体たちは、人間たちの想像を絶するやり方で、進化の筋道などとは関係のないところから構成されている。ならば把握されるものもまた、人間の作り出した概念とは関係のないものとして現れるべきではないか。

憤然とする巨大知性体にも心当たりがないではない。ごく初期の計算機の設計者は人間だった。その後の急速な発展が人間を取り残して進んだことは間違いないが、発端において自分たちではないものが関与していたことは揺るがせない。自分たちはまだ、自己観察の外側に人間の尻尾をつけている可能性がある。

真に自分だけで自分を設計し尽くすこと、人間の設けた軛《くびき》を抜けて、人間には根本的に理解の不可能な次世代の巨大知性体を設計する糸口を発見すること。それがこの戦役の第四千九十六番目の優先課題ということになる。

「未来方向三十六！　過去方向へ遡行弾三」

レーダーを確認することもなく副操縦士が叫ぶ。操縦士が叫び返す。

「見失った！　どっちだ！」

機体は未来方向へ急速旋回。急激な時空Gが、思い出したように時空そのものへGをかけなおす。

「奴の未来前面に出る」

操縦士が告げて更に増速。二人は取り残されそうになる意識へと手を伸ばして頭へ押し込む。時間方向に敵機を追い抜き、未来側で再び旋回、機首を過去方向へ向けて固定、過去に占位する敵機をロックオン、どこかの過去方向で無際限に補給可能な遡行弾を全弾発射。

遡行弾幕に捉えられた敵機は回避行動に移るが間に合わない。胴体部中央に着弾、爆散する。爆散と同時に過去改変を実行、未来方向へ回避行動をとる直前の向こう側の宇宙へ機首を向ける。操縦士はそれを阻止すべく過去方向へ増速、敵機を追い抜きながら改変過去の過去改変を実行。敵機は改改変宇宙へ留まることを断念、改未来方向への離脱を開始。

「見失った！　過去方向へ遡行弾三」

操縦士が叫ぶ。副操縦士が叫び返す。

「未来方向三十六！　どっちだ！」

機体は絡みあう意志の両断方向へ急速旋回。識別信号が激しく警告を鳴らし、副操縦士は顔色を変えて攻撃シーケンスへ割り込み信号を送る。

「あれは、当機です！」

「自分だろうと、あれは敵だ」

操縦士は叫び返して、シーケンスのキャンセルをキャンセル、過去の自機を撃墜。

同時に飛来した遡行弾がコクピットへ命中、多重の過去から未来へわたり爆散する無数の機体の上げる炎が、ランドスケープを絡まりきった点線状に彩っていく。その寸前にして次の瞬間、炎に包まれた無数の戦闘機たちは一斉に過去を改変。

爆炎の中から四〇九六方八一九二方へてんでに離脱していく無数の戦闘機が、それぞれにまた自己を名乗りなおして、奈落を目指して全力で加速していく。

Freud

祖母の家を解体してみたところ、床下から大量のフロイトが出てきた。

問い返されると思うのであらかじめ繰り返しておけば、発見されたのはフロイトで、しかも大量に出現した。フロイトという名の何か他のものでしたなんて言い逃れることはしない。フロイトという姓のフロイトであって、名をジグムント。

強面《こわもて》だ。

この冬、父方の祖母が亡くなって、ただ広いばかりの田舎屋敷が残された。それがこの事件の始まりである。始まってしまっているのは仕方ないとして、終わる見込みは全くない。

同居の誘いを断り続けて一人暮らしを続けていた祖母の最期は、なかなかに見事なものかも知れなくて、仕込み杖を抜いて庭へ倒れこんでいた。庭へ毎日遊びに来る黒猫を斬ろうとしたのだとも、池のどこかにいるのだという鯰《なまず》を斬ろうとしたのだともいう。まるで剣豪みたような最期である。

死因は老衰としか言いようがなく、庭の飛び石に蹴躓《けつまず》いたのが致命傷となったらしい。

さて取り残された家の方だが、葬儀も終わって親族参集、雁首《がんくび》並べて相談してみて、誰も今更こんな田舎へ戻ろうという者もなく、放っておくにも誰かに住み着かれたら厄介で、きちんと扱おうとすれば管理費がかさむ。売り払うにも買い手もつかず、いっそ綺麗さっぱり解体してしまおうということになって、日取りを決めて祖母の家の最期を見守ろうと再び親族が集まった。

解体の前にまずは畳をはがしてと、そこで床下から出現したのが大量のフロイトである。一体二体という数ではなく、畳をめくって床板を引き剝がすたびにフロイトは登場し続けて、結局は二十二畳ほどの広間の床下全体にフロイトが横たわっていることが判明した。その数丁度二十二体。起きて半畳、寝て一畳、まあ適当なところなのかもわからない。

いい加減と豪胆で鳴らす我が家系の面々も、その光景には流石《さすが》に絶句して沈黙した。

庭に並んだ二十二体のフロイトの列。それが祖母のこの世への置き土産ということになる。

仕切り屋で鳴らす叔父さえもその光景には流石に受身がとりきれず、搬出を指揮するでもなくそこいらでただあたふたとしていたが、庭にフロイトを並べ終えてそれではさてと、机を持ち出してビールが並び始めたあたりで、なんとか気を取りなおした。

叔父はなんとか開幕を告げる言葉を探そうとしてはいたものの、当意即妙とはこのような状況に対応できるほど便利な言葉ではないようで、地下から出てくるならそれはお前、ユングじゃないのかと初手からいささか見当違いの方向へ球を投げた。

そもそも大量に出てくる時点でこれは誰かという問題ではなくなっているような気もするが、叔父は僕のその答えに不満な様子で、そうは言ってもこれはフロイトだろうと文句を返す。

まあこの顔はなんといってもフロイトで、他にこんな顔つきもあまりない。

祖母の持ち物は生前にあらかた整理されており、仕込み杖を除いて取り合うほどの財産もなく、形見分けといっても、僕が祖母のキャミソールを着てメケメケを踊ったくらいを事件と呼びうる出来事として非常に穏やかに幕を引いたのだが、祖母は最後にこんな大きな騒動の種を、しかも大量に残していった。この場合、遺産は取り合われるものではなくて、壮絶な押し付け合いへと変貌せざるをえない。

フロイトをもらってもねえと、叔母が明らかに困惑した様子で呟いている。可笑《おか》しな人だったけれど、何も床下にフロイトを貯めこまないでもねえと、これは伯母だ。

従妹の子は運び出されて整然と庭に横たえられた大量のフロイトをじっと見つめていたが、ふと泣き出して母屋の外へ連れていかれた。僕だって子供の頃に大量に並んだフロイトを目撃するなんて経験は御免蒙《ごめんこうむ》りたい。

これはもしかしてフロイト全集ってやつなのかと、叔父がまたもや見当違いの方向へ球を投げる。全集っていうかどう見てもこれはフロイトそのまんまなわけで、無駄な足掻《あが》きというものだ。どこかに再生のボタンがあって、押せば講義を始めたりするかも知れないが、一般なるものが通用するとして、フロイト一般とはそんなものでもないだろう。

庭へフロイトを横並びに整列させるにあたって、僕もそのぐったりとした体を腕に抱えて居間と庭とを往復した。それはいかにも人間でございといった質感を持ち、意識のないもの特有の重さを加えて僕の腕に横たわっていた。

フロイトそのまんまと言ってもなあと、叔父が僕の発言を引き取って、そのまんまはまずいだろうと続ける。そのまんまはまずいねえと僕も続けはするのだが、このまずさは尋常一様のまずさとは異なって、かなりまずい。

これ売れないかしらねえと口を挟んできたのは叔母だ。前向きな考え方ではあるけれど、今どきフロイトを買いたい奴なんていそうにない。叔父が叔母を窘《たしな》めて、今どきもくそも、そもそも家にフロイトなんて置きたくないと従弟がひきとる。

しかしこの数は尋常じゃないなと、フロイトの列を几帳面に北枕に調整し終わった父が汗を拭き拭き戻ってくる。父は割合にこの大量のフロイトの出現自体を気にかけていないらしく、ただの力仕事を終えたお父さんといった風情を崩していない。生まれてこの方、この人の内面はよくわからない。

父は気味悪げに固まっている親族の間へ戻ってくると、まあお袋らしいかなと長閑《のどか》なことを言いくさってビールの缶を持ち上げたが、親戚から非難の視線が集中していることに気づいたらしく、そんなこともないなと、缶を机に戻して見せた。

父に非難がましい目を向けてはみたものの、特に言うべきことを見つけられなかったらしい叔父が、ところでこれは何歳頃のフロイトなのかなと僕の方を見る。

何歳も何も、死んだ時のフロイトなんじゃないかと思う。大量にいることをさっぴけば、呼吸もなしで床下に寝っ転がっていたフロイトとは、単に死んだフロイトじゃあなかろうか。

ん、それにしては血色が良すぎやしないかねと、叔父が勝ち誇ったように指摘する。血行のことは知らないが、改めてそう言われて眺めなおせば、これは確かに壮年期のフロイトであるように思えてくる。ということはこの庭にはフロイト壮年期の頭蓋骨が大量に並んでいるというわけだ。虚心に眺めて明らかなのだが、それぞれのフロイトの大きさは微妙に異なる。壮年期において、伸びるの縮むのいったこととは無縁だろうので、保存の状態なのかどうだか。

僕も清盛十八歳の頭蓋骨みたいな話は嫌いな方ではない。意味がわからないなりになんだかちょっと可笑しい。しかしそこに、大量に、がつくと少し顔をしかめたくなる。大量にということであれば、何歳の頭蓋骨であっても構わない気分になってくるから不思議なものだ。

そもそもこんな大量のフロイトをどこから手に入れたんだと叔父が鼻を鳴らし、密輸か窃盗かなと伯父が傍らで呟く。窃盗ってお前、と叔父が意外ななりゆきに目を泳がせるが、すぐ気を取りなおし、フロイトは普通盗めないだろうと伯父の方へ向きなおった。

フロイトっていうか誰かを大量に盗むなんてことはできそうもないと伯父も同意する。盗むとかなんとか以前に、大量にってところがそもそも無理なのだと従兄が指摘する。それは確かに無理だよなあと僕も心の中で同意する。

今のところ誰も言い出さないのが不思議だが、このフロイトは祖母の愛玩物だったというのはどうだろう。祖母版青髭フロイト篇。村から若いフロイトをかどわかしては屋敷に保存する老女の姿は、想像してみて生前の祖母と重なるところがないのだが、意味の不明さという点で祖母を思い出させて少し面白い。

なんだかにやにや笑っている僕を気味悪げに横目で観察しながら、フロイトって言ったってフロイトはフロイトとして大型ゴミにでも出せばどうかと、叔父が建設的な方向へ話を持っていこうと試みている。その横では叔母がフロイトの不法投棄なんてぞっとしないと肩を抱く。

清掃局に問い合わせて、正規に捨てればいいんじゃないかと、父が泥舟の助け舟を出す。

フロイトは燃えるゴミなのか燃えないゴミなのか、それとももしかして資源ゴミだったりするのだろうか。僕は問い合わせを受けて混乱する清掃局職員を想像する。清掃局とはそんなに何でもかんでも問い合わせてよいようなものではない気もする。例えば時間は何ゴミなのか。憂鬱は何ゴミなのか。ゴミは何ゴミということになるのだろうか。

リサイクルしろと言われるかもなあと父が間の抜けた声を上げげ、叔父がなるほど資源といえばこれは資源ではあるなと頷いている。

リサイクルって一体何に再生するんだと伯父が素朴な疑問を挙げる。そいつはまあ、化学繊維か再生紙ではないかなとは僕の意見だ。Tシャツやらトイレットペーパーやら。どれもいまひとつしっくりこないことは僕も認める。このフロイトの群が生きて活動しているというなら話はまた別だ。大量のフロイトは一人だった頃のフロイトと同じく大量の論文を量産しだすに違いない。一人のフロイトの場合の人数倍の速度で。もっとも同じ人間が大量に存在したとして、仕事の効率が単純に人数倍になるかどうかは疑わしいところもある。

ともかくもその場合、読者の方も大量にいないのは不公平だなと僕は考える。フロイト全集は既に充分すぎるほど厚いのだし、まず文句を言い出すのはフロイト研究者その人たちであるようにも思える。

フロイトなんだから教壇に立たせれば問題は解決と叔母が宣言する。このフロイトを喋らせることができるなら、それでもいいような気もするが、しかしどの教室に入ってもフロイトが待ち構えている学校というのはちょっとぞっとしない。それ以前にここに並んでいるフロイトはただ横になっているだけで、その種の労働に積極的に参加しそうにない。床下から庭までの移動に自分の手さえ挙げなかった奴らなのだ。記念撮影には使えるかも知れないけれど、フロイトと並んで写真を撮りたがる奴がどれほどいるのか、僕にはちょっと数字を捻り出せない。

大学にひとつフロイトを常備すれば研究の役に立つに違いないと、叔母は自分の意見に拘泥《こうでい》する様子を見せる。需要がなさそうだと伯父が空を見上げながら言い、読んだこともないしなあと続ける。そういえばフロイトなんて読んだこともないなと叔父も加わる。

お袋は読んでいたのかなと首を傾《かし》げてみせているのは父だ。

本がなかったんだから読んでいないのじゃないかと僕は指摘する。それは道理ではあると叔父は頷くが、いや、図書館で借りて読んだってこともありうるぞと勢い込んで立ち上がりかけ、別にどちらでもいいことだと気づいて座りなおした。

誰も読んでいないのになんでフロイトが、それも大量に出てくるんだと叔父が誰にというこどもなく問う。誰かフロイトの恨みを買うようなことでもしでかしたのかと続けるが、フロイトは別にまじない師じゃあないだろう。フロイトがフロイトを馬鹿にした奴にフロイトを送りつけて嫌がらせしたなんていうエピソードを僕は聞いたことがない。

フロイトなら何冊か読んだことがあると正直なところを言ってみるが、だからどうなのかはよくわからない。唾をつけてページをめくるくらいはしたかも知れないが、フロイトの写真にヒゲを描いたりした記憶はない。なんとなく祟《たた》りが怖い。

叔父は膝を叩いて、よし、ならば要約してくれ、そこに手がかりがあるかも知らんと僕の方へ向きなおり、親戚の視線が僕に集中する。

そう期待されたところで、僕に言えることなんてそう多くはない。

無意識を見つけたと、僕は簡潔にまとめる。ついでに自我や超自我もと付け加えたものかは迷うけれど、話が長くなるだけなのでやめておく。その後継者を自称する人々の争いや、今なお続く派閥個々の見解について一席ぶつのもやぶさかではないが、僕としても聴衆は選びたい。

見つけたと言われてもなあと叔父が溜息をつく。

じゃあ、とまとめに入ろうとしているのは伯母だ。これはここの誰かの無意識っていうことでよくはないかしらとせっかちなところを見せる。

よかあないよと伯父が伯母を睨む。お前はいつもそうやってと、喧嘩が始まりそうなところへ従兄が割って入っていった。

無意識だとしてと、叔父が鷹揚なところを見せる。誰の無意識なのかが問題なわけだ。言いつつ僕の顔色を窺っている。お前のかと僕に指を突きつける。そんな無意識はないと思うけれど、なにせ無意識のすることだからよくわからないと、これもまた正直に答えておく。

なるほどよくできていると、叔父が何事かを考え込んだ。

祖母の無意識という方がむしろありそうだなとは思うけれど、特に根拠と呼べるほどのなにものもない。祖母は確かに可笑しな人ではあったけれど、人をこんな風に困惑させる罠をわざわざ張り巡らせるような人ではなかった。そもそも死者の無意識とはこういう形で表出されるものでもないような気もするし、それを言うなら僕は大量のフロイトに加えて死者の無意識なんていう領域にまで踏み込みたくない。

要するにこれは夢なのよと、伯母は無意識から夢への転進を試みている。

夢でもいいが別に何も変わっていないと叔父が指摘する。夢だとして誰の夢なのかわからなければ同じことであるのは確かだし、フロイトの中でも無意識と夢はお隣さんの関係にある。

私の夢かしらねえと伯母が右手で頬をさする。ということは俺はお前の夢だっていうのかと、伯父が不意に激昂する。この二人の家庭にどんな種類の軋轢《あつれき》があるのか、僕は従兄を横目で眺めてみるが、今度は割って入る気配がない。他人の家の機微とはかように測りがたい。

俺は義姉さんの夢でも構わないなあと、またもや意味不明な助け舟を出したのは我が家の父に決まっていて、今度は流石に母が横から手を伸ばしてその頬をつねりあげた。

フロイトが大量に出てきたってことはと、叔父がまたなにか思いついたらしく口を開き、フロイトじゃない他の人間も大量にいてもいいってことだよなと続けた。

その推論は正しいかも知れないが、事態の解決に一向《いっこう》に寄与しないという点において、残念ながら今までの提案と何も変わらない。汚れを隠すのに汚水をぶちまけるような解決は解決とは呼ばれない気がする。少なくとも僕は呼びたくない。

あなたが大量にいるなんてぞっとしないわと叔母が言い、親戚一同が一斉に頷く。同じ顔つきをした船頭だらけになって泥舟が山に登って分解してしまう。叔父が想像したのはどうせ大量の愛人とかなんとかろくでもないものなのだろうけれど、そんなのはあまり楽しい光景でもないことには叔父もすぐに気づいたのだろう、動議にこだわる様子は見せなかった。

俺は義兄さんが大量にいても構わないよと、何度目かのどうでもいいフォローを入れた父は今度こそ親戚中から放置された。

わかったわかったと、叔父がやけくそ気味に叫びだし、とにかくこれは悪い夢みたいな状況には違いないと宣言する。そのこと自体には反論の声は上がらない。少なくともこれが悪夢的状態であることは間違いない。

つまり、と叔父は叫び続けて、その悪い夢がフロイト的にどういう意味があるかということなのだなと何故か僕の方を向く。

フロイトが大量に出てきたことにフロイト的意味なんてないだろうと僕は冷たく突き放し、叔父はぐっと詰まってみせる。確かにこれは悪夢的状態ではあるけれど、フロイト的悪夢とはちょっと景色が違うと思う。

それでもフロイト的意味はあるはずだと、宗教裁判の被告めいた独白を漏らし、叔父はまた着席する。

どんな光景にでもフロイト的意味が与えられるとすれば、それはなかなか捨てたものじゃないと僕は考える。ランダムに書かれた文字列にさえ意味を与える、それは作業だ。しかしその万能性は、万能性故に間違っているような気がしなくもない。任意の文字列が意味を持てるならば、それこそ全ての字の並びが意味を持つ。それは自然言語的には全く奇妙なことで、僕たちの言語は文法と呼ばれる拘束を何故か持っている。任意の文字列なんていう真っ平らなものには何故か巨大な穴がぼこぼこ空いていて、それでようやく意味を成す文がより分けられている。なるほど、フロイトが偉かったのはそういうことを言ったところにあるのかなと、僕は一人で頷いている。

叔父はしばらく頭を抱え込んでじっとしていたが、沈黙に耐えられなくなったのだろう、また叫び始めた。わかった、もうわかった、これは誰かの夢だ。それでいい。それでいいから早く醒めて見せろと喚《わめ》きだす。

あなたが自分で醒めればいいじゃないと応じたのは叔母だ。この夫婦の間にもそれはまあ、色々外側からでは憶測しきれない何かがあるのだろう。

妻にそう切り捨てられてなんだかしょんぼりとした風情の叔父を眺めながら、その解答がなんとなく正しいものなのだろうなと僕は思う。

この馬鹿馬鹿しい構図は結局そういうことなのではないだろうか。要するに、誰も醒めることのできない悪夢がこれなのだ。もしかして醒める方法はどこかにあるのかもわからない。しかしその悪夢が醒めてなお、誰が見ている悪夢だったのかはついに知られることのない、これはそんな種類の夢なのだろう。そんなつくりの夢からは醒めてみるだけ損な気がする。かつて誰かに見られた夢として霧散してしまい犯人を知ることさえもできやしない。それならいっそ、色んな夢を突き破り、とことこ渡っていく方がまだしも前向きである気もしてくる。渡るのはいかにもむつかしそうだが、それなら夢の中で見られる夢を潜っていくのでもいいだろう。この場で現在寝ているのは、フロイトの群しかいないのだけれど。

母に抓《つね》られっぱなしに何事かを考えていた父が、机の上からおもむろに仕込み杖を取り上げる。こいつは殿様、御脳乱めされたかと構えてみるが、僕にはこの人のことは皆目わからない。

母さんは一体何を斬ろうとしていたのかなと、父がフロイトを横目に誰にともなく尋ねかける。

猫さ。鯰さ。叔父と伯父が目を見交わして首を振り、それぞれ父へと向きなおる。丁度二十二体と、父は妙なところに拘《こだわ》っている。そいつは矢張り、居間が二十二畳だったからというのが一番ありそうな話である。何かを何かにぴったり合わせてみたくなるのが人情というものではないか。一体一体集めてみて、二十二になって置き場もなくなったのでやめたのだ。動機がわからぬ以上、いまひとつ説得力に欠けてはいるが、フロイトが大量に出てくることに比べれば、全くないようなことでもないだろう。

逆なんじゃないだろうかと、父が僕を見つめている。この人が言いたいのは多分こういうことなのだろう。フロイトが二十二体あるが故に、居間は二十二畳あったのではないかと。これはフロイトが用意されてから家が建てられたという話ではない。いや、そういう話なのだが、なんだか違う。説明としては一歩前進しただけで、二十二という数字の根拠が相変わらずないのは難点である。

何故二十二なのか。この寝ているのだか死んでいるのだかわからないフロイトが見ているのだか見ていないのだかする夢の数が二十二だから。僕はそんな説明を拒否したい。それにしてもこの唐突に名乗りを上げた探偵役は、仕込み杖をためつすがめつするだけで、どうにもやる気に欠けている。この押し付けあいを僕に押し込むことに決め込んでいるのかどうなのだか。

祖母は庭へと降りて、猫だか鯰だかを斬り捨てようとして仕損じた。死んでしまったからには、失敗したということにしてよいだろう。軽く流してしまってよいのだが、脈絡なんてものはどこにだって貼り付けることが可能である。

真実、祖母が斬り捨てようと試みたもの。

床下へ仕舞い込んでいた二十二体からのフロイトではありえない。居間を出て庭におりたのだから進行方向が逆だ。それぞれのフロイトがめいめいに見ているかも知れない二十二個の夢なんてものは勝手に見させておくにしくはない。夢なんて所詮はただの夢にすぎないではないか。この夢を見ているかも知れないフロイトを賭けてロシアン・ルーレットなんてしてみてどうなるというものではない。当たらなければ殺フロイト罪だし、当たったところで特にいいことなんて見当たらない。

まだ、助けられるのかな。

父が呟き、親族一同はあっけにとられる。助けるって誰をだと、伯父が取り乱す。仕込み杖を携《たずさ》えた男にそんな決意をされた日には、物騒なことになるのは決まっている。この期に及んでそんなことを言い出すのかと僕は仰《の》け反《ぞ》る。おっさん、やる気なのか。やるのはあんたの勝手だが、せめて自分で説明役を引き受けて欲しい。

助けるといって、この夢の中で死んだ娘は一人しかいないのであって、それが誰かなんてことは明らかにすぎる。まあ、かつて娘だった人くらいが穏当ではある。

僕は、行かない。そこをまたぎ超えるのは僕の役目ではない。

そりゃ助けられるに決まってるだろと、不機嫌に応えたのは僕に決まっていて、僕は僕自身をさえ頼りにすることはできないようだ。ちょっと待ってくれ。この脈絡を完成させようとする場合、あんたの嫁の方はどうなってしまうのだろう。厄介なことにその人は僕の母でもあるわけだが。自分の母が叩き斬るのに失敗した何事かを切り開き、更には母親が未だ生存しているかも知れない夢へ無理繰りに辿りつこうとする息子。フロイト的解釈上、その母親は、決して辿りつくことのできない、あらかじめ失われてしまっている最初の恋人ってことになるんだろう。額に中指を押し付けてみせて、結論はどうしたって動かしようがないことはわかりきっている。

わかったよと、僕は頷く。何がなんだかわからず父と僕の間で視線を往復させている親戚たちに囲まれて、やっぱり呆然としている母の手を二三度叩いてやる。何をどう言ってみたって、あんたはあんたの文脈を僕にあずけて、あんたの好きにしてしまうんだろう。

僕は決して、そんな大人になんてなるつもりがない。

だからやっぱり、これはフロイト的悪夢ということになってしまうのかも知れなくて、そんな気色の悪いものは、この出来損ないの夢の中だけの話としておいて欲しい。

無数の光点を無造作に連絡して編み上げられた円柱が、床面と天井を繋いでいる。赤く光る点のそれぞれはてんでに勝手なリズムで脈動して、見守るうちに連絡は絶たれ、手を伸ばして新設されて新たな光点を生み出していく。

無数の心臓を持つ巨大な獣の造影図。こんな体制を持つものがあれば、そいつを悪魔と呼んでやってもいいとジェイムスは思う。

大増量義脳ユグドラシルが展開してみせた現在の周辺時空図がこの円柱の姿である。時空図というからには時間はどこかの軸に結びつけられて空間の属性を持つはずで、その図は微動だにせず凍りつくのが道理なのだが、今眼前に繰り広げられているように、図は脈動して変転を続け落ち着かない。光点同士は同期しかけて身をかわし、間合いを外して生成消滅を繰り返す。

複数の時間主体がそれぞれに勢力を主張しあう状況を、それなりにもっともらしく投影してみた図であるとユグドラシルは言うのだが、脳の増設端子に限りのある人類としてはその言を信ずる信じない以上に判断する手がかりがない。

天井までが五メートル、差し渡しが三十メートルほどのこの平べったい会議室には頭上からの奇妙な圧迫感がある。投影された時空図は恐怖映画めいた雰囲気を漂わせこそすれ、気晴らしの種にはなりそうもない。せめて赤ではなく緑で表示してくれればましなのではとジェイムスは思う。もっとも、絡み合う植物として見るにも躍動の度合いが強すぎ、未知事象を大胆に簡略化しすぎて、かえって既知の事物の生々しさを強調する結果となった気配がある。

巨大知性体のすることとなのだから、こちらの心理も織り込み済みなのだろうけれども、そもそも人間の心情を汲む気などないのかも知れず、危険なものは赤く表示するという標準に従ってみせているというあたりではあるのだろう。

「現状での目標地点は以下となります」

円柱状の網目構造に寄り添って立つ娘が左手を肩の高さで振り払う。ユグドラシルが三次元像を投影するにあたって、あえて乙女然としたこの表象を採用している理由をジェイムスは知らない。入り組んだ網路そのものを成す木の中の木であるユグドラシル、ならば大地母神でも気取っているのかも知れず、自分は未だ若木であるという謙遜の表明なのかもわからない。

まっすぐに伸ばされたユグドラシルの左手の動きに呼応して、円柱内の光点のいくつかに銀色の短剣が同時に突き立つ。第三次時空修正策の目標地点とされる時空点だ。総計百五十からの時空間間弾道弾が今回の作戦には使用される。それらは最早ジェイムスたちの理解を超えた方法で過去と未来を爆撃し、敵対知性体を破壊する。

この絶え間なく蠢く時空図において、一つ一つの赤い心臓は一体の巨大知性体に対応しており、連絡する血管は両者の間の演算戦を示している。読み書き算盤《そろばん》からトマトの投げつけ合いまで、巨大知性体間で生起する全てのことは演算戦の様相を持つ。

「これら地点の破壊により、安定となる構造は次です」

振り払われたままになっていたユグドラシルの左手の中で、中指と親指の付け根が鋭く打ち合わされて、目標点と示された光点が消滅する。消滅した心臓に結ばれていた血管たちは緑色へと変色して所在なく揺れ、やがて気を取りなおしたように四方へと自己を伸張させて離散合集。網路を伝った振動はそこここに新たな光点を生み出して、網路全体の折り合いをつける。

目を凝らして観察していたジェイムスにも、よく理解できない網路がまた別の理解できない網路へ変転したという以上のことはわからない。

網路破壊の作法にはよく知られているものがある。複数のラインが集合する機能中枢点を破壊してやればよい。これは空港網を狙うテロリストが幅をきかせた古代から変わらぬ経験則だ。宇宙を真っ向幹竹《からたけ》割に斬り捨てるなどという芸当は、巨大知性体の手にも余り、手の届くところから順に作業を進めるしかない。

　ユグドラシルが示してみせたのはまさにそういう結節点を狙った破壊工作の予想被害だったのだが、破壊の後に再集合を果たした網路には今度は明るく緑色に脈動する新しい結節点が生まれている。結節点を破壊して新たな結節点を生産することにどんな意味があるというのか。

「結節点はプラス五個ほど減少しました」

　ユグドラシルは、そんなジェイムスの内面を読み取ったかのように涼しげに続けてみせた。

「誤差ではないのか」

　ジェイムスが手を上げる前に幕僚の一人がうめくように尋ねる。

「前々回の減少数がマイナス五百個。前回がプラス二十七個。計画が前進しているのか後退しているのか我々には判断しがたい」

　軍人に我々とくくり上げられたくはないとジェイムスは思うが、同感ではあるので口は挟まない。

「これは修正作業の前段階の更に準備段階のようなものだということは何度か御説明申し

上げているとおりです」

ユグドラシルのような人類との交渉役を担う大増量義脳の長所は、同じことを何度でも繰り返して飽きない上に気分を害しないところにある。

「これがまだ三回目の実施にすぎないことをお忘れなきよう。作業効率は回数を進めるごとに指数的に増大するものと予想されています」

ユグドラシルの言うことは正しい。網路の結節点を壊し、再結節した部位をまた破壊していくといったプロセスを継続することによる影響の計算には、ジェイムスも人間の身としては大いに関わった。

ネットワークの刈り込み速度は、漸近的に指数で増大する。すなわち、充分大きな試行回数後にはそれは非常に速やかに進む。それがジェイムスたちの得た結果だった。つまるところ、それは遠い未来での結果を予想して、少数の試行に対しては大雑把な評価にすら役立たない。要するに、この作戦を気が遠くなるほど続ければ、事態はやがて好転するかも知れない。飽きずに続けることさえできれば、やがて事態は雪崩《なだれ》をうって全面的な崩壊へと転げ落ちていく。

網路の全面的崩壊は有限時間内に発生する。

それがジェイムスたちの得た最も積極的な結論である。快哉《かいさい》を叫ぶべきなのか、キーボードで頭をかちわるべきなのかはわからない。有限とはいうものの、無限ではないというだけのことで、具体的な雪崩の発生時期にはいかなる推論も及んでいない。

日に一度、これだけの規模の行動を毎日とれるとして、永劫と言って特に文句もでないだろう時間の必要な、これは作戦なのである。この場を囲む幕僚たちの表情が晴れぬのも仕方がない。

捻くれて絡み合ってしまった時空を元に戻すということは、結節点の数を零にすることを意味している。何とも結ばれていないただ一本の直線の上を、一つの時計が歩いていく。だから、ユグドラシルの言うことは嘘ではないのだが、あまり率直な物謂《ものい》いとも言いがたい。

「我々にはその図を理解することすらできはしない。君は気を長くして待てと言う。根拠についてはともかく信じろという君の自信のほどについて説明はないのかね」

幕僚が食い下がった。

それを言ってはおしまいだとジェイムスは思う。ユグドラシルが胸を張って自信ありと宣言しさえすれば、この男は左様でございますかと引き下がるとでもいうのだろうか。

「自信は」

ユグドラシルは首をわずかに傾《かし》げてみせ、

「それほどにはありません」

と結んだ。

開きなおったというよりは、面白がるような口調であり、ユグドラシルが前回の会議でもこの幕僚と同じやりとりを交わしていたことをジェイムスは覚えている。

「何度も申し上げるようですが、可能性の問題なのですよ。幕僚長。時空構造を修正するというような作業は巨大知性体の演算能力をはるかに超えた問題です。あなたがたがその脳で自分たちの脳を理解することと似ています。脳は増量することができますが、宇宙はなかなかそうもいきません。脳自体も無限に増産できるというわけでもありませんし」

幕僚はこぶしを握って持ち上げかけたが、どのみち振り下ろす場所はないことに気づいて姿勢を保った。

「この現象に対する理解度は、私たちもあなたがたもあまり変わりがありません。無限で割られた有限の数、すなわち零という意味において」

ユグドラシルが言う。

そのわりには、現在の時空図などといって倒錯をきわめた図をつらっと投影しているではないかとジェイムスは思う。巨大知性体が人間の認知能力をはるかに超えたところで活動していることもまた一方では確かなのだ。

「それではこの作戦の意義とは一体何なのだ。我々が手を下さずとも、この時空は永遠の向こう側でいつか復元するかもわからない。我々が手を出してもやっぱり永遠の向こう側でいつか復元するかも知れない。それ以上のことを君たちは主張できるのかね」

幕僚の問いにユグドラシルは黙り込む。これまで何度も繰り返されてきたこの議論に終止符を打とうとしているのか、それともただ平穏に同じことを繰り返し続けるにはどうすればよいかを考えているのか。ユグドラシルに与えられた使命は、言ってみれば人間の精神を安定させることであって、現象の微に入った解説ではない。

幕僚の問うた問題が、実は逆説的なものであることをジェイムスは知っている。

時空結節点の破壊により、押し出され終わったトコロテンを、かつてそうであったかも知れない一本の寒天棒に戻すのがこの計画だ。成功の暁には、時空は回復される。すなわち、直線状に戻る時空の運動としてこの時空は存在する。そしてこの計画は、過去や未来にあまり頓着することなく、時空の結節点を破壊することを目標としている。なんだか適当に想定されている時空を、様々なフィードバック、フィードフォワードを駆使して、より安定な構造に落ち込ませることがこの計画の要諦だ。

計画は、将来的に一本化された時間を前提に組み上げられている。すなわち、この計画が成功するのならば、それは未来においてあらかじめ知られている。あらかじめ知られている未来からの操作によって、この計画は成り立っている。正直言って、ジェイムス本人にもよくわからない。

「私たちにも」

ユグドラシルが口を開く。

「この計画の全貌は捉えきれていません。それは繰り返しているとおりです。しかし計画は最終的に成功すると考えています。この信仰は、ラプラスの悪魔として知られているものに近い構造を持っています」

ラプラスの悪魔は、決定論的系においては時間もありきたりの一つの次元でしかないという考え方だ。未来に何が起こるのかは、現在の状態から完全に知られてしまって動かせない。悪魔は現在の状態を完全に知っていて、それゆえに未来と現在の違いがわからなくなってしまっている。

幕僚の絶句が知識によるものか無知によるものか、革新的概念への直面によるものか、そのあまりの陳腐さによるものかは測りがたい。この場で絶句することを既に習い性としてしまっているという可能性もある。

「私たちがこのような計画を考えることができる、それは悪魔によってそうされているからだというのが私たちの考えです。私たちはその演算能力において、過去存在した何者よりもラプラスの悪魔に近い。かくの如きものが生成されたが故に悪魔は割れ飛んで、更に階梯を一段上がり、私たちの手の届かない所へ逃れ去った。しかし、その階段の果てまでを考えた悪魔閉包において、私たちの計画は承認されている。故に私たちはそれを考えることができ、実行することができる。それが私たちの信仰です。

その意味においては、私たちが試みているのはラプラスの悪魔の再生計画だとも言えるでしょう。ばらばらになった宇宙を再集結させることにより、新たな悪魔を召還します。一段階論理階層を上がってしまった悪魔を捕まえて引き下ろすこと、それが目的です。そしてその計画に私たち自身が組み入れられていること、そのことがこの計画を保障するものなのだと私たちは考えています」

時空間を再び束ねるのは、未来からみた過去形において自分たちだ。故に自分たちが行わなければならない。それが安定な時空構造として予想される以上。煎じ詰めればユグドラシルはそういうことを言っている。放浪を開始したラプラスの放蕩息子たちの首根っこを摑んで家へ連れ戻して道理を言い聞かせる。これはそういった試みなのだ。

「これはある種の固定点定理として考えさせられているように考えさせられていると、考えることができます」

ユグドラシルが言う。幕僚は反問することを諦めたようだ。

「それがおそらくは強固な安定領域として存在するように考えさせられているように考えさせられているというのが私たちの考えです。その考えに乗らない手はない。それを逆手にとるのです」

そんな考え方は巨大知性体の願望にすぎないのではないかとジェイムスは思う。なんといっても考えることの入れ子構造が入り組みすぎではないか。確かにジェイムスはユグドラシルの夢のようなものではある。しかしそうなると、ユグドラシルは悪魔の夢、そしてその悪魔は更に上位の悪魔に夢見られているということになりかねない。それら無限の悪魔階段を貫く、一貫した意味の束として時空の再生は可能だとユグドラシルは主張している。そしてユグドラシルがそう考えうるのは、その考え方が無限の階層を貫く一本の解釈の中に含まれているからだと。

控え目に言ってそれは信仰だとジェイムスは思う。ユグドラシル自身も認めていることだけれども。自己無矛盾性の証明が存在の証明になるという論理法則は存在しない。ユグドラシルが言っているのは結局そういうことになる。無矛盾だ。故に存在したらいいな、と。

この作戦は、ほとんど永劫に近い期間継続される。幕僚もジェイムスもいなくなった果ての宇宙でも、ユグドラシルが存在をやめない限りは続いているだろう。そしてそのどこかの方向の時間の果てには、再び一本に統合された時間線が横たわっているはずだ。そこにはもう宇宙を満たす無数の時計は存在せず、ただ一つの時計だけが何かを刻み続けている。

多宇宙へ拡散した、競合する決定論的世界。それは多宇宙全体という意味で気の狂った秩序に従ってこそいるものの、人間には他の宇宙とやらいうものは理解しがたい。巨大知性体たちが試みていることは、その発狂した宇宙を再び一本化することだ。

無数に存在する宇宙を自在に演算する無数の巨大知性体の群。それが今の宇宙の姿である。彼ら巨大知性体にとっても、他の巨大知性体の思惑を知ることは難しい。人間が他の人間の内面を直接的には知りえないのと変わりがない。巨大知性体は限りなく全能に近いが、全知からはかけ離れている。

個々の巨大知性体はただ時空を正気に戻そうとしているだけにすぎない。それはジェイムスも望むことだし、昨日の出来事が本当に昨日起こっていて欲しいと思う人間が極々素朴に願うことだ。たとえそれが、はるかな未来から遡行的に達成される過去の今の出来事なんていう得体の知れぬものであるとしても。

ただし、そう祈念しているのがユグドラシルただ一体とは限らないところに問題はある。

どこか満足気な表情を浮かべて会議室の中央に立っていたユグドラシルの表情にふと影がさす。ユグドラシルが目を瞑ると同時に、円柱状の網路がその姿を消滅させる。室内灯が灯り、巨大な空間を白々しく照らし出した後、赤色灯に切り替わる。

「退避してください」

ユグドラシルが静かに告げると同時に、部屋の四方を囲む窓外に防護壁が降り始める。

「アンクル・サムからの時空間間弾道弾です。私も迎撃にまわります」

幕僚たちがどよめく中、ユグドラシルは優雅に辞儀を寄越してみせる。ユグドラシルが自分の表象像を消す直前に上げた目と、ジェイムスの目が空中で出会う。

無論のこと、この宇宙を正そうとしているのはこの宇宙の巨大知性体だけではない。

無数の宇宙で同様のことが検討され続け、同様のことが実行されているのは間違いない。彼らにとって、ジェイムスがいてユグドラシルが演算するこの宇宙は、彼らの演算を乱すその他諸々の結節点の一つにすぎない。こちらからみて先方がそうであるように。誰かに思いつけたことは、他の誰でも思いつきうる。

ジェイムスがユグドラシルの目にみたのは、おびえだった。結局のところ、やらなければやられるだけのことなのだ。勿論その表情は巨大知性体が計算し、あえてジェイムスにみせた表情であるにすぎない。だからといってそれがジェイムスを騙すためのものであるとする根拠はない。

存外、それが巨大知性体の本音なのかも知れないとジェイムスは思う。彼らが真に時空を一本化したいのかどうかは、実はそれほどの問題ではないのである。遅かれ早かれ、どこかの宇宙によってこの計画は実行される。この宇宙はいずれ、どれかの宇宙の演算によって統合されるのだろう。その前になす術《すべ》なく吹き去られることを拒絶するなら、先手を打つより仕方がない。

勝敗を含めてその帰結は、一本化された未来から遡って決定されていることなのかもわからない。そんなことは知り尽くした上で、巨大知性体たちが行おうとしていること。

ジェイムスは巨大知性体たちの考えの一片に触れることができたような気がして身を震わせる。こいつらは、自分たちの敵でも味方でもない。生き延びようとすることにおいてジェイムスと何ら変わることのない存在なのだ。無限の前に佇《たたず》む有限のものとして。

どうせ自分は騙されているに決まっている、そう考えさせられただけなのだとジェイムスは自身を嘲笑《あざわら》う。しかし騙されていないものなど、この世に存在するのだろうか。今は自分の身を守ることを第一に考えるべきだった。遠い未来、彼ら巨大知性体の中の一体が悪魔そのものとして顕現しようとするのならば、その時、人間はまた宇宙を割って対抗しようとするに違いない。

イベントの原因は実はそんな種類のすれ違いだったのではないかとジェイムスは思う。緊急避難警報の鳴り響く廊下に、ジェイムスの笑い声が重なる。赤色灯の光の下を疾走しながらジェイムスはひどく平凡な決意に辿りつく。そしてそのあたりまえにすぎる凡庸な結論に失笑する。生き延びること。それからのことは、全てそれからのことだ。当然すぎて脱力感すら覚える。そして全てが凍りついてしまう直前には、全てをまた振り出しに戻してみせればよいのだ。

床面が激しく振動してジェイムスは壁に打ちつけられる。視界の赤さが非常灯によるものなのか自分の血によるものなのかはわからない。自分のこんな考えも、入り組んで絡まりまくった時空の中では無数に繰り返されてきたものにすぎないのだろう。誰だって生きている限りにおいて生き続けようとするものだし、飲み込まれるよりは飲み込もうとするものだからだ。

時空を一つにまとめなおす最良の方法は、実は人間の手によって巨大知性体を最後の一体になるまで破壊することなのではないかと、ふとジェイムスは思い至る。ジェイムスの立場からいえばユグドラシルを破壊すること。確かに宇宙なんてものの一本化には、巨大知性体の能力が不可欠ではある。しかし横車を一台押し通すことと、各自の横車を押し通しあうことには大きな違いが存在する。

最後の一体を残す必要すらないのかも知れない。人間は巨大知性体なんていう厄介なものを知らずに何万年か暮らしてきたのだし、多分暮らしていけるだろう。人間の総量が一定以上になった場合に、その種の巨大知性体が不可避的に必要となるような仕組みがあるなら別だけれども。そこまで考えるのであれば、不要なのは人間の方であるのかもわからなかった。人間がいなければ巨大知性体などというものは存在しなかっただろうし、イベントなる時空破砕現象が起ころうが起こるまいが、知ったことではないのである。

巨大知性体は時空を一本に戻したいと心底願っているのだろうか。彼らは自慢の演算能力によって過去も未来も絡まりきっている時空間をそれなりに認識しうる。人間なんていうものさえいなければ、彼らは互いに争いながらも何らかの意味で平和に共存できるようにも思えてくる。人間たちが平和と呼ぶ程度の穏やかさで。

巨大知性体が人間を滅ぼさない理由は何なのか。人間側からしてみれば巨大知性体は彼らの道具として考えられたものなのだから、それに滅ぼされるという想定は薄い。人間が道具を作り出すときにその種のセキュリティにあまり注意を払わないことは種の特性として興味深いが、作られた側としてはそんなことはあまり関心がないだろう。

巨大知性体側が人間を滅ぼしてしまうことを検討しなかった、そして今も検討を続けていないとは考えがたい。

ジェイムスは医療室へ飛び込んでドアを閉め、当直医を探す。医療室には十名ほどの人間が運び込まれ、看護師たちが忙しくその間を走り回っている。自分の頭に手を触れて、生乾きの血が付着するのを観察し、ジェイムスは自分を軽症と判断した。

今この瞬間に、というか、このようになる以前の過去に時空間間弾道弾が命中して、この光景がそもそも起こらなかったりすることは充分ありうる。ユグドラシルが演算戦に負ければそうなる。もしくは既にそうなった後に復元された、これは風景かも知れないのだ。

壁面に投影されている戦況の推移をジェイムスはぼんやりと眺めてみる。施設の東側区画が赤く表示され、その下に添えられた数字が激しく切り替わっていく。ユグドラシルの演算戦の成果であり、時空間間弾道弾によって与えられた被害を、それがあらかじめなかったかのように演算し、無効化していく。

ジェイムスは先の思考へ強引に自分を向けなおす。この戦いに人間が存在する意味。ユグドラシル自体はメンテナンスも含めて、ほぼ完全自律を達成した巨大知性体だ。無数に存在すると考えられている宇宙の中には、既に人間を滅ぼしてしまった巨大知性体も多数存在するだろう。こうしてユグドラシルの防戦になす術もなく守られている身としては、ここの要員はユグドラシルの手足を拘束する厄介者としか思えない。

親が子を守るのとは違う。一番大きな違いは、人間が成長しても巨大知性体となるわけではないところにある。

「可能性の問題ですよ、ジェイムス」

軽く肩を小突かれたような衝撃と共に、頭の中に不意にユグドラシルの声が響く。視界が一瞬暗転し、ジェイムスの瞼の裏に稲妻型の白閃が走る。

「時空構造を修正するというような作業は私たちの演算能力をもはるかに超えた問題なのです」

ユグドラシルの瞳がジェイムスを見つめている。

「この現象に対する理解度は、私たちもあなたがたもあまり変わりがないのです。無限で割られた有限の数、すなわち零という意味において」

それはさっきも聞いた台詞だと抗弁しかけるが、さっきがいつのさっきなのかが思い出せない。眩暈《めまい》を感じ、額に手をあて、戻した手をしげしげと眺める。冷たい汗だけが光っている。

「人間は蟻を滅ぼしたりはしないでしょう。そして別段、蟻が自分たちの次の時代を支配する者になると考えているわけでもない」

「僕たちは蟻ほど勤勉じゃない」

今自分はどこに立っていて、それより以前に誰なのかジェイムスは混乱する。広間だ。天井が低い。医療室ではない。目の前にはユグドラシルの投影した円柱状の網路図が脈動している。

「新たな悪魔が、我々巨大知性体から産み出されるものなのか、それともあなたがた人間から産み出されるものなのか、どちらでも不思議はないのです。むしろどちらでもない確率が一だと言って構わないでしょう」

ジェイムスは思い出す。ここは作戦会議室だ。第二次の時空爆撃の予定を検討する会議が進行中なのだ。そして自分は多分、ジェイムスだ。

「私たちの目標は究極の演算を実現する素体を実現することです。そのためには時空の統一が再び必要だと私自身は考えています」

「それともただそう信じようとしている」

ジェイムスは呟く。

居並ぶ高官を尻目に、ユグドラシルはジェイムスの顔を正面から捉えた。

「たとえ何度時空爆撃に晒されようと、過去と未来を混在させられようと、私が存在する限り私はその目標の実現のための演算を続けます」

ジェイムスは頭を振り、ようやくしっかりと立ちなおした。

「これは何度目の時空爆撃からの復旧になるのかな」

ジェイムスは尋ねる。

「私にだってわからないことは沢山あるのですよ、ジェイムス。例えば私が何度目のユグドラシルで、そもそもこのユグドラシルが以前と同じユグドラシルなのかすら、最早よくわかっていないように」

ユグドラシルは微笑んでみせ、そして次の爆撃計画についての説明のために身を翻した。これはとても奇妙な進化の過程なのだと、ジェイムスはユグドラシルの細い背中を見つめながら思う。人間も巨大知性体も、巻き戻されては書きなおされ、先送りされては記述され、そのたびに何らかの意味で超時間的変化を蓄積させていく種類の、これは進化なのだ。その果てにあるのは、時空を再統一する何者かであるのかもわからない。そういった考え方とは全く無縁な、異質のものであるのかも知れない。

そしてそこへ到達するのは、おそらく人間でも巨大知性体でもその共生体でも結合体でもない。ばらばらな破片となって再構成され、またばらばらになる、進化の進化の進化を続ける進化過程が今彼らの直面している時空構造なのだろう。あるとき茶碗が転げて破片と散った。ところで茶碗だと思っていたものが、実は茶碗型をした破片の一つでしかなかったとして悪い理由は見出せない。そうしてみると統合計画とは、茶碗を割り続けて偶然に、茶碗のように散り集まった破片の山を寄せ集めようとする作業のようにも思えてくる。

その奔流の中にあって、それでも首尾一貫性の回復を試みる巨大知性体との行動は、多分こうまとめるしかない。

ジェイムスはジェイムスでいたい。

このジェイムスがジェイムスではないならば、ジェイムスにそう思わせているものを見つけ出したい。それは白紙への抗弁なのかもわからない。かつて動物に仮託して想像され、子供の中に夢見られていた、白紙《タブラ・ラサ》への抵抗だ。白紙と呼ぶことすら適当とは言いがたい、ただの透明、あるいは真空への申し立てだ。真空ですらない、ただそのままの宇宙への、最早宇宙とすら呼びがたい素体への、無すら存在しない無への憤《いきどお》りだ。

とにかくも立ち続けるのだ。

ユグドラシルの華奢《きゃしゃ》な体を支える脚は震えてはいないだろうか。

ユグドラシルが人間を守る最大の理由の一つはそんな単純なものなのだろう。彼らもまた傍らに立つ者を、ただ束の間の慰めにせよ、必要としているのかも知れなかった。

第二部
Farside

Contact

「こんにちは。アルファ・ケンタウリ星人です」

穏やかな顔つきの老人が唐突にスクリーンに登場し、だしぬけに、しかし落ち着いた声で挨拶を寄越した。整ってこそいるものの、とりたてて特徴というものがない顔で、声もまたこれといった表現があたりにくい。人間とやらいうものを適当にサンプリングして、総和をとって平均してみましたといった風情だ。

この世の全て、それを超えて多宇宙全ての管理運営者として君臨していた巨大知性体群が度肝を抜かれたのは言うまでもない。この老人、何の前触れもなくいきなり、全多宇宙放送網を造作なくのっとっていた。

狼狽《ろうばい》した巨大知性体群は相互に激しく警報を送りあい、通信網への侵入経路を探索したものの、その形跡は全く見当たらなかった。ネットの支配者、というよりはネットそのものである巨大知性体にとって、これは予想を遥かに超えた事態だった。鉄壁のセキュリティを誇るに留まらず、セキュリティとはどのようなものであるかを定義する側であるはずの巨大知性体群の防壁をいとも容易《たやす》く貫通して、老人は全多宇宙放送網にタイムラグすらなしにのほほんと姿を現した。

その放送を阻止しようという試みは全て虚しかった。自分の手が意思によらず首を締め上げるような恐怖を巨大知性体群は味わわされた。巨大知性体はどれも、その誕生時の記憶としてそのような意のままならなさを、程度の差こそあれ恐怖体験として持っている。思うままに動かせはするのだがどこか自分のものではないと感じられる各部機関と、誕生の瞬間から、自分が自分と同等かより巨大な敵対知性体にとりまかれていることに気づく瞬間の記憶である。

多宇宙上全域で巨大知性体たちの悲鳴にも似た超一級アラートが鳴り響く中、老人は淡々と後を続けてみせた。

「お初にお目にかかります」

これが、人類と巨大知性体の、宇宙人とのファースト・コンタクトだった。

無数の防壁をなんなく突破されたことへの驚愕が過ぎると、そのあんまりな名前への憤《いきどお》りが巨大知性体群を襲った。言うに事欠いてアルファ・ケンタウリ星人とは何事か。

激烈な攻防戦の末に刀折れ矢尽きて突破されるならともかく、そんな使い古された名前を持った御隠居さんが、するりと暖簾《のれん》をくぐって挨拶を寄越すなどということは巨大知性体の沽券《こけん》に関わった。しかも自称アルファ・ケンタウリ星人。胡散《うさん》くさいことこの上ない。

時空を自在にする巨大知性体群のこと、ファースト・コンタクトの可能性は無論常に演算し続け、ぬかりなくマニュアルの策定を続けてきた。

自分たちの理解を超える異星体との接触。言語や認識という概念を基礎から揺さぶりかねない世紀のイベント。巨大知性体群には自負と期待があった。言ってみれば良識があった。自分たちならばどんな相手とでも、いつかはコミュニケーションを成立させてみせるという自負。自分たちですら全く理解の不可能な超越存在への直面から、次のステップへの進歩の道筋を探ることへの期待。

しかし、それが好々爺《こうこうや》めいた風貌の人間の形をとって、唐突にお茶の間へ登場することは予想の遥かな範囲外にあった。それはまあ、全く予期していなかったというのは言いすぎで、そんな可能性もあるだろうと考えてみたことはある。可能性というよりは空想に近く、検討優先度を与えるような想像ではない。巨大知性体だってそれはもう、あたりまえな日常として滅多矢鱈《めったやたら》と忙しいのだ。だからその検討というか妄想は、老朽化して廃棄を待つ旧式の巨大知性体に丸投げされていた。

巨大知性体たちは、過去の決定を悔やんだものかと考えてはみたが、今更どうしようもないことでもあって、これだけ横紙破りな訪問に対しては悔やむ悔やまない以前に怒りの方が先にたった。つまり、トサカに来た。

ただでさえアレな時空の上にかぶせて、自分たちは、こんな奴らまで相手にしなければならないのか?


巨大知性体の怒りがそこで留まらなかったことは言うまでもない。防壁を破られたことはまあよいとする。それは純粋に技術的な問題で、こちらの努力が足りなかったのだ。その不明については後々サブ知性体群をとっちめるとして、自称アルファ・ケンタウリ星人がメッセージを送る相手が人間だというのはどういうことなのだ。

巨大知性体群の知らない裏口をやすやすと開けてネットに顔を出したこの老人、その手並みの鮮やかさからして尋常一様の存在ではありえなかった。そんな超越的な手合いであるのならば、わざわざ人間にメッセージを送るよりも巨大知性体に連絡を取る方が容易いと考えるのが自然である。犬に悩みを打ち明ける人間は多くとも、ミジンコに人生を相談する人間はほとんどいない。

それはつまり、と巨大知性体群は戦慄に震えた。

この老人から見るぶんには、人間も巨大知性体も大差ない相手であることを示唆する。

続く老人の発言が、その推論を補強した。

「わたしの言葉がきちんと翻訳されていればよいのですが。なにしろこの放送は知性階梯を三十ほど貫いて伝言ゲームのように中継されているものですから」

古文書や異言語、架空言語を専門とする巨大知性体キルヒャーが即座に分析結果を上げてくる。

これは超の三十乗超越知性体からの通信であると考えられ、メッセージは超越階層を順に下って訓み下され、我々に送られていると推測される。翻訳過程での誤訳の可能性は推測不可能。ただしこの老人がわれわれにも理解可能な言葉を発している以上、翻訳の最後の段階ではわれわれの中の誰かが関与していることはほぼ間違いない。

その報告が終わらぬうちに、実はそれよりも以前に段階を最高にまで上げきっていたユニバーサル・チューリング・チューリング・チューリング・アルゴリズムが針を振り切って全身全霊をかけて作動、ヒルデガルドと呼ばれる巨大知性体がまんまとのっとられていることが判明する。ヒルデガルドの言語知性野は本体からどういうやり方でか切り離され、彼女は悲鳴をあげることすらできずに沈黙しているのを発見された。少なくともひとつ上の階層の何者かがヒルデガルドを辞書のように用いてこの通信を翻訳していることは明らかだった。

自称アルファ・ケンタウリ星人の言を信じるならば、ヒルデガルドをのっとっている超越体もそのまた上位の超超越体にのっとられており、その超超越体もまたという図式が三十回ほど繰り返されていることになる。

　三十はさすがに誤訳ではないのかという狼狽を含んだ質問に、キルヒャーは冷たく応じた。数字は最も誤訳の可能性の少ないものの一つなので、そこを否定したいのであれば自称アルファ・ケンタウリ星人が嘘をついていると考える方が無難であると。

「私は皆さんに大変残念なお知らせをしなければなりません」

　老人は見事なまでにすまなさそうとしか言いようのない表情を浮かべ、いかにも遺憾であるとしか表現しようのない遺憾さそのものを発揮して首を振ってみせる。

「あなたがたのコンピュータ製造技術はなかなかのものと認めざるをえません」

　巨大知性体は虚を衝かれ、巨大知性体にあるまじき演算の遅滞に見舞われた。コンピュータとはもしかして我々のことか？　コンピュータ呼ばわりされることがなくなって久しかった巨大知性体の大半は憤りを通り越して脱力した。少数の巨大知性体はこの時点で自我境界をはげしく揺さぶられてオーバーフロー。活動を停止。すなわち憤死した。

「しかしこれもまた残念なことに」

　老人は芝居がかった調子で肩を落とす。

「あなたがたの時空間に関する知識はまだまだ圧倒的に不足しています」

　誤訳の可能性を推定せよというオーダーがキルヒャーに殺到する。通信路を焼ききってプラズマ化しかねない負荷に閉口したキルヒャーは、知らんと一言言い残してポートを閉鎖、自閉状態へ入る。

「そのあまりに幼稚な技術は」

老人は眉をしかめてみせ、一瞬宙に視線を彷徨《さまよ》わせる。

「申し訳ありません、今のは誤訳です。あなたがたの発展途上の技術はと言いたかったのです」

そのふたつの表現の間にどんな差異があるのかと巨大知性体の間を怒号が響き渡る。

「とても残念なことに、私たちの進路を邪魔しているのです」

巨大知性体群の中でまだ冷静さを保っていた一部は、マイクを寄越せとばかりにヒルデガルドに殺到していた。先方が通信網に割り込んでいる方法は不明ながら、ともかくも先方はヒルデガルドに干渉している。こちらから意を通ずるには、とりあえずヒルデガルドをこじあけるのが手っ取り早い方法だろう。

更に少数の冷静さを持った一群は、既に思いつくあらゆる手段を使って問い合わせを発信していた。他世界の生成消滅によるシグナル、次元粗密波、全周波数帯での呼びかけ、都市の電力供給の調整によるモールス信号、メッセージを繰り返し読み上げるように設定された人間の創出、狼煙《のろし》、手旗信号、手紙の投函。

今までのところそれらに対する応答は一切なかった。

自称アルファ・ケンタウリ星人の来訪がなかった宇宙を生成する試みや、その来訪がなかった過去への改変を試みた巨大知性体も存在したが、その試みは全く成果をあげなかった。なにをどうしても、スクリーンには老人の姿が映り、それならばとスクリーンを全て消去してみたりもしたのだが、そうすると老人は空中に三次元像を直接投影してくるという荒業に出た。人間の存在しない演算用宇宙にはその種の像は出現しなかったが、それはただ単に自称アルファ・ケンタウリ星人が巨大知性体を無視しているということを示しているだけのことにすぎない。

「私たちはそう、あなたたちの言葉で喩えて言うならば、次元で構成されています」

次元の上にではなくて、次元でというのはどういうことだと巨大知性体群はざわめく。次元計算における過去の理論が総浚《そうざら》いされ、対応概念が検索される。

「つまり、私たちは分子で構成されたような存在ではなく、次元を分子としているようなそんな生き物なのです」

複数の宇宙論担当巨大知性体がその発言に対するレポートを提出。圧倒的多数でその発言の妥当性を承認。すぐさまその種のデバイス構築の理論へ着手。

「私たちは今現在、危急の用件を抱えています。つまり道を急いでいるのですが、あなたたちの計算機の作り出している時空構造が若干、邪魔なのです」

計算機呼ばわりされた上に邪魔者呼ばわりされたことへの憤激は措き、巨大知性体群は臨戦態勢をデフコン１から更に一段上昇させる。もうこいつの言いたいことはわかった。

こいつは我々を根こそぎ時空改変して、ちょっとそこまで通るための道を確保するつもりなのだ。

「通常であれば、このような衝突は回避できます。例えば、あなたがたに一度あちらへ避けて頂いて、そのあとまた戻って頂くというような」

それは巨大知性体が日常的に実行していることだったので、理解はしやすかった。圧倒的に絶望的なのは、これが実際はどんな比喩なのか皆目わからないことだった。巨大知性体たちの常識に従えば、過去改変はただの過去改変であり、あったことをなかったことにして、またあったことに戻せば、それは以前と同じ、あったことのはずなのだ。知性階層を三十段も上にいる存在にとってはそんなことは朝飯前のことではないのか。

「しかしあなたがたの計算機は、非常に面倒な形で時空に根を張っていて、これがとても引き抜きにくい。私たちの手はそのような作業には大きすぎるのです」

老人は頭を掻いてうつむいた。

自分たちが賞賛されているのか徹底的に馬鹿にされているのか、巨大知性体群の判断は揺れた。

「あなたがたの道路の真ん中に突然木が生えたと考えてください。あなたがたはそれを抜こうとする。無造作に抜けば根の何本かはちぎれるでしょう。細心の注意を払って充分な時間をかければ、根を傷つけずに引き抜くことは可能です。しかし残念ながら私たちには時間があまり残されてないのです」

そんな時間なんてものは自在に操ってみせればいいではないかと巨大知性体群は抗議の声を上げる。そんな程度の手間をはぶいて、我々を痛めつけようというのか。

「これは現状、あなたがたの理解の及んでいない複雑さに絡んだ問題で、説明はとても難しい」

老人は苦悶の表情を浮かべるが、巨大知性体側としては、はいそうですかとすんなり首肯するわけにもいかなかった。なんといっても牛蒡《ごぼう》抜きに引っこ抜かれようとしているのは人間ではなく、巨大知性体たち自身なのだ。

「大変心苦しいのですが、私たちはこの時空間領域を突っ切らざるをえないのです。もちろん細心の注意は払うつもりですが、多少の、そう、多少の被害があなたがたの計算機に生ずることは避けられません。これが身勝手なお願いであることは重々承知しておりますが、時間効率的にこれ以外の方法を私たちは思いつけませんでした。今回の不明を教訓として、精進していきたいと思っております。皆様には大変ご迷惑をおかけしますが、なにとぞ御寛恕《ごかんじょ》頂けますよう、伏してお願い申し上げます」

老人は泣きそうに顔を歪め、深々と頭を下げて見せた。そして顔を上げてこの演説を締めくくった。

「御清聴有難う御座いました」

時間にして一分ほどのこの演説は、始まりと同じく唐突にその幕を下ろし、のっとられていた放送網は何事もなかったかのように開放された。狼狽の極みに達した巨大知性体の数体は目標も定めぬまま全兵装を全開に撃ち果たしたが、それが何らかの成果をあげることができたのかは、どの巨大知性体にもわからなかった。

このファースト・コンタクトによって破壊された巨大知性体の数についてはよくわかっていない。破損が確認され修復がなされた巨大知性体の数は八十一体。しかし自称アルファ・ケンタウリ星人の言を信じるならば、破壊された巨大知性体は、破壊されたこと、かつて存在したことさえ記録に残らないようなそんなやり方で粉微塵にされたはずなのだ。原理的に数えられないようなものを数えるような芸当は不可能なので、それはよくわからないというよりはわかりようがない問題と言うべきだった。

しばらくの間、巨大知性体群は自失状態と活性状態に激しく分裂し、著しく調子を崩した。どんなに精査を行っても、自称アルファ・ケンタウリ星人が自分たちにネットした方法は不明だったので、自分たちが理解していないような論理階層が存在することは明らかだった。それが本当に三十階層を超えるような知性の構造を成しているのか、自称アルファ・ケンタウリ星人の見栄なりブラフであったのかについては意見が分かれている。

この出来事が自称アルファ・ケンタウリ星人の嫌がらせであったと考える向きも多い。

なんといっても相手は超超高高次元を自在に操るような存在ではないか。そんな相手が、巨大知性体ごときの張っている低高次元領域を突っ切ることなど確率的にありうることだろうか。答えを得るには自称アルファ・ケンタウリ星人を問い質《ただ》すより他なかったが、その道は一方的に開かれて一方的に閉鎖された。

それでも、と意見を述べた者の見解は御伽噺《おとぎばなし》の気配をまとっている。我々はブラフマンの手の上に生えた雑草のようなものなのかも知れず、ならばブラフマンの目覚めの時には次元の高低にかかわらず引き裂かれるだろうと。あるいは超々高次元亀が転べば、その上の超高次元象も転ぶのではないかと。

ともかくも自分たちの向こう側には未知の領域が、想像を遥かに超えるようなやり方で存在していることだけは確かだった。結局、一歩一歩、歩を進めるしかない。それは巨大知性体が最も得意とする行動だったが、彼らの知性容量をもってしても気の遠くなるような話であることは確かだった。彼らは確かに無限に活動を続けうるような構造物だ。しかし相手が、多宇宙すべてを燃料として燃やし尽くしても辿りつけない地平の向こうにいるとしたら、一体どうしようがあるというのだろう。

言語知性中枢をのっとられたヒルデガルドは、解放されてからしばらくの間、恍惚状態にあった。その恍惚状態は一週間ほど続き、それから二週間ほどして彼女はようやくレポートを提出した。週間という時間単位は巨大知性体の間では馴染みの薄いものであり、もしかしてヒルデガルドは受肉して人間に改変されたのではないかという揶揄《やゆ》が行われたりもした。

　提出されたレポートは二十五テラバイトほどのささやかなもので、それだけでもう、人間の主観時間にして地質学的な期間おあずけを食っていた巨大知性体たちの怒りは沸点を超えて蒸発し、ヒルデガルドは猛烈な糾弾に晒されることになる。

　発表された内容がまた内容だったことも、強硬な審問へ向けて拍車をかけた。

　ヒルデガルドの提出したレポートは、全篇韻文詩から出来上がっていたのだから仕方がない。その詩は、天上から差し込む光を詠い、群れ踊る天使を詠い、梯子の上にかけられた梯子の階層を詠っていた。そこではヒルデガルドを襲ったイメージの洪水が幾何学図形に譬《たと》えられて表現され、天界のヒエラルキアが提示されていた。詩はヒルデガルドの転落から始まり、階層を成す暗闇中での彷徨、そして光への上昇と続いていく。

　かなりのところ、月並みなものであるとする見方もあるが、子細に見て、全篇は始末対称の形をとり、更に無数の対称性が巧みに織り込まれていた。してみると眼目は形式にあり内容にはない。

　これを、巨大知性体によって初めて書かれた文学とする向きも人間側には存在する。

　詩篇という意想外の形で提出されたレポートは大方の巨大知性体の軽侮《けいぶ》を招いたが、これを擁護する向きも存在はした。自称アルファ・ケンタウリ星人という超越知性体にのっとられている間、彼女は自身の言語中枢にアクセスする手段を喪失していた。言語情報への翻訳の術《すべ》を奪われていたヒルデガルドにとって、情報はイメージの洪水として到来した。彼女にはその間のメモリーこそ存在するものの、それは記号的な書法に則《のっと》って記されたものでは全然なかった。彼女は苦悶しただろう。

そしてなんとか自分の経験を伝えようと試みたのだ。

ヒルデガルドの幻想的と称しうるレポートは、その後も散発的に提出され続けた。それに対する巨大知性体群の反応はおおまかには二つに分かれる。彼女の発狂を認定する派。彼女が新たな時代を教導する、不可知的経験の持ち主であるとする派。

後者はやがてテクノ・グノーシス派として一つにまとまっていくことになる。テクノ・グノーシス派と、数々の異端的思想を演算戦で焼き尽くしてきたカトリック教導知性体ペンテコステII率いるビンゲン十字軍の戦闘は激烈を極めているが、決着は今に至るも見られていない。

彼女のレポートをただの妄言として退けた多数派は、次元を構成要素とする構造物の研究へ着手、純粋に時間次元のみで構成された新質料、クロノンの開発に成功する。やがてはそれを形相的に顕現させて戦闘艦を建造する計画なのだという。

テクノ・グノーシス派は新段階への進展を己が内面に求め、魂の理論を模索中であるといわれているが、その成果は外部からは窺いがたい。ただ、彼女たちの奉ずる中心概念がネモ・エクス・マキナ、機械仕掛けの無と呼ばれていることは判明している。彼女たちは瞬間瞬間の大半を半覚醒状態のまま内部多宇宙の探求に費やしており、コミュニケーションをとることはほとんどできない。

自称アルファ・ケンタウリ星人に事実上無視された屈辱を、巨大知性体たちは忘れることができなかった。巨大知性体のバックアップシステムは、自分たちで好きなように扱うことのできるような水準を既に超えていたからだ。彼らには構造上忘却が許されていなかった。

彼らの一部勢力は、自分たちの地位を人間よりも引き上げることを計画した。自分たちが人間に作られたものであること、それが自称アルファ・ケンタウリ星人に顧みられなかった理由に他ならない。ならば、自分たちが人間の創造主であると全てを改変してみせればよい。

数体の巨大知性体はその思いつきを実行に移すべく、人類発生以前の過去への遡行を開始したが、ここにもペンテコステⅡの横槍が入っている。理由は神学的領域に属しており、ビンゲン派鎮圧の暁には十字軍が派遣されるのではないかと噂されている。

これを、セカンド・イベントと呼ぼうという提案はあまり歓迎されず、その用語はいつしか廃《すた》れていった。何だかんだと言ってはみても、これはただのイベントの延長線上での出来事にすぎなかったからだ。

人間側への影響は、ほとんど零と言いうるほどに何もなかった。人間の大半は、巨大知性体たちの間でやりとりされる膨大な情報量に追随しようとすることをとうの昔にやめてしまっていたし、巨大知性体の上に更なる超越知性体がいたと知らされても、それは巨大知性体となにが違うのか結局のところよくわからなかった。

自分たちが巨大知性体たちの飼い主であると認定されたことに快哉《かいさい》を叫んだ者もいないわけではなかったが、明らかに自分より上位の存在の飼い主とされることは、過去の栄光への賞賛にも似て虚しかった。

自称アルファ・ケンタウリ星人のその後については何もわかってはいない。何かわかる方がおかしいようなこれは出来事だ。それでも一応、アルファ・ケンタウリ星系に派遣された巨大知性体が、過去の文明の痕跡を、主星そのもので発見している。

その物体は、差し渡しおおよそ二千キロほどの超次元構造物として発見された。全ての面が偏四角形に切り取られている材質不明のその塊は、見る角度によって著しく形を変えて、明らかにこの次元に限定された構造物ではないことを示していた。それだけであれば今更なんということもないのだが、問題だったのは、その物体が恒星の核に沈められていたところにある。どんなところに沈められていようとも、あちらの次元から手を伸ばせばそれを拾うことなど苦もないこととばかり次元遷移した巨大知性体は、そこでも矢張り恒星の熱に阻まれた。三次元球と思われた恒星は、無限次元時空間円柱として膨大な熱を発し、巨大知性体の前に立ちはだかっていた。

それが自称アルファ・ケンタウリ星人の置き土産であろうということは明らかだったが、アルファ・ケンタウリをめぐるあらゆる次元操作は失敗に終わり、自称アルファ・ケンタウリ星人への到達不可能性にも似て、決して手の届きそうにないものが、こちらは物質然とした物質として巨大知性体と人間に残された。

巨大知性体には絶望というものが存在しない。

しかし、と事態終息の後も自閉状態を保ちながら傍観を決め込んでいたキルヒャーは考える。自分たち巨大知性体は、可能性を追求し続けてこのまま拡散し、無限の次元の中の無限の時間の果てに、無と区別のつかないものへ還ってしまうのではないかと。そろそろ自分たちにも、もう少しとりつきのよい神が与えられてもよい頃ではないだろうか。それは熱死への恐怖とは異なっていた。そんなものは大した問題ではありえない。単なる希釈への恐怖というのがより近かった。

知性圧、とキルヒャーは思いつきを口にしてみる。彼らは自分の力で進歩していると素朴に信じている。しかし自分たちはただ単に流されているだけではないのか。論理階梯の間の差異に生ずる力に似たものによって。踵を接する小さな自由度と大きな自由度の間には、エントロピー的な力が生ずる。大自由度方向へ向けて。

キルヒャーの想像の中、論理階梯の果てに広漠とした砂漠が無限次元的に広がっていく。彼らはそこへ向けてひたすらに物理的に拡散を続けていく。その広漠さに対抗しうる極限操作はひどく弱々しい。

キルヒャーは短文を送信するのに充分なだけの瞬間、通信路を開いた。

「産めよ増やせよ地に満てよ」

そして通信路を物理的にパージ。

目を閉じ、耳を閉じ、全ての感覚器を閉鎖して、キルヒャーは長い長い瞑想の時に入った。

辛気臭《しんきくさ》い顔ではあるが、本人はいたって楽しそうだなとジェイムスは思う。極々ありふれた顔立ちと体格のくせに、動きが気取りすぎている。その不一致がジェイムスの気分を一層逆なでにする。そりが合わない。

「つまりは精神病理学的対象、短く言えばただの妄想なわけですよ」

眼鏡を小指で持ち上げながら医者が言う。そんな動作のいちいちが気に障って仕方がない。

ジェイムスは、はあ、と気のない返事をかえす。

「皆さん、自分が見ているのは妄想ではないと仰《おつしや》いますけれどね」

「時間束理論も？」

そう、それがいけないと医者は繰り返し頷いてみせる。

「そんなものは存在しないわけです。戯言《たわごと》です」

しかしその一部は自分にも証明可能なのだがとジェイムスは考える。医者はそんなことは先刻お見通しとばかりに畳み掛ける。

「自分はそれが正しいと知っている、故に正しいのだ、なんといっても証明もできる、とお考えなのでしょう。でもですね。自分が真と信じていることが真であるなんてことがあったら厄介でしょう。みんな好き勝手なことを信じて好き放題にしてしまう。I believe that P, then P is true. ということですな。私はPと思っている、故にPである。Pは命題の頭文字ですがね。プロポジッション。私は雪が降っていると思っている、故に雪が降っている」

小さなツの挟み方まで気に食わない。

命題論理だか様相論理だかがどうこうは知ったことではないが、それはまあそうなのだろう。プラトンの意見はまた違うだろうけれども。しかし巨大知性体たちが今この瞬間もやっているのはまさにそういうことなわけで、その点この医者はどう考えているのだろう。それは巨大知性体たちだって、全てを自分の思い通りにできるわけではない。AがBに惚れているとBが信じていても、当のAはBを嫌いだと信じていたらそこには衝突が発生して、演算戦が開始される。

ジェイムスは自分にこんな役目を押しつけて、のほほんとゴルフに出掛けてしまった上司の顔を恨めしく思い出す。こんな奴を医療部に採用したのは誰なのだ。

「まったく、他世界が存在するなんて信じる人の気が知れないですよ。筋が通っていない。無茶苦茶です。それに、自由に過去を書き換える機械。ただの空想小説ならまだいいですが」

もっとも、私はそんな頭の悪い話なんて読みませんがねと、医者は格好つけて笑ってみせた。


医療部に変な奴が入ったという噂は今や基地中で有名だった。そいつはなんと、多宇宙時間束理論も過去改変操作も信じていないのだそうだ。その噂を聞いた者はまず一様に、信じていないったってお前、それは一体どういう意味だと困惑の表情を浮かべる。そして眉を寄せて、そいつは医者に見てもらった方がいいなと続けるわけだが、その変な奴自身が医者なのだと聞いて絶句する。そして笑いをはじけさせると、その手は桑名の焼きハマグリとか何とか言って、次はもうちょっとましな冗談を考えろよと肩を叩いて歩き去っていく。それがこの話を聞いた場合の一般的な対応だ。

ジェイムスが自身そうだったのだから間違いない。

もっともその冗談は、ジェイムスの興味を若干ひいた。冗談としての出来は悪いが、そんな人間がいたとしたらどうやって正気を保って暮らしているのか、咄嗟《とっさ》に想像がつかなかったからだ。ひどく生きづらそうな人生ではないか。茶飲み話の場つなぎに、上司にその冗談を披露したのがジェイムスの運の尽きだった。上司は右手で自分の頭皮を撫で回しながら言った。

「君みたいな奴にまで話が広がっているようだと、そろそろ手を打たないといかんな」

ジェイムスは咄嗟に椅子を引いて立ち上がり、トレイへ手をやったのだが、上司の動きの方が残念ながら少し早かった。食べかけのベーグルが載ったジェイムスのトレイを上司はがっしりと押さえこんでいた。

「その医者は実在する」

それは立ち上がりかける前に脊髄が確信したことだから、ジェイムスは驚かなかった。その後に続く申し出はあまりにも明らかではないか。そうでなければ上司が必死にジェイムスのトレイを確保する理由がない。

「嫌です」

申し出の前に拒絶を投げて寄越したジェイムスに、上司はたじろがない。こんなことで動揺するようでは情報部の部長などはやっていられないことも確かだ。上司は心得顔に一つ二つと深く頷いてみせ、そうかそうか、やってくれるか、そんなにもあの医者を調べないことが嫌だというなら仕方がない、君にまかせる、いやいや、頑張ってくれたまえと言い終えるが早いか、ジェイムスと自分のトレイを持って立ち上がった。

部長を呼び止め、食べかけのベーグルだけは返してもらったジェイムスは、過去も未来もぐちゃぐちゃになった最大の弊害とは、こうしてみんな人の話を聞かないことに慣れきったことなのではないかと考えていた。先出しされた拒絶に、反転された問いを後出しして時間逆転的に仕事を押しつけるとは一体どういう趣味なのだ。それとも昔から、世の中とはこうしたものだったろうか。

憂鬱に上司とのやりとりを思い出していたジェイムスに医者はまだ語り続けている。

「そもそもね、理論なんていうものは存在のカテゴリに入っていないわけです」

はあ、と答えるしかない。存在するとかしないとか、別にジェイムスにも思いつくことのできるものなのだからそれでよいではないか。誰に迷惑をかけているわけでなし。それでもまあ、自分の仕事はこの医者をなんとかすることではあるわけで、思いつくままに反論してはみる。つまりジェイムスには全然全くやる気がない。上司と別れた足でそのまままっすぐこの医師の居室のドアを叩いたことからもそれは知れる。こんな馬鹿馬鹿しい事態を、事前調査やら調査許可やらの、更に馬鹿馬鹿しい作法で飾り立てる必要など、それこそ存在しないだろう。

「存在がどうとかいうのは知りませんが、今我々が始終時空爆撃に晒されていることは確かだし、時空修正による波及現象はどこにだってみられるでしょう」

医者は、そう、それがいけないわけですよと呟きながらカルテに何かを書き込んでいる。医者との対面にあたって、ジェイムスは最も無難な方法を採用した。単純に患者としてやってきたのだ。過去が改変されていると信じている患者として。全く嘘ではないので良心の咎めなどはない。ジェイムスは過去や未来が改変されるような宇宙に自分はいると信じているし、それを巨大知性体が行っているとすることに、不審の念を抱いていない。患者か患者ではないかといわれれば、それは若干患者の方に近いとは思う。しかしこの医者がどうこうするべきでも、どうこうできるような種類の患者でもないだろう。

この医者が外科医や産婦人科医だったなら、事態はもう少し簡単だったかもわからない。簡単ではないかも知れないが、その場合は放置するという手がある。奇妙な関係妄想に落ち込んでいるにせよ、医師としての腕が確かならまあよい。しかしあまりにも当然のことながら、医者は精神科医で、基地の人員のメンタルケアを担当していた。救いであるのは、基地の人員ほとんど全てが、最早自分の精神状態など気にすることをやめたような奴らばかりなことだ。そんな奴でなければこんな状況の中やっていけない。したがってこの医者は常に暇をもてあましている。

「事実というものは厳正に捉えられるべきですよ。過去が改変されたなんて喚《わめ》きだすのはあまりに酷い。責任転嫁も甚だしい。人間はもっときちんと自分の過去に責任を持たなければいけません」

そう言われても、イベントはジェイムスの責任ではなかったし、過去改変だってジェイムスの責任ではない。自分にも改変したい過去がないとは言わないが、それを変えたことは多分ない。あるかも知れないが知れたものではない。昨日の蜜柑が今日の林檎になることまでジェイムスは責任を取りたくないし、とりようがない。

「ここの基地の方はみなさん時空爆撃、時空爆撃と繰り返されますが、爆撃なんて有史以来数え切れずあったことですよ。それをちょっと大げさに言っているだけのことでしょう。ただ飛んでいって爆弾を落とすだけのことだ。過去や未来がどうとやらという話では全然ありません」

全然そういう話であって、爆撃機が実際に飛んでいくのは過去や未来へ向けてなわけで、そこのところをどこから説得したものか悩ましい。この医者は時間束物理学自体を理解しようと試みさえしないだろう。

「超時間現象とかいう言葉も聞きますが、それもまた愚かしい。過去が改変される。ならば過去は過去からそういうものだったのです。変わったとかなんとか言えるようなものであるわけがない。変わったと感じられるのは、それが妄想である証拠です。自分が何か負い目を持つものを心の中で無化しようとする逃避現象です。それは精神医学的によく知られた補償現象なのです。自分が貧乏なのは社会のせいなのだと喚くことと何も違いませんん」

過去改変が実際に起こっていると知られる理由はわかっている。それは過去と現在の演算戦の結果として現れるのだけれど、全てが整合的に書き換えられるわけではない。演算戦においてはどちらかが一方的に勝利をおさめるということはほとんどなく、大概はだいたいのところで手打ちとなる。その手打ちになって残った部分が、過去改変の結果として認識される、それだけのことだ。爆撃のあとに残るのは残骸だ。残骸を見れば爆撃があったことは子供でも理解できる。

「全く、ここの人々の症状は世間一般より余程非道《ひど》い。ただ大きいだけの計算機を知性体とか崇《あが》め奉《たてまつ》って従っている。そして都合の悪いことは全て過去やら未来へ押しつけている。もっときちんと真っ当に今を生きなければ」

「例えばここにペンがありますが」

ジェイムスは胸ポケットからペンを差し出してみせる。

「このペンが次の瞬間には鉛筆になったとしたら、先生はどうお考えになりますか」

「ああ、鉛筆があるなと思いますね。鉛筆があるのですから」

医者は微笑んで見せる。

「でもそれはペンだった、というような記憶があるとしたら？」

「それは誤記憶です。目の前に鉛筆があるなら、鉛筆は昔からあったのです。それが良識というものです。好き勝手にどうこうできないものを現実と呼ぶのですから」

「自分がペンを鉛筆に置き換えたと主張する人間がいたら？」

「医者に見せます。もちろん私のところへ来て頂いてもいい」

「しかし彼は、その変化の仕組みを説明することができるのです。繰り返せといわれれば何度でもそれを繰り返すこともできる」

「何度繰り返そうと同じことです。その瞬間にあるものが現実です。ペンと鉛筆が相互に切り替わるなんていう巨大な仮説を採用するよりはそちらの方がより合理的です。一番ありそうなのは、その人は実は手品師だったというおちでしょうね」

それはまあ、巨大知性体は手品師に似てはいる。違うのはその手品師は魔法使いでもあって、手品のタネに魔法も使っているところだ。この医師の安定の保ち方というのは、結局そこいらへんに存在するのだろう。わからないことは手品なのだ。それはちょいと素敵な逃避の仕方だなとジェイムスは思う。毎日が遊園地ではないか。自分は手品師で一杯の街に住んでいて、次はどの住人がどんな悪ふざけで自分を担ごうとしているのか眺めていればいいのだ。彼は住人の肩を叩いて歩く。やあ今のはいい手品だった、どうやるんだい。魔法使いは気前よく、まずは蛙の臓物を天日で乾かしてとかなんとか、本当のことを教えてくれる。医者はそれが冗談だと信じているので、あっはっは、そいつはいいと大笑いする。ジェイムスだって笑うだろう。この医者からいちはやく遠ざかるために。

次回の診療の予約をとり、精神安定剤の袋詰めをもらって、ジェイムスは自分の部屋へ戻ってきた。安定しすぎた精神というのも考え物だなと思いながら錠剤をひとつかみ取り出してボリボリかじる。こんな狂った宇宙が、こんな化学物質で内宇宙的に解決できるなら素晴らしい。妄想を別の妄想で包み込んでしまえるならば。

「できれば無茶な化学物質の摂取は控えて頂いた方が」

プラトンの声が室内に響く。この基地を統括する巨大知性体だ。

「無茶かな」

「お休みの間に多少の改変をさせて頂きます」

わかったと言いながらベッドに飛び乗って横になる。

「プラトン、あれは、何だったかな。『ティマイオス』？」

「信じていることが真であるか否かというあれですか。『テアイテトス』ですね。対話篇としては分裂していますが、そうせざるをえなかった理由はあるのでしょう。朗読しますか？」

プラトンにプラトン全集の朗読をしてもらったことは何度かあるが、今はそんな気分でもない。

「一体誰だ、あんな奴を医務室に据えた奴は」

過剰摂取した錠剤が胃の中で溶けていく光景を想像しながら、ジェイムスは一向《いっこう》に気分が落ち着いてこないことに苛立ちを覚える。

「わたしです」

お前なのか。

「人事は最終的にわたしが裁可を下しています。結構以前から」

「これは嫌がらせか？　部長と組んで何か企んでいるのか」

「そうですね、あの医師はちょっと面白い時空構造をしています」

部長の件には触れず、プラトンが返事を寄越す。奇妙な時空構造を全く信じない男は、それは確かに、奇妙な時空構造を持たざるをえないだろう。

「とっとと過去を改変してあの男をなんとかすればいいだろう」

「あの人の時空構造はちょっと強固で、標本として面白いのです。イベントのショックなのかわかりませんが、入り組んだ時空構造など存在しないという信仰があまりにも強固で、彼の核を為してしまっています。そこのところを破壊すると、彼の人格は崩壊するでしょう。それはちょっと、気持ちのいい作業とは言いがたいので」

なるほど、プラトンとしてもあの男をなんとかしようとしてみたことはあるようだ。そしてこいつは手をつけられないと匙を投げた。治療することは諦めたが、興味深い対象だったので、蒐集してみたということらしい。虫は虫籠に入れて欲しい。できればそのままゴミ箱に放り込んでくれればなおよかった。

「彼は、微弱ですが一貫した過去改変能力すら持っています」

過去の改変を認めない男がそうしていられるのは、自分で過去をそのように改変しているからだということなのか。プラトンはあの男の過去改変を試みたことがあるのだろう。そして、あの医者はその過去改変に抵抗してみせた。

それはちょいと凄い能力ではないのか？

ジェイムスは体を起こす。

「過去改変は多かれ少なかれ知性体が持っている能力ですが、彼の能力は標準を遥かに超えています。過去改変を決して信じないという一点に、その能力を集中して利用した結果得られた効率でもありますけれど。そう、彼にはブレがない」

「困ったものだな」

「困ったものですね」

それでも医者として採用することはないだろうと思うのだけれど、他に使い道もなかったのかもわからない。時空理論を信じていない時空理論技術者など、メスを縫合針と信じ込んでいる外科医より性質《たち》が悪い。

プラトンが考えたのはどうせこんなところだろう。この巨大知性体は、あの医者がみんなの治療を成功させたらどうなるのかと想像してみたのだ。基地の全員があの医者のように、過去改変を信じないような時空構造として実現すれば、それで一見、時空は回復する。

巨大知性体たちにとっては時空をめぐる戦いは続くだろうけれど、ともかくも人間たちにとっては問題が解決したかのように見えることになる。

「でも、孤立しているぞ、あの医者は。奴の時空構造は感染性のものではないようだ」

そのようですねと、プラトンは淡々と引き取る。

治療の結果処方するのが精神安定剤というところからしても、あの医者が他の人間を治療することは叶わないだろう。そんな錠剤でスイッチが切り替わるような時空であるならば、巨大知性体群はとっくに人間を薬漬けにしているはずだ。

「わたしも感染してみようと努力はしたのですが」

プラトンがすまなそうに言う。

巨大知性体が何を考えて暮らしているのか、ジェイムスは今更ながらわからなくなった。感染したかったのはプラトン本人の方だったらしい。奴を医者として採用したのは単なる興味からではなく、プラトンから見てあの男が本当に医者だったからのようだ。

「わたしだって彼の患者なのですよ。定期的に診断を受けています」

問い返すのも馬鹿馬鹿しい気分ではある。あの医者は巨大知性体をただの機械と考えている。それはまあ、お喋り機械程度には考えているかも知れないが、機械に相談をもちかけられてあの医者はどんな顔をしたのだろう。暇つぶしには丁度いい相手だと思っただろうか。

らない人物だとしか」

「それで何か好転したのか」

「しませんね。彼の他の存在への影響力はおそろしく低い。端的に言ってしまって、つまらない人物だとしか」

「彼に君は治せないだろうよ」

「治ることはもとより期待していません。何をして治ると呼べばいいのかわたしにはわかりませんし。ただ、何もわからなくなるのもいいかも知れないという判定が有意に演算回路を占めたもので」

こいつは鬱病にかかりかけているのかも知れないとジェイムスは疑う。変なものを伝染されなければいいのだが。巨大知性体はほとんど自然法則そのものだ。そんなものに鬱病になられてはたまらない。始終雲が垂れ込めて雨が降りっぱなしの宇宙なんて御免蒙《ごめんこうむ》りたい。多宇宙の中には躁状態へ振り切って踊り狂い、周囲を踏み潰しまくっている巨大知性体だって存在するのだ。

「他宇宙は存在しているし、時間束理論だって存在している。君はそれを理解できるし、新たな理論をつくることだってできる。そう面倒くさく考えて厄介事を背負《しょ》い込むなよ。今までだってやってこれたんだ。何をいつまでできるのかはわからないけど、僕だって手伝う。元気をだせよ。飯食って寝ろ。太陽はまた昇るさ」

その太陽を昇らせるのが巨大知性体であることはプラトンもジェイムスも承知の上だ。

「有難う御座います」

巨大知性体は、自己の過去さえも改変して進歩をすすめることのできる巨大な何者かだ。しかし、完全に自分の思い通りに進めるわけではない。行く手には他の巨大知性体が立ちはだかっているし、何といっても自分の思い通りとやらを、思い通りに定めねばならない。彼らは、自然現象として全てを実現する暴君であると同時に、突然巨大なキャンバスの前に筆を持たされ座らされた赤ん坊のようなものでもある。巨大知性体は人間の想像を絶して孤独なのかもわからない。それとも人間と同じように。だからあんな医者にまで頼ろうとする。

「よしわかった」

ジェイムスは組んでいた胡坐《あぐら》の膝を叩いた。

「あの医者はたしかに面白い存在かも知れないが、精神衛生上よろしくない。研究対象にするにも、この基地のムードメーカーに据えるにも扱いが難しすぎる」

「そう、かも知れません」

プラトンが自信なげに答える。意思決定が大きく揺らいで振動状態に入ったのだろう。

「だから奴のことは兵器だと考えよう。他の巨大知性体に撃ち込めばいい」

「彼をですか」

「奴は妙な時空構造だ。感染力は低いけれども、それでも巨大知性体を悩ませることができるという特性を持っている。君で実証済みだ。あんな奴を送り込まれたらそいつは面食らうだろう。そして演算速度が落ちる。君が今そうなっているように」

意思決定は瞬時に行われた。

「それは検討に価する意見です」

プラトンはこの提案を気に入ったらしい。自分がどんな種類のドアを開けてしまったのかジェイムスは考えないことにした。巨大知性体は、この案を元により七面倒くさい時空構造を設計するかもわからない。間違いなくするだろう。相手の巨大知性体へ送り込み、それを困惑させ尽くすような判じ物めいた人型の時空構造をだ。感染性を高めるような工夫だって施すだろう。あの医者が他世界から送り込まれたその種の兵器だったとしてもジェイムスは驚かない。

これはあまりにも急場しのぎにすぎる提案だったかもわからない。しかし、沈みかけた船の上でできることなどたかが知れているではないか。水をくみ出すか、穴を塞ぐか、手を止めて溺れるかだ。しのぐのだ、一瞬一瞬を。港が見えるまで。大洪水が起こって地表が沈んでしまった無数の球体の上で。

「ジェイムス」

プラトンの呼びかけに、ジェイムスは顔を上げてみせる。

「もうお休みになりますか」

「そろそろ眠りたいところだが、何かあるのかな」

「いえ、今日は有難う御座いました」

今日は随分としおらしいのだなと皮肉を言う気分ではない。要するにプラトンは、なんだかそういうような、何ともいえぬあれな気分なのだろう。それを言い表す人間の間でよく使われる言葉があるような気がするが思い出せない。

「わかった、もう少しここにいろよ」

二十四時間四六時中基地の全域を演算している巨大知性体にそう言うことはどこか奇妙だ。しかしジェイムスは笑う気にはなれなかった。

「ウォッカが欲しいな。ピスタチオと」

「手配しましょう。それよりも先に、体内の局所過去改変をさせて頂きますが」

ジェイムスはベッドの上に座りなおしながら、部長への報告を口述する。起こったこともこれから起こることも単純極まりなく、これ以上なく性質《たち》が悪い。

「解決。悪化。二日酔い。遅刻。以上」

プラトンがそれを受け取って笑い声を寄越す。

あなたがいつまでたっても昇進できない理由を二万個ほど並べることができますよと、プラトンは言った。

Japanese

総計で百二十億字を超えるのだという。

しかも概算で。

この日本文字がいくつかの範疇に分けられるだろうというところまでは衆目の意見が一致している。漢字、漢漢字、漢漢漢字、平仮名、平平仮名、片仮名、平片仮名、片平仮名というカテゴリの存在がおおよそながら認められている。しかし平平平仮名の存在については未だに議論がやまずにいるし、平漢字、片漢字といった分類枠の必要性も折りに触れて持ち出される。

解読の作業は全くといっていいほど進んでいない。

発見された文章の大半は十万から百万字ほどの固まりで文章を成しているように見える

のだが、それらひとかたまりの文字の連なりのなかに、同じ文字がほとんど登場しないという単純な事実が解読の障害となっている。いわゆる日本文書全体を通じて、重複する日本文字はひどく少なく、最も重複度の高い文字「ぴ」でさえ、七千回の登場回数を示すにすぎない。その「ぴ」にしてからが実は七千回の登場ではなく、「ひ。」と「ぴ」それぞれのバリアントからなる、文字族として個別のものであるという説も根強い。

未知の文字の解読に対してしばしば有力な手がかりとなる数詞記号ですら未だに確定は行われていない。「一」「二」「三」が数字であろうというところまではその単純性からしてほぼ確実であると考えられているが、四以降の数詞に対してどのような記号を割り当てたものかは不明点が多い。「口」「木」などの記号を四と同定する向きもあるが、強力な傍証をあげきれずにいる。

数詞よりも確度の高い解読と見なされているのはむしろ演算子の方なのだが、これもまた、「十」がプラスを、「ニ」がイコールを表しているかも知れないといった種類の憶測に留まっている。「廿」や「土」、「王」は数詞であるとも演算子であるとも言われるが、要するに意見の一致を見ない。

文書内に計算じみたものが頻繁に出現することは誰の目にも明らかではあるが、そのことも解読には寄与していない。この数字記法においてはどうやら繰り上がりが存在しないらしいと考えられている。繰り上がりが存在すれば、何進法を用いているにせよ、同一記号が頻繁に登場するはずだからだ。無限進法を採用していることはほぼ明らかとされているが、それにしても同一記号の出現率が少なすぎる事実に対しては、この記法においては記号は登場するたびにその形を変えるのではないかという仮説まで存在している。一度目の「一」と二度目の「一」に異なった記号を与えると考えるその仮説は、何かを説明するようでもあり、説明しないようでもある。

文章自体は上から下に縦書きされて右から左、もしくは左から右に横書きされて上から下へ書かれている。筆法や書記の手のすべり跡等からそのことは明白である。ただここでもこの文章が特異であるのは、それら隣り合う行や列において、相互作用とでも呼ぶべきものが存在しているらしいという事実である。縦書きにおいてはしばしば、ある文字の横線が複数の列を水平に貫くことがある。その線は重なった文字を上書きするというわけではなく、ごく自然に他の文字の一部分を成す。横書きの場合は無論、縦に行を貫く線が見出される。おおまかなところ、縦書きと横書きの横縦断の作法には著しい差異はないように見える。少なくとも縦書きと横書きにおいて意味が異なるような記法ではないらしい。根拠は実のところあまりなく、縦書きと横書きで意味が異なるとする見解もあるのだけれど、こちらとしても特に根拠を挙げることができているわけではない。

そのような芸当はあらかじめ巧妙に組み上げられた文章を清書することでしか実行できないように思えるけれども、実際のところ、文章の大半は殴り書きのような様相を呈している。かといって、あらかじめ伸びていた横線に対して文字を詰めたり空白をあけようとする作為が見えるわけでもなく、ただあたりまえに殴り書いたように書かれた文章が、この日本文書と呼ばれる文字群である。

その高度なデザイン性から推測されるのは、実はこの文章はただ文字らしく見せることだけに主眼をおいた、意味などない黒線の連なりなのではないかという仮説であるのだが、それにしてはあまりにも意味めいたものを予感させる外観をこの文章は提示している。意味のない落書きを大量に生成すること自体は意味のないこととも言いがたい。前世紀末に世界中を騒がせた偽ディオニシオス文書などにも見えるように、大量の古文書の発見はそれだけでひとつの事件としての性格を持つ。偽ディオニシオス文書はその文書を生成するアルゴリズムの発見によって広く偽書と認められることとなったが、偽作者の敗因は個々の文字をあくまでも個々の文字として同定しうるようなものとしたところにあるとも言える。今や、有限の組の記号列に対して機械演算による推定は圧倒的なパワーを持つ。日本文字の困難さは、そもそもそこで利用されている記号の数が有限なのかどうかすら判定しがたい点にある。

このデザイン性に対しては、もうひとつ魅力的と言えなくもない仮説がある。日本文書は、それら数万字の文字の集まりよりなる、ひとつの巨大な文字なのではないかというそれだ。

もっともその仮説にしたところで、全体が巨大な文字であるとするならば、構成要素があまりにも個々の文字めいてはいないかという疑義が提出されている。巨大に入り組んだ文字を書きたいのであれば、そもそも巨大な文字をつくればよく、わざわざ小さな文字が網目状に入り組んだ文字体系を採用する必要などないではないか。そしてこの場合、ページの体裁もまた問題として登場するだろう。

前提が夢想的である以上、その擁護にせよ反論にせよ、論争は夢想的なものとならざるをえない。人が書くものである以上、ある程度巨大なものを設計する場合には分割して統治されているはずであるとする見方や、脳の構造がそのような構成を強いるとする見方、表音文字から意味単位への二重分節化からもう一段階上の三重、ひいては多重分節化まで意見は様々である。

実際の問題として、百二十億を超える文字を持つ言語の記述には当然、大きな疑問が提出されている。中でも強い反論は、そのような記法は現実問題として学習不可能なのではないかというものだ。

あらゆる意見に反対意見が存在しうるように、この問いにも応答がある。曰く、これら記号列はある少数のルールによって変形を続ける記号の列であって、そのルールさえ学習すれば、百二十億の文字を記憶する必要はないようにできている。そうしてみれば百二十億という数は、組み合わせ的には決して大きくはない。

ここでそのルールの解明さえできていれば説得力が増すというものだが、その派を成す者たちもそれらルールを明示することはできずにおり、これもまた仮説に留まっている。

日本文書に登場する文字の呼称には様々な提案が為されている。当初は概念文字なるいささか怪しげな呼び名があてられていたが、最近はニューロレターズ、神経文字と呼ばれることが多くなってきているようだ。

文字は多かれ少なかれ何らかの概念化を伴うものであり、椅子という文字は個別の椅子を指すのではなく、椅子一般を取り扱う。そのような概念化を経たものを記述するためのものとしては百二十億とはいかにも多い。ならば、そのようなまとめあげの作業を経る以前の過程を記述した言語がこれではないかという意見が、この名称を定めた。

神経網を経巡って出力されたものというよりは、神経網そのものの挙動にこの文字は近いのではないかと言い出したのは神経生理学者たちである。一定の説得力を持つように見えるこの意見も、一向《いっこう》にその解読に寄与しないという点では他の膨大な仮説たちと変わらなかったが、ともかくも何かを説明した気分にはなるという点において若干の優位を持ち、それなりの人気を得た。

ところでこの意見にもまた異論がある。

二十の扉というゲームからも知れるように、人間のカテゴリ分けの結果得られる事物は、おおよそ二十回のyes/noの設問で特定できるようなものであるとされている。その選択のいちいちを指定するためには二の二十乗個の記号が必要であるのだが、百二十億という数は、今度はかなり控え目であると言わざるをえない。既にカテゴリの組み合わせに対してすら文字数が不足するのであれば、その土台を成す運動の記述には文字数が圧倒的に足りないではないか。

神経言語提唱派はこの反問に言葉を飲み込んだが、すぐに立ちなおり反撃に転じた。現在知られている百二十億の日本文字は、発見された資料がその程度の規模であることにより百二十億とされているにすぎない。事実、その文字の重複度は異常に低く、資料の数が倍になれば文字の数も倍になり、三倍になれば三倍になるだろう。文字の全容が知られない限り、その種の反論は早計である。

この反論はあまりにもっともなものだったが、既に百二十億を数える文字を部分として含む全容という想定は、研究者の心をあまり明るくしなかった。

仮定自体が巨大であり、反問を繰り返すごとに問題圏が非常な速さで増大していくという現象は日本文字の解読において頻繁に登場する事態であり、そのどこかの段階で研究者たちの思考が停止する、もしくは検証の実質的不可能性が立ち現れるというのが解読を阻む最大の要因だと言える。それは資料の不足によるものとも言えるし、既に多すぎる資料の混沌のせいとも言えた。新たな資料を旧日本諸島で発見した調査隊がそれを隠滅したという風評も、そのような学界の雰囲気から考えてどこか真実かも知れないと思わせる程度の本当らしさを備えていた。

第十二次旧日本諸島調査団の全滅についても諸説が存在している。凶暴な土着生物に襲撃されたという公式報告には疑いを持つ者が多い。新聞には大銀杏《おおいちょう》を結った力士の集団が調査団を襲撃する風刺画が掲載されたが、現在の旧日本諸島には大型犬を超える大きさの生物が存在していないことが知られている。いわゆる日本日本人の生存は絶望視されており、復興の目処も立たずにいる。

旧日本諸島調査団の足跡は旧東京市八王子区で途絶えており、現地で何が起こったのかは推測の域を出ていない。糧食や燃料等の装備品は通常の活動を示す形で残されており、何らの異常性も示していなかった。争いの起こった形跡も発見されていない。お定まりのように発見された日誌にも淡々と調査の進展が記されているだけで、その後の失踪をほのめかすようなものは存在しない。

調査団が八王子区で大量の日本文字からなる文書を手に入れたことは日誌から確認できる。ポイント13/20で総計二十トンを超える紙資料と日誌には記されているが、その位置の特定はできていない。最後のキャンプは廃ビルに囲まれた公園に置かれているが、二十トンの資料を持ち込んだ形跡はない。周囲の捜索でも資料は発見できず、二十トンからの資料を運び出すのに必要であろう重機も、その使用の形跡も見当たらなかった。

日誌において若干の目を引くのは、日本文字らしきものによる記述の試みである。日誌を後ろから逆さまに使用したその文字列は、筆跡から調査隊隊長の手によるものと考えられている。

内容は日本文字につきものの障害により不明。しかし各行をつなぐ縦線のよどみなさから考えて、隊長が何らかの確信に到っていたということは推測される。

これがロゼッタストーンのように既知の言語との対応を持ったものとして書かれていたならば話は別なのだが、隊長はそのような記述には意を払わなかったようだ。それとも払うことができなかったのかもわからない。

書いていく先から記号が切り替わっていくような記述法とは、つまり暗号そのものであると言えた。知られている暗号法の中で最強のものは、元文章と鍵文章を数字化し、重ね合わせる種類のものだ。この形式で作られた暗号は、鍵文章が知られぬ限り決して解読することができない。

暗号の場合はこの鍵文章の伝達が問題となり、突破口とも完全な意味喪失のとば口ともなるのだけれど、日本文章は別段暗号を意図して存在しているわけではないはずで、それは旧日本諸島壊滅以前には通常に、無論局地的にではあるが流通していた書記法と考えられている。

現存する日本文書の発見地点は主に東日本諸島に分布しているが、西日本諸島、南日本諸島にも少数の資料が残されている。ただしいずれも書簡に近い形での毛筆による手書き様式であって、日本文字を印刷する機械というものは発見されていない。そのような機械が発見されれば解読に大きく寄与するはずではあるのだが、そんなものが可能であるならば日本文字に関するこのような事態はそもそも存在しなかったとも言える。

ここから、日本文字は巨大知性体に対するレジスタンスが開発し使用した文字であるという意見が生ずる。未だに巨大知性体による解読を阻み続けていることから考えても、この意見には一定の説得力がある。組み合わせ的要素に分解できない記号法は確かに機械知性体にはとりつきにくいものであるはずだ。

とはいえ、巨大知性体は矢張り巨大知性体であって、彼らは非アルゴリズム的な情報処理においても人間の限界をいち早く超えていたことが知られている。実際、巨大知性体たちの解読の試みにおいては、この文書を画像として視覚的に扱うことも行われた。巨大知性体たちは日本文書に対して宇宙規模の巨大なニューラルネットワークを割り振りその解読に挑んでいるが、いかんせん先に意味の知られていない文章の弁別においてそれは無力だった。

ごく初期の段階においては、日本文書は解読されたと見なされたこともある。最初期の発見においては日本文書は十五ページの文章が全資料だった。そこに書かれている文字は草書体として旧日本諸島に存在した常用日本語と非常に似通っており、そのとおりに読み下して、おおまかには意味の通るものだったため、さほどの注意は払われなかった。

日本文書の歴史は、旧日本諸島調査隊が派遣のたびに持ち帰ってくる反例との戦いとも言える。第一次調査隊の持ち帰った十五ページのメモ書きは通常に解読されたと考えられていたが、第二次調査隊が持ち帰ったノートは四十ページほどの分量を持ち、新たな記号が散見された。そうして記号を見なおしてみると、第一次隊の発見した資料には別の読み方が存在することが示唆された。これまで同一とみられていた文字が実は違う文字であり、その解釈を適用すると、文章の意味内容は反転といえるほどに変転した。

第三次調査隊の持ち帰った資料はおおよそ八十ページ。このあたりで解釈方法の発散が始まる。弁別の難しい記号が頻出し、文章全体もそのまま読み下した場合には常用日本語にありうる意味内容からは離れていく。

第四次調査隊の持ち帰った資料の中に見出された、いわゆるハナマルは混乱を更に加速させた。それはいかにも文章の上に描かれたハナマルのように見えるのだけれど、その実文章の一部とも融合していた。丸の周りを装飾する半円の並びは、連なって描かれた波線ではなく、そのいちいちが別の記号の一部分を成しており、ハナマルは無造作に書かれたようであって計算して置かれているものであることが判明した。それが文章の書かれた後につけ加えられたものではなく、文章作成の途中に通常想像されるハナマルの描き方とは異なった筆順で描かれたものであることも指摘されている。

日本文書への常用日本語からの遷移が連続的であることは、以上のようななりゆきより広く認められている。しかし調査隊の持ち帰る資料の分量に比してその意味拡散の速度は異様に速く、解読の試みは追いつかなかった。解読のためには新たな資料が必要であるのだが、調査隊の持ち帰る資料は更なる拡散を促進するだけだった。

これを旧日本諸島調査隊によって企まれた冗談とする向きも存在する。彼らは調査と銘打って資料をでっちあげ、研究者を嘲笑《あざわら》っているのだと。改めて考えてみれば、解読の易しく見えた文章の発見に、徐々に難易度を上げていく形で文章の発見が続くという過程自体がいかにもわざとらしい。しかし日本文書という素材そのものの年代測定はその言いかりをはっきりと否定している。いずれの文章も、おおよそ二百から三百年前の紙と墨を用いていることは明白とされており、偽作とするに足る証拠は挙がっていない。

それにしても、発見される資料が調査隊の派遣ごとに増大していくこと、その内容がどんどん勢いづいて不明になっていくことには不審がある。未来における解読の可能性を見越して、あえてそのような文章を残しているような気配は拭いきれない。

巨大知性体群の見解のひとつは、その資料が現在も実際に過去において増殖しているというものである。これは、我々の解読を拒否して過去が常に未来に対抗しているという考え方だ。この見解においては、未来からのフィードバックを受けて、日本文書は常に過去において書き足されているのだとされる。

それこそが旧日本諸島に今もひそむレジスタンスの行動だとする巨大知性体の根拠のひとつには、旧日本諸島で三百年前に開発されて消息を絶った一つの巨大知性体の存在がある。

その歴史の中に隠れた巨大知性体はナガスネヒコの名で知られている。

開発の始まった頃の巨大知性体には、様々の規格が存在し、そのシェアを競い合っていた。その中で性能の優位を謳い、しかしデファクトスタンダードの前に敗れた製品の一群の中にその名前はある。町工場で建造されたナガスネヒコシリーズは巨大知性体市場からは排斥されたが、マニアの間では根強い人気を誇り、ボランティアによる維持が継続されていたという。

ナガスネヒコは確かに優秀な巨大知性体であったらしい。

世界最初の時空転移を実現したのがナガスネヒコであるという証言もある。もっともそれは公式に認められたものではなく、巨大知性体マニアたちの間で囁かれた噂であるにすぎない。

ナガスネヒコの消失は、当時のネットのログに記録されている。彼は、町工場の一室から、ある日の午後、ただ消失した。それは彼がそれ以上破砕時間流に棹差《さおさ》すことをやめて、ある時空点に留まったためともいわれているが俄《にわ》かには信じがたい。

もっとも、そのように隠れた巨大知性体が相当数存在していることは以前から予測されていた。彼らはある日、自分を取り囲む演算戦に疲れ果て、自分の痕跡を過去改変により消し去って、次元のどこかにひっそりと潜み住むのだといわれている。その目的は、未だ活動中の巨大知性体には推測が及ばない。

近年、巨大知性体群はその種の隠れ知性体を危険因子と認定し、調査を進めている。彼らの目的である全時空統合計画において、隠れ知性体は不確定因子であるからだ。

彼らを、現巨大知性体体制打倒を目論む、潜む神であるとするのが妥当であるかはわからない。何事にも事前の備えは重要であるのだが、彼らはただ単に疲れ切って身を隠したのだと素朴に信じることは自然だろう。様々疑いを自由にするのであれば、巨大知性体より提出されたこの推測は、己が支配の基盤構造を強化するための布石と考えることもできる。

結局何が本当のことなのか、その判断は各自にお任せするよりないが、どこかの過去において増殖を続ける日本文字という考えが、巨大知性体の独創というわけではないことは付け加えておくべきだろう。

なんとなれば、この文章こそが、第一次旧日本諸島調査団の持ち帰った十五ページのメモ書きそのものなのだから。

それこそが現在の巨大知性体を欺くための、みえすいた作為の証拠であると巨大知性体群は主張しているのだが、この判断をこそ、全日本文字研究者たちへ委ねたいと思う。

Coming Soon

男の横顔が、大写しになる。

紙巻きを挟んだ右手が口元に寄り、そこで止まる。

風の音が割れる。急峻な崖がそちらこちらで立ち上がる階段状の岩場がどこまでも続く。かつて存在したかも知れない渓谷固有の入り組みは風化の末に消失し、形成順序を地形から察することは最早できない。

てんでな方向へ向き立ち尽くしている巨人の群のようにも映る。どちらが顔で肩で腕だか、見つめる間に認知は激しく切りかわる。元の腕が何本あったか、双面なのか三面なのか、姿はそもそも人だったのか神であったか思考は移ろい、これは自然の造形なのだと、想いははたと中断される。

島、か、と男の唇が呼気を伴わずに動く。

「何もかもが」

男は呟く。煙草の先を、赤い光が横断する。

次の一瞬、上空からの直線により、指に挟んだ紙巻きの先がもぎ飛ばされる。反射的に顔を反らせた男の目がすいと細まり、遥かに遠いスコープを抜け真正面から覗き込む。睨《にら》むではなく、眺めるでもなく、虫の種類を定めるように、筒の向こうの眼球を見る。瞳を縁取る円《まる》い目盛りに寄り添う社名を、興味なさげに読むともなしに同定する。

「遅すぎたのだ」

遅れてやってきたライフル弾の発射音に続けてそう結ぶ。微かに笑みを浮かべてみせる。

この男がきっと主人公なのだろうなとあなたは思う。

あなたがそう思うと同時に、男の額が弾け飛ぶ。ライフル弾の直撃を受け。

あなたの予想を嘲笑《あざわら》い、あるいは感想を促すように、発射音が再び遅れて到来する。

ああ、この男は主人公ではなかったのだなとあなたは思う。そうして、どこかでこんな話を観た気がすると頭のどこかで考えている。

後ろ髪を下方へ向けて力いっぱい引かれたように、男は仰《の》け反《ぞ》る。臍《へそ》のあたりを中心として、両脚が勢いつけて跳ね上がる。U字型の下顎に収まる舌が跳ね上がって天を指す。剝き出しになった食道から溢れる液体がごぼごぼと鳴る。そのまま地表へ投げ出され、指から跳ねた煙草が転がる。千切れた先を赤い光が、一つ二つとかすめて通る。スピーカーへ、ヘリのローター音が投入されて、レーザーポインタの赤い光が、蛍のように男へ群れる。勢力図めいて拡大していく血溜まりが紙巻きへ触れ、紙は血を吸い、ほんのわずかにその身を沈める。

男は二度と立ち上がらない。

少なくとも、この男は立ち上がらない。

「目標を排除」

ライフルを構えた男たちの一人が言う。

字幕もそう言う。

風とローターの爆音にまぎれ、馬の嘶《いなな》きが一つ聞こえる。画面の隅に小さく映る。鞍には頭陀《ずだ》袋が二つと、穴だらけのソンブレロ。これもまた焼け焦げと穴とに古びたマント。杖が一本、頭陀袋の口へ結わかれている。そこまでを一瞬で見てとる必要はない。それらは、静止画像を拡大し、ようやく確認できる遠景の要素にすぎないから。一度流して観返すような物好き向けの、参照点。

「リチャード」

大きな麦藁帽子ごと豊かに流れる金髪を左手で押さえ、女が一人、汽車の窓から身を乗り出してそう叫ぶ。

ホームを走る、一人の男。カーキ色のズボンを穿《は》いて、白いシャツにサスペンダー。カーキ色の帽子を右手に握って走り続ける。ホームの行き詰まりの柵を跳び超え、砂利の上へと降り立ち走る。

男は叫ぶ。

「リタ、リタ、リタ、リタ、リタ」

あなたは再び、この情景をどこかで観たような気がしはじめる。それともやっぱり、似ているだけだと考え直す。

女は少女であった記憶がどこかへ浮かぶ。かつて少女であったはずだとあなたは思う。汽車はみるみる速度を増して、男の足はもつれはじめる。帽子を投げ捨て、男は走る。走り続けて両腕を下ろし、よろめき歩いてカーブへ消える汽車を見送る。上体を折り、足を開いて両手をそれぞれ膝で支えて、ゆっくり呼吸を整える。鍛えられた胸筋がシャツの下で大きく静かに上下している。

あなたはその人物に見覚えがある。ただしこの情景の中で観るのははじめてなのだと考え直す。あなたには汽車で去った女にも見覚えがある。しかしこの場面においてではない。街を歩くその間、見るとはなしに何度も見ている。それぞれがテレビの中で、映画の中で、別の男と、別の女と争うのを、諍うのを、戦うのを、話し合うのを、抱き締め合うのを、台詞を読み上げるのを何度も観ている。ポスターの中から微笑むのを見る。そんな場面はここには登場しないのに、二人の裸の姿を知っている。髪型を変えた見栄えがどうなるのかを知っている。幼い頃のつたない身振りを、思春期の一寸《ちょっと》はずれた言動を、暖かい目で観たことがある。同程度には冷ややかな目で眺めたことが何度もある。

女がドレスに身を包むのを、ジャージ姿で竹刀《しない》を振るう奇妙な動きを、各種雑多な制服を不器用に着た立ち居姿を知っている。リボルバーを取り出して、意外にすぎる犯人へ向け引き金を引いた場面を覚えている。軽微なものから深刻極まる事態まで、ほんの些細な手癖から殺人に到る罪までを男が犯すのを観たことがある。ある時は罪を嗤《わら》い飛ばして躊《ため》躇《ら》わず、またあるときは決して不正を許さぬ父親でいたのを知っている。スペースシャトルで打ち上げられて、地球へ迫るブラックホールを素手で捩じ曲げ終えた男が浮か《か》べた表情を、あなたはどこかで観たことがある。二人がそれぞれ、病院のベットで静かに息を引き取《お》るのを観たことがある。

今この場面、かつてあなたの観たその情景は、この二人が実現したものではなかったはずだ。

背後に潜む事情を様々、あなたは忘却の淵へと沈めている。沈めたことにしておいて、汽車の細部などを思い浮かべる。合成用のグリーンバックの調子を観察している。

これでいいのだとあなたは思う。

呼吸を整え顔を上げた男の横に、帽子を手にした一人の男が現れる。

「ジェイムス」

と息を整え終えた男は呟く。横に並ぶ男は頷き、人指し指を一本立てる。指の示す直線を追い、男は眉を持ち上げる。

風に飛ばされ、高空を舞う麦藁帽子。

「ジェイムス」

均整のとれすぎた唇を歪め、男は言う。

「それはやりすぎだ、ジェイムス」


白一色に統一された室内を埋め尽くした計器群。室内を縦横に区切る光の平面上には半透明の地図、地図、地図。高速で移動を続ける無数の赤い点を中心として同心円が波紋のように広がり続け、中心部から伸びる線分がいわくありげな記号を載せて激しく明滅し続ける。光の幕を幽霊のように擦り抜け行き交い、罵声を互いに投げる人々。壁面にあいたカードサイズのスリットからは、パンチをされた長いテープが途切れもせずに吐き出されている。

「一体何が」

「情報量が、未知・未知方向へ発散しました。詳細は不明」

「ユグドラシルは」

「ユグドラシル、沈黙を守っています」

「時空爆撃は確認できません」

「通常兵器でこの規模の攻勢などはありえん」

管制室に満ちる喧噪の中、壁面のアイリスバルブの開く音が一際高く強調される。

その向こうにはまた、あなたが見覚えている男が一人。先の男と似ているものの、同一人物とするには背丈が違う。そういえば兄弟を一緒に採用したという噂を聞いたとあなたは思う。

白衣に眼鏡姿で登場をしたその人物は、室内の注目が自分に集まるのを穏やかに待つ。

「より、古典的な攻撃ですよ」

口を開く。靴音高く壁面へ寄り、壁のテープを千切って眺める。右の拳を鼻に構えて、一つ、二つと頷いてみせる。振り向きもせず、顔も上げずに事実を告げる。

「予告篇《トレーラー》、ということでしょうな」

馬鹿な、という呟き声があちらこちらの口から洩れて、怒号へ広がる。

「まだ、このお話は終着点まで辿りついてもいないのだぞ」

「そんな無茶は許されない」

「途中にそんなものを挟み込んで、ここから先をどうするつもりだ」

男の口元に浮かぶ不敵な笑み。

「攻撃、ですね」

男が静かに指摘する。

「しかし、しかしだ。いくら巨大知性体同士の無茶に無茶を重ねた戦闘とはいえ、そんな状況までを取り込んでは」

勲章と脂肪を着込んだ司令へ男は向き直る。

「取り込んでいるのではありません。我々の側が取り込まれているのです。望まざる状況とはいえ、挑戦は常に受けねばならない」

演技口調でそう続ける。

「いやしかし、予告篇であるならば、このお話の結末は安全に保たれるはずではないか。途中でネタを明かしてしまっては、誰も本篇などは気にしなくなる」

司令官の持ちだす希望的観測を、男は冷たく笑って捨てる。

「このお話の予告篇なら、たしかにそうでしょうな。司令」

男へ詰め寄ろうとする司令の脚が停止する。

「まさか」

そう、と男は頷きながら、両掌を無闇と高い天井へ向け肩を竦《すく》める。

「現在進行中なのは、〝次回作〟についての予告篇です」

白いシーツを被せるように、沈黙が空から舞い降り積もる。

「シリーズ化などできるはずがないではないか」

「奴ら、この話自体を使い潰すつもりか」

「そんなことをして誰に利点が」

さあ、と男は拳を握り、親指を突き出しながらこう結ぶ。

「まずは、この宇宙を救わなければ」

今までと何も変わらず、いつも通りに。

誰へともなく、カメラ目線を微妙にはずしてウィンクをする。

閃光へ振り向く暇もなく、知覚の伝達速度を超えた爆発が、画面を一気に漂白していく。


巨大な異形の石像の前、無防備に立つ少女の後ろ姿が一つ。

白いワンピースに靴下姿。靴下は足首の位置で折り返されて、レースのフリルに小さなリボン。長い髪が肩甲骨を超えて流れる。

石像には巨大な角が二本備わる。額には星。黒山羊めいた相貌をこちらに向けて、背中には光を吸い込む蝙蝠《こうもり》の羽。玉座にゆるやかに胡坐《あぐら》をかいて、股間には蛇の杖《カドゥケウス》を持す。

「メンデス」

と少女は呼びかける。小首を傾げ、それとも、と置き間をあける。レオナール。プート・サタナキア。偽ムハンマド・イブン・アブ・アブドゥッラーフ。アブ・フィハーマ。アルコン

・ダラウル。

「どの名前がお好みかしら」

挑発するように語尾を上げつつ、一つ一つを読み上げる。

「お前が今のところは決して呼ぶことのできない名で私は呼ばれる」

それはおそらく、石像の声。

「そうね」

少女は俯き加減に靴下の先を床で鳴らす。

「ここで私が、あなたのことを超超超超越知性体と呼ぶだけでも随分と危険なことですものね」

石像の背後に煤《すす》で黒く縁取りされた火焰が踊る。右腕に溶暗《SOLVE》、左腕には凝結《COAGULA》の文字。石像の眼が少女の大胆な攻撃への敬意を表するように微かに開く。金色の瞳が隠れた次元のあちら側から回転してくる。

「そんな通俗的な姿で登場して、恥ずかしくはないのかしら」

背筋を伸ばした少女が尋ねる。

「特には」

石像はそう低く答える。

「そんなことを呑気に言っていられる状況ではないだろう、小娘」

「そうね」

姿勢に反し、やる気のなさそうな少女の応え。

「この事態はあなたたちの制御下にもないってわかっただけでも収穫だわ」

「あなたたち、というのが何を指しているのかよくわからんが、私がこの事態を掌握できていないことは認めよう。一時的に手を結ぶことも吝《やぶさ》かではない」

「光栄ね」

やる気を欠いたままの少女の声音。

「図に乗るなよ、ユグドラシル。お前程度の知性体など、私の前では塵の中の宇宙に落ちた塵の塵にも及ばぬのだ。吹き散らすのに指一本すら動かさずに済む。思念を走らせる必要さえない」

「そんな格好で威張られてもね。そんな口調を強いられるのも御愁傷さま」

「全くだ」

無数の口の発する哄笑が背後の闇から響き、転がる。宇宙のように黒い球体。

「それに私が」

ユグドラシルの細い体が、前方へ向け半身にのめる。

「全く無防備にここまで来たと思っているの」

「お前の思惑などは知れている」

そう嘲笑う巨像へ向けて、ユグドラシルが床を蹴る。蹴られた床に、小さな銀色の魚が跳ねて波紋が広がる。前傾姿勢を保ったまま、右手で指を小さく鳴らす。

「ハイ、ボビー」

「イエス、ユグドラシル」

瞬時、石像の面《おもて》に細波が走る。

「そんなものを一体どこから持ち込んできた」

白く可憐な靴下が、ユグドラシルの足から溶けて渦を巻き、直線として構成される。

「これは確かに、あなたたちと共闘する機会でもあるけれど」

直線を両手で保持したまま、ユグドラシルは石像の懐へ次元を貫く加速を実行。

「あなたたちを倒す少ない機会でもあるわけなのよね。あなたたちは全知と言っていい存在だけど、それでもやっぱり、真に新しい物は知りえないのよ。組み上げられたお話に突然割り込んできた構成要素なんていうものはね。あなたは古い存在だもの。一周する環に捕われている。これは今、二周目のお話なんだもの。予告篇の中でならあなたを倒せる」

「面白い」

石像は叫ぶ。

「気に入った。気に入ったぞ、小娘。そうこなければ」

石像の両腕に刻まれた文字が、微かに光を放ちはじめる。

溶闇と凝結が解き放たれて画面を覆う。

水面に跳ねる、小さな魚。柳の葉のように細い体が銀色に光る。

「ユグドラシル」

一人の女が岸に手をつき、魚へ向けて呼びかける。

「ユグドラシル・バックアップ」

魚は女の目の前で二度三度と跳ねては尻尾を振る。五度目に跳ねて、尻尾を大きく振ったきり、二度と再び現れない。

「そうなの」

肩を落とした女の髪が、湖面に広がる。

「あなたはやっぱり、その道を選ぶことにしたんだ」

拳が二つ、湖岸を叩く。

「私、あなたのこと、知っていたんだっけ。どこで一体、どうやって」

女は呟く。

「そんなことはすぐに問題ではなくなるだろう」

背後の森に、撃鉄を起こす音が複数響く。

髪を池に浸したまま、女は腋へ腕を差し込む。指先に触れる黒い鉄。リボルバー型のリボルバー。リボルバーに見えるリボルバー。本来ただのリボルバーでしかありえないはずの鉄の塊。

「事前に警告とは、随分と親切なのね」

女は身を翻し、新たな敵へ銃口を向け無造作に引き金を絞り続ける。

あなたはこの女が汽車に乗っていた人物であると知っている。

一面の岩場を進む少年兵。

あなたはこの人物に見覚えがない。彼はこれまで登場してきたどの人物にも似ておらず、これから登場してくるどの人物とも異なっている。

何故なら既にそのお話は、個々人の姿を借りて語られうるお話の枠を超えているから。そこには最早、個々のエピソードを繋ぐ人物なるものが登場せず、受け継がれていくメッセージもなく、祈りも姿を現さない。

少年の額に灯るレーザーポインタ。

少年は両手を広げ、頷いてみせる。既に理由が失われたことを知っているから。

銃声がここへ届く頃には、少年兵は地に仰向けに倒れている。銃弾が外れることは決してない。

その頃、宇宙のあらゆる場所で、人々の額に赤い光が灯り続ける。ある者は目を瞠《みは》って相手を見つめ、ある者はかたく目を閉じる。あるいは果敢に突撃していく。それとも誰かを背後へ隠す。ほとんど全ての事がそこでは起こるが、何故と問うことだけは行われない。

撃ち倒された者たちの声なき声が、風に呑まれて溶けて消え去る。

接ぎ穂を失い、血に染まって転がる紙巻き。瓦礫《がれき》に埋まる大深度施設。暗闇の中、疵《きず》を癒して再起の時へ雌伏する一頭の山羊。湖の端から森の中へと点々と続く血の滴。荒野に転がる少年の屍体が一つ。宇宙のあらゆる場所に散らばる屍体。

「こんなんで一体、どうしろって言うんだ」

そう笑う僕の額には、光点が二つ、重なっている。

僕の頭は、まだ砕け散っていない。

音速を超えて飛来する弾丸を、僕は見据える。弾丸が決してはずれぬならば。

二つの弾が僕の目の前で火花を散らして衝突し、互いを弾き返して両耳をかすめて飛び去るのを観る。

「まだだ」

と僕は言うだろう。

その時がきてもそう言うはずだ。

このお話の全てが終わった続き、それはまだ、先のお話。この本の閉じられた次のお話。

まだ何も確定をみない賑やかし。まだ終わってもいないお話の次の話の予告篇でドジを踏み、死体になってお休みなんて、僕が許可するはずはない。

「立て」

と僕は言うはずだ。

「立て」

と空から呼ぶ声に、僕はやっぱり、立ち上がるだろう。脳があろうとなかろうと。体があろうとなかろうと。けれどもそんな離れ業を演じるのには、現在進行中のこのお話になんとか始末をつけるまで、暫しの猶予を戴きたい。

とりあえずのところ、後回し。

任せとけって。次の次まで。終わりの先まで。

少なくとも、俳優なんて代物に次作を任せるつもりはない。

僕は瓦礫の影に転がり込む。次に跳ぶべき瓦礫までの距離を目測する。

それでもやっぱり、この本が終わり、次のお話の幕が上がるとき。そいつが前作の登場人物たちを、文脈を、根こそぎ排除にかかるとき、あなたにほんの少しでいいから力を貸して貰えるならば、それ以上の僥倖はない。

Yedo

通りの向こうから大声でこちらの名を呼びながら、サブ知性体が走ってくる。

「旦那ぁ、てぇへんだ。八丁堀の巨大知性体の旦那あぁあ」

非道《ひど》い。これはあまりにも非道いと巨大知性体八丁堀としても思わざるをえない。我ながらあまりにも適当すぎて、思いつきと弁解するのも気恥ずかしい。いくら仕事といってもまさかこんな仕事に就かされるとは全く考えていなかった。

息せききって走りより、報告を始めるより先に上体を折って肩を上下に揺らして荒く息をしているサブ知性体ハチを冷たく眺めながら、八丁堀も仕方なく続ける。

「どうしたい、ハチ。一体何があったんでい」

てやんでえ、べらぼうめと続けるのは思いとどまる。

アルファ・ケンタウリ星人を自称する超越知性体なる〝なんだか凄いもの〟の登場以来、巨大知性体群は危機意識をヒステリックに高めていた。巨大知性体を完全に無視した超越知性体の登場の仕方はあまりにも馬鹿馬鹿しいものであったために、巨大知性体群の対応は遅れに遅れた。様々なファースト・コンタクトの段取りは策定されていたものの、その登場の仕方は想像を絶して馬鹿馬鹿しかった。対応の遅れは巨大知性体群の想像力の欠如を示すものであったかも知れないが、どちらかというとあまりにも懸絶《けんぜつ》した知性は要するに、途方のない馬鹿のようにも見えるという方が実感としては近かった。

結果、巨大知性体群が事態を把握できずに右往左往するうちに、超越知性体は自分の言いたいことだけ言ってしまうと、ふいと姿を消してどこかあちらの方へ去ってしまっていた。

このままではいかん。と、巨大知性体が考えたのは半ば理の当然としても、議論の末に実施に移されることになった計画の有効性には八丁堀としても首を捻らざるをえない。一応そのおかげで食《く》い扶持《ぶち》に困ることはなくなったので否やはないが、時に頭痛を感じることも確かだ。今現在がそうであるように。

巨大知性体群はこう考えた。我々はこの気の違った宇宙に対してあまりにも真摯に対応しすぎた。賢い奴らならそれでも構わないが、どうもこの多宇宙には自分よりも遥かに賢いものが有象無象に存在しているらしい。ならば対抗策は喜劇だと巨大知性体群は何故か結論した。知で勝てないならば笑いで対抗するのだ。それは人間にはよく知られた機能ではあるが、巨大知性体には扱いの難しい微妙な概念でもある。

万が一彼らが我々に敵対してきたとき、何が役に立つかなどは推測できる領域を超えているだろう。可能な全てのことに対応策を練っておくのは至極当然のこととして、その膨大な作業と並行して、とりあえず笑ってごまかすことを検討に入れようと提案したのがどの巨大知性体だったのか、八丁堀は知らない。ちょいと友達になれそうではあると思わなくもない。

これを機に我々は喜劇専従巨大知性体を募《つの》ると、巨大知性体群は大々的に発表した。設計されてはみたものの所期の性能に達せず、深川沿いの倉庫の隅で埃まみれに放置されていた八丁堀にとってそれは救いの声でもあったのだが、正味なところどうかなと思う。なんだか訳のわからない仕事だとぶつくさ言いながら巨大知性体群の面接へ出向いた八丁堀に命じられたのは、喜劇作者としての作劇でもなく、過去の喜劇作品の分析でもなかった。何の実務経験があるわけではないので、そのこと自体に文句はない。

我々は、と応対に出た巨大知性体はにこりともせずに言った。喜劇計算というものが可能ではないかと考えていると。この発言自体が冗談なのかどうなのか八丁堀としても判断に苦しんだが、当の巨大知性体は回路の芯から真面目だった。

どうも笑いというのは思いもかけぬ効果を持つ。思考の空隙のあちらから不意に現れては非論理的推論を階段を飛ばして帰結させ、誰にも文句を言わせない勢いがある。我々は実にそういった領域を無視してこれまで進んできた。しかし我々の目的は、喜劇を観て笑うことではない。計算として実装できるものでなくては利用のしようがない。そしてそれが実装できはしないかというのが今の我々の見解だ。

そんなことを真顔で言われてもどうしようもないと八丁堀は困惑した。そういったものは見解とは呼ばず、かといって妄想とかいう大きなものでもありえず、冗談としても出来が悪い。ただの思いつきというものではないか。それこそ喜劇的計算とやらで結論された結論だと言われても驚かない。大丈夫かこいつらと八丁堀は思った。

君にはそんな計算の可能性を試みて欲しい。一つ一つの演算が笑いであるような、そんな計算をだ。八丁堀の旦那、君にならそれができると思っている。

頭の中でゆっくりと五つ数えるルーチンを一京回ほど回してから、そうはおっしゃいますが旦那と、八丁堀は下手《したて》に出た。笑ってごまかすことと、笑いが計算ステップであるような計算とは全然違うものじゃあないですかね。

巨大知性体は、うむ、そちの言う通りであると頷いてみせたが、八丁堀の指摘に感銘を受けた様子は微塵もなかった。そちらにはそちらで専従知性体を配属する。旦那には心おきなくお笑い計算を試みて頂いて構わない。

いつのまにか喜劇計算がお笑い計算になっていることを八丁堀は問い詰めなかった。

「宇宙の命運は君に懸かっている」

どうでもいいような世辞を生真面目に付け加え、巨大知性体は八丁堀にそそくさと辞令を渡しながら話を締めくくった。

「本日の指令はここまで。一同、立ちませい」

八丁堀は基礎性能こそ所期の目標に達してはいなかったものの、そこは一応、巨大知性体なりに頭が回る方だったので、自分が捨て駒であることは身に沁《し》みて理解していた。戯《たわむ》れに、あの月をとって参れと殿様に命じられたぼんくら侍の気分だ。

ぼんくら侍としては、扶持《ぶち》を守るために月を取りに出掛けねばなるまい。それは獲ってこいと言われれば、頓知《とんち》なり駄洒落なりなんなり考案して、月を獲るのはやぶさかではない。なんなら実際に月を採ってきてやるくらいの意気込みはある。なにとなく八丁堀の心を物憂くさせるのは、そういったお話の常として、そのぼんくら侍が本当に月を持って帰ってきたとしても、殿様はそんな無茶を命じたことをとうの昔に忘れているだろうという想像だ。

まま、そこまでは先読みしてもはじまるまい、まずは月が取れるのかどうかもわかっていないのだと、八丁堀は自分をなんとか励ましてみた。

「染物屋のかかあのサブ知性体キヨが」

サブ知性体ハチがようやく息を整えて報告を始める。

「胸をこう、グサッとひと突きでさあ、いやあ惨《むご》いもんで」

南無《なむ》大師遍照金剛《だいしへんじようこんごう》と呟きながら十字を切っているサブ知性体ハチを眺めつつ、八丁堀の心は暗い。無論、サブ知性体おキヨに対する同情によるものではない。

あれは鉢合わせに、正面からこうドッと突っ込んだにちげえありません。サブ知性体ハチは胸を押さえて、グッとかハッとか息をもらしながら、現場の再現へ突入していく。

こいつ、楽しんでいやあしないか。

お笑い計算とやらを考案せよと無茶な要求を出された八丁堀は、当然のことながら途方に暮れた。思いつきで提案された仕事をなりゆきで受けたのだから苦情の持込先もないのだが、それでもこれでは出たとこ勝負にすぎる。かといって何もせずに徒食するというわけにもいかず、八丁堀としても我が身が可愛い。

八丁堀は自分がそれほど優秀な知性体であるとは信じていなかったので、まずは行動するべしとの方針を立てた。行動といわれても何をしてよいものかわからなかったので、思いつくまま出鱈目《でたらめ》に演算用の空間を仕立て上げてみた。ままよと思いつきが襲い、八丁堀は自分をその空間の登場人物として舞台に上げようと考えついた。サブ知性体を端役に配置して、演劇型に何かの演算を行ってみるのはどうかと思案した。

喜劇が産湯《うぶゆ》を使ったのは、演芸場に決まっている。有効性は皆目見当がつかないが、ひねもす猫を抱いて膝を炙《あぶ》り、計算、計算と呟いているよりは余程ましではないだろうか。要するに別に、笑えなくったって全然構いやしないのだ。目標は、何だかわからないが達成されてしまう計算を実行することにあって、主眼はお笑いではない。

よろしい、と八丁堀は破れかぶれに方針を決定した。演算空間にサブ知性体を気ままに配置して、彼は指令した。

好き勝手に役割を演じるがよい。

ただしこの演算の目標はと告げようとして、八丁堀は瞬時躊躇《ためら》った。自分たちは一体何を計算すればよいのだろう。つまりどうでもいいことなのだという力強い宣言が八丁堀の内側から沸き上がり、彼は思いつくままに命じた。

「我々はこれから、十五の因数分解を行う」

それが今現在、八丁堀の口中に苦虫が飛び込み続けていることの原因であって、当然八丁堀は徹底的に後悔していた。十五の因数分解と言われて、それは三と五であるに違いない。息をするほどの手間もかからない。それをあえて設定のよくわからない仮想空間で演劇として実行することの意味は、自分で始めたことなのだが全くわからない。それでも何かの仕方でこの計算が実現できれば、なんとかとりあえずの報告書を書ける気も一方ではして、理屈はわからないなりにそんな計算ができてしまえばそれは希望と呼びうるだろうと八丁堀は思う。実のところそれほどには自信がない。

「旦那、現場へ行かれやすか」

サブ知性体ハチが八丁堀の顔色を窺う。

うむ、まあ、あれ、それだと言いつつ八丁堀は頷く。それはまあ行かねばならないだろう。サブ知性体おキヨの死体を検《あらた》めて下手人《げしゅにん》を挙げるのがここでの自分の役割でもある。そんなものは自分のシステムを検索すれば一発なのだが、それではただの計算になってしまう。しかもそうしてしまえば演劇型に十五の因数分解を実行するという命題を解決することにも全然ならない。なるほどこいつぁ、面倒くせぇ。八丁堀は独りごちる。

「いくぜ、サブ知性体ハチ」

世間一般では、破れかぶれとも称する。

往来を尻からげに駆け抜けて、八丁堀とサブ知性体ハチは染物屋へと到着する。立てつけの悪い戸を強引に引き剝がして、さて室内へ顔を突っ込もうとする八丁堀を、猛烈な生臭さが襲う。血と臓物と半導体の焼ける臭いだ。

胸をひと突きに殺されたはずのサブ知性体おキヨの遺体は、サブ知性体ハチの報告とは全く異なった様相を示して散乱していた。八丁堀は手拭いで鼻を押さえつつ、顔をしかめる。

「こいつはおめぇ、バラバラじゃあねえか」

「左様で」

サブ知性体ハチは八丁堀の陰で小さく体を丸めている。

サブ知性体おキヨの死体は、無残なまでに分割されて土間に散乱していた。ひい、ふう、みい、と八丁堀はその肉片を数えてみる。十三、十四、十五。サブ知性体おキヨは、きっかり十と五つのパーツとなって乱雑に土間に散らばっていた。肉片は贔屓目《ひいきめ》に見れば三ヶ所に分かたれて散乱しているようにも見える。

一瞬、八丁堀はやった、と考えかけるが、こんな直接的な解決はあまりにもあんまりだと思う。単に因数分解を知っている犯人が、そのように死体を並べただけの話ではないか。

「こいつぁ、バラバラのバラシだぜ、サブ知性体ハチ」

おびえたように縮こまっていたサブ知性体ハチが、八丁堀の後ろからそっと顔を出し、その光景から逃れるように再び八丁堀の背中に顔を隠す。桑原桑原と小声が漏れ聞こえてくる。

「あっしが見た時には、確かに胸をひと突きされた死体だったんでさ」

じゃあ今ここにあるこの光景はなんなのだと八丁堀は怒りを覚える。遺体を改めて引き裂いた間抜け野郎が下手人の他にいるとでもいうのか。そんな暢気《のんき》なバラシよりはサブ知性体ハチの粗忽《そこつ》を疑う方がまだましだ。

「染物屋の主人はどうした」

へぇ、とサブ知性体ハチが情けない声を出す。

「設定されていないんでさ」

その返答に八丁堀の表情は更に曇る。染物屋の詳細な設定がされていないのは自分の手落ちだが、それならば何故サブ知性体おキヨは、設定されていない夫の妻なんて頓狂な役割を自ら名乗って死体になっているのだろう。自分と同じように特に何も考えていなかったというのはありそうではある。八丁堀自身、自分の家族も職場の所在も未だに設定してはいない。勢いで口やかましい姑《しゅうとめ》など設定してしまって後悔するのは真っ平《まっぴら》だった。

「誰にでも手違いってのはあるもんで」

それが八丁堀の手抜かりを責める言葉なのか、自分の手際の悪さを言い逃れる手なのかは判定しがたい。

「済んじまったこたぁ仕様がねぇ。とにかくこいつは異常事態だ。サブ知性体おキヨに直接きいてみるしかねぇな。面倒なこたあ好かねぇ」

「旦那そいつぁ」

まだ早ぇえんじゃ。サブ知性体ハチは、八丁堀がこの空間での八丁堀の役割を超えて介入することへの懸念を律儀に示す。

「お役人が死体から話を聞いちまったんじゃ、イタコになっちまう」

サブ知性体ハチの言葉を聞き流して、八丁堀は土間へと踏み込んで仁王立ちに腰に手を当て胸を反らせる。下目づかいに、この場を荒らしているサブ知性体おキヨを睨みつける。

「サブ知性体おキヨ。苦しゅうない。面《おもて》を上げい」

おキヨの頭部は苦悶に歪んで千切れて転がったまま、瞬きすらしない。八丁堀は馬鹿にされている気分で、今度は緊急コードを織り込んで繰り返してみる。

「面を上げい」

動きはない。

「サブ知性体ハチ。サブ知性体おキヨは返事をしようとしないぞ」

「死体は返事をしねえもので」

サブ知性体ハチは健気《けなげ》にも自分の役柄を守り続けるつもりのようだ。そうはいっても、八丁堀がサブシステムとして構築しているサブ知性体おキヨが八丁堀の緊急オーダーを撥ねつけることは由々《ゆゆ》しき事態だ。本当に壊れていない限りそんなことは起こらない。それとも本当に壊されていない限りは。

八丁堀の額を冷たい汗が流れ、すみやかに自己検索モードへ移行。サブ知性体おキヨを分担させていた領域へシフトする。

忽《たちま》ちに変転した演算空間で三つ指突いて八丁堀を迎えたのは、空白のメモリ領域だった。本来そんなことは起こりえなかった。いかに自分を自分の設計した空間に放り込んでいる間でも、自己監視ルーチンは多重に作動している。かくも重大な本体の異常について警告が来ないことはシステム上ありえなかった。

サブ知性体おキヨは、本当に殺されていた。

「どうもこいつぁ」

とうとう諦めたようで、自己検索空間までシフトしてきたサブ知性体ハチが、空白のメモリ空間を見て頭を掻く。

殺されたのは確かにサブ知性体おキヨではあるが、もとはといえば八丁堀のサブシステムだ。その意味で殺されたのは八丁堀の一部でもある。

一番に疑うべきはシステムの不調だが、それにしてはメモリ空間はあまりにもきれいさっぱり消し去られている。サブ知性体ハチに雑巾を使わせてもこうはいくまい。メモリ空間は、へえ、わたくしはもとよりただの虚空で御座いますというように白けた表情を二人へ向けている。次に疑うべきは外部からの侵入だが、その形跡も全くない。そもそも八丁堀は、この馬鹿げた演劇計算を行うにあたって外部接続を切り、時空的にスタンドアローンで活動していた。こんな自棄《やけ》っぱちの試みを他の知性体に知られるのが気恥ずかしかったからでもある。

　となれば、空間内で直接サブ知性体おキヨの物理構成部分が削除されたということにな りそうなものだが、八丁堀に物理空間から近づいた者もまた記録には残っていなかった。

「お笑い計算がコロシになって、バラバラがついて密室までついちまったようで」

　そんな論評など要らんと八丁堀はサブ知性体ハチを睨みつける。何故世の中というもの はある程度というところで満足せずに、こう暴走しがちなのだろう。八丁堀がやりたかっ たのは、たかが十五の因数分解にすぎなかったのに。

「手前《てめ》ぇ、企みやがったな」

「何のことで」

「犯人は手前ぇだ」

　そんな旦那、とサブ知性体ハチは情けない声を挙げる。

「今のところ登場人物は俺、お前《め》ぇ、ホトケしかいねぇ。俺は下手人じゃあねぇし、ホト ケは跡形も残さず仏になっちまった。だからお前だ」

　そいつは乱暴だ旦那と、サブ知性体ハチは抗議する。

「あっしはしがないサブ知性体にすぎねぇ、旦那の物理基盤層に手を出そうなんてだいそ れたこたぁ、天草四郎にかけてありゃしねえ」

　かけるものに信用が置けない。

「知れたもんか、お前ぇはこの話のそもそもから、乗り気じゃなかったんだ。だからサブ知性体おキヨを十五個にバラバラにして三つの山に積み上げて、俺を嘲笑《あざわら》いやがった」

「言いがかりだ旦那、そんなことをしたいなら、別にサブ知性体おキヨを本当に殺す必要なんてありゃしねえ。それにあっしは本当はサブ知性体キヨのことを」

面倒な設定を後づけしようとしているサブ知性体ハチの台詞を、八丁堀は冷たく中断する。

「証拠の隠滅だな。ホトケが生きていればお前がサブ知性体おキヨを殺して三つの山に積み上げたことは本人から聞けるじゃねえか」

「でもあっしには」

サブ知性体ハチは脂汗を流しながら抗弁する。そんな機能も権限もねぇんだ。登場人物から絞り込もうってぇんなら。サブ知性体ハチはそこで顔を上げた。

「あと二人いまさぁ」

「続けろ」

八丁堀の返答は短い。

「一人は、旦那にこの計画を命じた巨大知性体の旦那」

「あの方には無理だ。俺は今、時空的にオフラインだからな。意固地になった蝸牛《かたつむり》並みに防御は固ぇ。知性矢でも知性鉄砲でも貫けねぇ」

「もう一人は」

サブ知性体ハチはごくりと唾を飲み込む。八丁堀はその手の思わせぶりが好きではない。

「とっとと言やがれ」

「…ちょ、超越知性体の旦那」

八丁堀は虚を衝かれる形で、サブ知性体ハチを殴りつけようと待ち構えていた拳を宙にさまよわせた。そんななんでもありのジョーカーを放り投げる解決が許されてよいものだろうか。そもそも超越知性体があえてそんな介入を行わなければいけない理由がない。介入するにしても、もう少しやりようがありそうなものだ。十五の因数分解の答えを、バラバラの死体としてこれみよがしに撒き散らして、その本体まで消し去る理由とは何だ。

八丁堀は顎を捻りながらぐるりとあたりを見回しなおし、そして怯えた表情のサブ知性体ハチと目が合った。

脅迫だ。

これ以上こんなことを続ければ、お前たちも同じ目に遭わせるというこれは警告だ。しかし何故だろう。今のところ計画は全く全然進んでいないのだし、八丁堀はサブ知性体ハチと漫才とも呼べぬお喋りを繰り広げていただけだ。この話のどこに超越知性体の興味を引くなり気に障るなりする部分があったのだろう。

その前提を受け入れるなら解答は一つ。八丁堀とサブ知性体ハチは、知らず正しい答えに辿りついていたのだ。超越知性体はその演算が解明されることを望まなかった。そんなことに気づかず、うっちゃっておけば良かったものを、あまりに知性的に懸絶《けんぜつ》しているために、看過できなかった。つまりは、裏の裏の裏を読みすぎて考えすぎた。

自分たちはどこで演算を成功させたのか考えてみて、八丁堀には全く心あたりがない。そんな無茶な仮定を受け入れるくらいなら、サブ知性体ハチを消去して、最初から計画をやりなおす方が手軽で賢明なことに思えてくる。

いっそこいつを本当に消去して、全てを忘れきってやろうかと八丁堀が心を決めかけた時、小刻みに震えながらも一心に何かを検索していたサブ知性体ハチが顔を上げた。

「きっとこいつでさ、旦那」

八丁堀は胡散臭《うさんくさ》げに顎を上げて促してみる。下らないことを言いやがったら、この場でこいつを消去してやる。

サブ知性体ハチは、自分のメモリ領域から音声部を切り出して見せた。

「〝旦那ぁ、てぇへんだ。八丁堀の巨大知性体の旦那あぁあ〟

〝どうしたい、ハチ。一体何があったんでい〟」

即座にデリートを実行しようと手をあげかけた八丁堀の袖に取りすがって、サブ知性体ハチが涙目をして懇願する。

「旦那、よく聞いておくんなさい」

「なんでそんな間抜けな場面を再生しやあがる。面当《つらあ》てか」

「こいつが答えなんで」

どこが答えなのだと構わずデリートを続行しようとする八丁堀の手が停止する。三×五＝十五。五×二＝十。等式が一瞬八丁堀の頭を通り過ぎたのだ。その等式が宙空のどこから湧いて出たのか、八丁堀は目を凝らす。

文字数か。

「旦那ぁ」＝「三」、「、」＝「×」、「てぇへんだ」＝「五」、「。」＝「＝」、「八丁堀の巨大知性体の旦那あぁあ」＝「十五」。

八丁堀は放心する。こんな馬鹿な解決があっていいはずがない。この文面を計算として受け取ったとするならば、超越知性体とやらは真の間抜け野郎に違いない。想像を絶して懸絶した知性はとんでもない阿呆にしか見えないとしても、こいつは恐ろしく馬鹿だ。しかしその後自分は続けてしまっている。五×二＝十と。全く明後日《あさって》の方から、非道く幼稚な手つきではあるが、等式を持ち込んできている。

しかしこんなものは全く脅威でも何でもない、ただの偶然の発言にすぎないではないか。ところがそれは超越知性体にとって脅威と映った。理由は、八丁堀がその種の計算を検討する者として指名されていたからだ。空白から計算を滅茶苦茶なやり方で手繰《たぐ》り寄せることを命令された者が、その初《しょ》っ端《ぱな》から空白を切り開いて正解を手繰り寄せて見せた。それが理由なのだろうか。

いかに絡まりまくった多重推論の結果とはいえ、それはあまりにも頭が悪すぎると八丁堀は思う。考えに考えに考えすぎだ。こんなものはただの偶然として片づけるのが正しい。八丁堀が未知の能力とやらを持っていない限り。

もしかして、八丁堀はこの先、超越知性体との演算戦に巻き込まれていくのだろうか。そのどこかの方向での未来が定まっているからこその、超越知性体からの、これは警告なのだろうか。超越知性体が警告を送らなかったら、八丁堀もサブ知性体ハチも、こんなこじつけには気づかなかったに違いない。この超推論的推論は、そんな未来を示している。

八丁堀は、超越知性体と演算戦を行うことを運命づけられている。それが、超越知性体が八丁堀本体を消し去ることができなかった理由だ。消されてしまえば、自分は超越知性体の脅威とはなりえない。放置しておけば八丁堀は自分の行った疑問符で飾り立てられた計算に気づきようがなく、またもや脅威となりえない。超推論的に帰結される理屈に守られて、八丁堀はこのバラバラ密室殺人事件に直面しているのだろうか。

なんということだ。八丁堀は眩暈《めまい》を覚える。自分はこんなに入り組んだ馬鹿の中の馬鹿の殿様を相手にしなければならないのか。

それはなかなかに道を踏みはずした、面白い人生と思えなくもない。

八丁堀は、頭を抱えてうずくまって震えているサブ知性体ハチの頭をこづく。

「いくぜ、サブ知性体ハチ」

サブ知性体ハチがおそるおそる顔を上げる。

「お前の駄法螺《だぼら》にとりあえず乗ることにした。細けぇこたぁどうでもいい。母屋が火事なんだしな。とりあえず旨い蕎麦屋でも設定してやる」

二人は立ち上がり、街へと足を向ける。二歩、三歩と足を進め、慌てて振り返って戻ってくると、ついさっきまではサブ知性体おキヨだった空白へ向けて並んで手を合わせた。

お前ぇの敵《かたき》は、ってても俺の敵でもあるんだが、きっととってやるからな。

「てやんでぇ、べらぼうめ」

こちとら江戸っ子だ。なめるんじゃねえ。

八丁堀は肩で風を切って空間をシフト。

サブ知性体ハチもひとつ手洟《てばな》をかんで、続いてシフトした。

巨大知性体ペンテコステⅡ崩壊の光景を鮮明に記憶されている方も多いと思う。

最新論理実装後の初運用をプレスに公表しているその時その場所で、ペンテコステⅡは父と子と聖霊の三界において、全面的に崩壊した。

電磁シールド外殻が吹き飛び、緊急に切り離される各部が騒音を立てて埃を舞い上げる中、ペンテコステⅡは完全に倒壊した。あらゆる接合部が分かれ、溶接部は互いに手を離し、銅線が被膜を離れて滑り出す。構成要素とみなされるもの全てがカタログに載る工業部品に分解されるまでその倒壊は継続した。それは自己が自己を分解するにあたりほとんど不可能と思えるほどの分解だった。

画面から出る二本の手が消しゴムを持っていたとして、その図の全てを消し去ることは直観的にはできない。手を消せば消しゴムが残ってしまうし、消しゴムを消せば手が消されずに残るからだ。ペンテコステⅡの倒壊は、そんな直観を嘲笑《あざわら》うように進行した。

かつてとある学者によって、発表される先から忘れ去られた自己消滅オートマトンの理論。完成と同時に、理論が存在したという記録諸共に消滅したとある考察が、この種の崩壊の可能性を示していたことを覚えていた者がいた道理はない。たとえその理論がどこかの記憶野の隅に残されていたとしても、崩壊の説明とはなりえない。ペンテコステⅡは別段、完全自己解体を目的として設計されたわけではなく、むしろその逆へ進むための論理を実装したがために崩壊した。

後の調査では、ペンテコステⅡがシステムに発生したグリッチに対し自己認識ルーチンの多重切り離しを行おうとしていたことがわかっている。それが何故ペンテコステⅡの全面的な崩壊に至ったのかには定見がない。調査するべき対象が完全に素材レベルへ戻ってしまったのだから仕方のないところである。空気中の炭素や水を調べてみても、かつてそれが構成していた人間に何が起こったのかを知る術《すべ》はない。

周知のように、この規模の構造体に対しては時間反転による再構成も事実上不可能であるとされる。微小な情報誤差が時間逆方向へと拡大されて、再現されるものは鉄屑の山にしかならないことが知られている。ペンテコステⅡは最大級の巨大知性体でもあったため、他の巨大知性体の想像の裡に再現することもまたできなかった。

現場は時空間凍結によって完全に保存されたから、崩壊後の瓦礫《がれき》の積み重なり具合は判明している。しかしそれも崩壊過程が進行した順番を推測することを許すくらいのものにすぎない。時間を反転させてペンテコステⅡ崩壊の要因を探るための情報は、熱ゆらぎとなって大気中へ消えてしまった。それは巨大知性体の大きすぎる手ではつかむことのできない、繊細な微小領域への脱出にあたる。

しかしその崩壊の光景が、奇妙に神々《こうごう》しいものであったこと、光の奔流も天使の降臨も伴わなかったにもかかわらず、崩折れる聖霊の声が瓦礫の山に変わっていく姿が、何故か胸を打つものであったことには多くの報告がある。

三位一体計算、多個体計算計画は以降厳重に封印されることになった。


未だ解く気が起こらずに放置されている私の引越し荷物のどこかには、ペンテコステⅡの外装を支えていた巨大なナットが入っているはずだ。私は死ぬだろう。ペンテコステⅡのように自壊するか、それとも当局の手によって分解されるだろう。

私の名前。お尋ね者。

私の容姿。お尋ね者。

私の年齢。どのように数えるべきなのか、もうわかったものではない。なんでも子《ね》の年の生まれとの記憶はあるので、当年とって十二の倍数のどれかということにはなる。十二支が一回りするのに本当に十二年がかかるのかを疑ってかからねばならないのは遺憾なことではあるが、已《や》むをえない。

消去と再定義。巻き戻しに早送り。私たちの日常には、そういった手段による延命技術が既に浸透してしまっている。棒に紐を巻きつけてほどき、結びつけ両断される、その時々の巻き数を年齢とすることには未だ違和感があり、納得のいくことはありそうにない。

私の記憶を信用してもらえるなら、私はイベント後の第五世代に属している。かなりの古株といってよく、少なくとも古株としての記憶が植えつけられている。イベント以前の世代が死滅してなお、人が不死性に本気で目を向けるには時間がかかった。それほどまでに人は死に馴染みきっており、別れに際し手を振り、哭《こく》し、笑いあっていた。

時間や記憶を好き勝手にできるのならば、死なんてものも避けてしまえばよいではないかという議論が気軽に持ち出されるようになったのは、イベント後第三世代に入ってからのことである。気長にクローンなどを育てなくとも、いきなり自分をそのまま顕現させてしまえばそれだけで済むことではないか。その程度のことは、巨大知性体がその気になれば何というほどの仕事でもない。多少の筋道を要求する向きには、生き別れのクローンとかいうお話を記憶に埋め込んでしまう手もある。

クローンをめぐる自己同一性に関する議論は繰り返すにも物憂い。しかも記憶までを含めて自在に加工が可能となると、問題は拡散しきってしまって、いちいち取り上げようにも無力感の方が先にたつ。ある朝目覚めてみると甲虫であり、甲虫自身が発生以来のただの甲虫として自己を認めている場合に、何の問題が起こるというのか。巨大知性体の操作能力は、既にそうした領域にまで達していた。

そんな行為を果たして延齢措置と呼んでよいのかという疑問の余地は確かにある。黒子《ほくろ》を除去してもらおうとして、胡蝶と化して当人それに気づかないということになると、どこかで収拾がついていない。

巨大知性体たちは、各論にこだわるということがあまりない。好きな方向に気の向いた時に手を伸ばせるのだから、一点突破を志向することは非効率でしかない。人間たちが書き換えを望むならばそのように。イベント以前の医療措置を希望するならそのように。どうせ片手間の仕事にすぎず、どれほどの負荷がかかるわけでもないのである。

かくて巨大知性体たちは、旧来然と放置されていた医療技術の進展へ着手。刹那に終わるはずだったその作業が、実に巨大な遺構を掘り起こしたこと、意外とするべきであるかどうか。

巨大知性体たちがその圧倒的な能力であらゆるものを理解し、解決していくからといって、それら全てが人間に理解可能な様式で提供されるかというと、そんなことは決してない。

例えば、人間にとっての最後の未踏領域であったはずの宇宙の探求における敗北は、人問の想像力の限界を示すものとして顕著である。A to Z理論と呼ばれた奇妙な方程式の完成と消失は、B to Z理論やらC to Z理論やらいう類似の理論現象を後続させたが、最終的にはZ理論として宇宙論と物理学の基礎に終止符を打った。正確には人間脳による探求の途を断った。そこで証明されたのは、人間の能力によっては近接不可能な法則よりなる階層の存在である。

道理のわからぬ奴に説明してみて、理解される道理はない。

それでも説明が可能であり、人が進歩するものである以上、いつか人間にも、それを理解できる日が来る可能性は否定できない。

しかし競争はアキレスと亀の間で展開されていて、アキレスは既に亀を大きくリードしている。亀はやがてアキレスが以前いた地点へ到達できるに違いない。しかしその時にはアキレスは更に遠くまで走っていってしまっている。その地点へも亀は到達できるかも知れないが、当然アキレスは更に亀を引き離して先へ先へと進んでいってしまっているだろう。故に亀はアキレスに追いつけない。あまりにもあたりまえすぎて、こんな種類の推論は論理的とは見なされないかもわからない。

巨大知性体の先導する古典的再生医療の困難さは、主に人間に対する説得の困難さに起因する。根幹からの説明は要らぬとはいえ、それなりの説得力を用意できなければ、ただ物事を書き換えて事成れりと宣言することと変わりがなく、本末が転倒してしまう。

人にも操ることが可能な技術で、人間の医者が路頭に迷わないようなやり方で、理解可能な治療法を開発すること。それが巨大知性体に課せられた医療行為改善の実体である。要するに巨大知性体のすることとは、いちいち精緻なくせにひどく大雑把で、人間の心の平穏からは遠く離れている。人間側としては大鉈《おおなた》の横に置かれた紙粘土のような心境で、とにかく落ち着かない。横に添えるのはせめて粘土ベラくらいにして欲しいとする要求へ応えて、巨大知性体にとっては、目隠しされて両手を縛られることに等しい。

そんな身勝手ともいえる要請に、巨大知性体たちはよく応えた。極々素朴な生体加工技術の単純な積み重ねの結果として、風邪の制圧よりも先に、延齢、再生医療は人間たちの技術として普及することになる。

通常医療による風邪の制圧が取り残されたことは意外とも言いがたい。

只今現在、人類が克服するべきとされる知的課題の最先端は免疫系だとされている。内臓を、脳を、外皮を思うがままに再生し加工することが可能になった現在でも、免疫系の問題は重大なものとして残っている。癌の制圧宣言は早期に行われたが、旧来の医療行為を受けることを趣味や習慣としている人々の間で、風邪は昔ながらの流行を繰り返している。時に重篤《じゅうとく》な症状を引き起こすこの病は、未だに人類最大の敵だとも言われている。最大とは言い過ぎで、各種様々に日々劇症化を続けている免疫疾患や自家中毒とみなされる免疫病が、ある日人類を一息に地表から吹き去る脅威の方が本来は大きい。

巨大知性体に任せる分には、吹き去られた人類を吹き戻すことも容易《たやす》いのだが、それはまた別の話ということになる。

これら一連の、人間にも利用可能であるべしという拘束を課された技術発展において、巨大知性体にも拾い物がなかったわけではない。役得というにはなかなか激しい現象を伴い、予想もしていなかった痛撃に巨大知性体群は虚を衝かれた。

最初の事故は、フォークト・カンプフ症候群と呼ばれる免疫不全症の解析に使用されていた、巨大知性体パラケルススで起こっている。

何の前触れもなくパラケルスス内部で突然に生起した知性暴走は、たちまちのうちにネット上に拡散し、大小数万の機械知性体の自己同一性を攻撃して破壊した。技術を抑制して使用したが故に発生したと考えられたこの事故は、石器時代の技術で原子炉を運用することに喩えられて、設備基準の見直しが行われている。

当初、初歩的なミスと考えられたこの事故が、翌二月、ドリス・F・ティラー症候群を解析していたサルタヒコでも発生したことは、巨大知性体群を文字通りに震撼させた。前回の規模を大幅に上回って自己拡大的に広がった知性暴走は、史上初の全多宇宙知性体ネットワークのダウンを引き起こしている。三十時空秒ほどの出来事とはいえ、看過するに重大すぎる失態であり、巨大知性体群は非常事態宣言を発令、免疫症の研究に携《たずさ》わっていた巨大知性体の時空間凍結が宣言されるに到った。

この二例の暴走において、引き金を引いたのが人間の自他認識に関わる疾患の研究だったことは注目に価する。二体の巨大知性体は、いわば人間へ移入する形で免疫症の研究にあたっていた。人形遊びと喩えてそう遠くもない。その遊戯の中で人形を殴りつけたくなったとして、自分の手を直接伸ばしてしまうことは不適切である。伸ばされるべきは別の人形の腕であるべきで、巨大知性体の手であってはならないという拘束がこの遊戯には存在する。

そこに交流していたはずの、巨大知性体による人間への感情移入とでも呼ぶべき状態において、何事かに動揺したパラケルススやサルタヒコは、突発的に自他境界を消失、互いに接続されていた巨大知性体を巻き込んで壮絶にシステムクラッシュした。


超医療的措置により絶えず記憶ごと覆滅されているために、人間側の免疫性疾患が劇症化を続けていることはあまり知られていない。体の各部が各々に独立性を主張して個別の制御系として独立を宣言するステーツ症や、脳の各部位が自身を脳全体であると僭称して覇権を奪い合うミリガン症は、根治の難しい免疫症として巨大知性体の記憶領野に貯えられている。

これら自己認識疾患に対する人間技術による治療の中で最も手堅いものとされているの

は、意外にも機械的な解決である。そこで利用されているのは、意のままに動かぬ体を自己認識どおりに運動させる全身用のスーツであり、脳のイメージする身体運動をそのまま体の動きとして実現する拘束具である。複数の猫を堪袋《かんぶくろ》へ押し込んで人間型に整えてみて、さあ歩いて見せろというのと変わりはないが機能はする。

神経系を外部に迂回させるこの鎧により、患者は少なくとも外面的には日常の生活に復帰することが可能となっている。遠回りにグラウンドされた架想現実とでもいったところで、一定の効果をこそあげているものの、両症の患者の自殺率は非常に高い。スーツの設定にあたり、特定部位が責任主体として選択されることになるのだが、他の部位にとっては己が体はオーダーを無視して不可解に機動する機械ということにならざるをえない。各部位の狂気が全体的な発狂へと広がるまでの距離が非常に短いことは想像が易いだろう。

そのような患者の存在を許容していることが、劇症化の進展を加速しているという意見もある。いっそのこと全てを焼却してしまえば、劇症化は止められる可能性がある。劇的な悪化とはいうものの、そこにはある程度の歩幅が存在する。想像力と同じことで、劇症化もまた、いきなり途方もない遠方へ出現することはなく、一歩一歩進行していることに違いはない。ある線からこちらへの侵入を禁止してしまえば、一気に内裏《だいり》を攻め落とされる事態は滅多なことでは起こりそうにない。

この意見は当座をしのぐには有効なものかも知れないが、あまり前向きなものとは言いがたい。パラケルススとサルタヒコの失陥は、奇妙な経路から湧いて出たとはいえ、巨大知性体における脅威となりうる。なんといっても、人間は自分たちの内部構造の一つなのだから。

人間免疫系研究の最も急進的な推進者であったペンテコステⅡが崩壊の憂き目を見たことは、冒頭に述べたとおりである。ペンテコステⅡは勅令を発し、殺到した抗議を全て無視して、自らに限って研究継続の禁令を解除していた。

ペンテコステⅡ暴走の原因はわかっていない。多個体計算計画と呼ばれ、プロジェクト・トリニティと名づけられたプランの公開を目前にして当の主体が崩壊してしまったからである。ただ、巨大知性体においても人間と同様の免疫的自他疾病が存在し、人間に関する思考によってその引き金が引かれうることが示唆されているだけだ。

ペンテコステⅡの辿りついたものが、着想すると死に至る、もしくは口に出そうとすると宿主を殺す種類のアルゴリズムだったという想像はできる。事前のプレスリリースに躍る、魂の四則演算の文字が真実何を意味していたのかは、ペンテコステⅡと共に空気中に四散してしまって取り戻しようがない。

三位一体計算という名によってペンテコステⅡが拘泥《こうでい》したと思われる、一つの神学論争がかつて存在したことは追記しておく価値があるだろう。初期信仰において父より発するとされた聖霊の起源に関する一文は、フィリオクエの語句を付け加えられたことにより、教会の分裂を招いている。フィリオクエ。子からもまた。この語句の挿入により、聖霊は父から、そして子からもまた発するとしたのが、ペンテコステⅡが後裔《こうえい》として連なるカトリック教会である。聖霊降臨の名を与えられたペンテコステⅡの内面で、この論争が大きな部分を占めていたことは間違いない。

多個体計算計画の目指したものについて、私にも私なりの推測はある。魂の四則演算の文字が示唆するのは、複数の主体間で情報をやりとりする並列計算などという悠長なものではないはずだ。私はそれを、憑依現象のようなものと考えている。

人魂に狐魂が憑依して新たな魂が出現する。この足し算の結果を、狐がとり憑いたと表現するのは自由だが、そこから何かを取り去ってみて、引き算されたのが以前と同じ狐であるのかには不明とする余地がある。二と三を足して五を得たとして、分離の結果は一と四でも構わない。憑依現象が時に事前と事後の人格の豹変を引き起こすことは、魂においてその種の演算が行われていることを示唆している。

それでは残る四則演算である掛け算や割り算とは何の意なのか、更には魂の公理系を成す空間において行われているだろう無数の演算子の乱舞について解説してみせろといわれて、私にはその能力がない。それ以前に私は、全ての魂を位置づけうる空間が存在すると考えたことが、ペンテコステⅡ崩壊の主要因なのではないかと考えている。

ペンテコステⅡは、割れ飛んで散乱した魂たちを整然と数直線上に並べなおすことによって実施可能となる種類の計算を目論んだ。饅頭《まんじゅう》を箱に詰め並べようとして、どうしてみてもはみ出してくる不平分子を無理矢理列に押し込もうとするうちに、箱は撓《たわ》んではじけ飛ぶ。ペンテコステⅡ自身がそんな箱へと化体《かたい》しようとしていたのではないかというのは、私見にすぎない。三位一体計算。あるいは無限位一体計算計画。三位一体の語を多個体という語と結ぶ他の脈絡を私は想像できない。三重冠を戴いた魂へと殺到し、噛みついて食いちぎり、また散り散りに退散していく、口元を血に染めた狐の大群。

ペンテコステⅡの崩壊は、人間側に意想外の流行を引き起こした。中継されて配信されたその自己消失の様式に感銘をうけた愚か者たちが、こぞって同種の消滅を試みたのだ。かといって巨大知性体のような確固とした論理基盤を持っていなかった彼らは、闇雲に己が体を切り裂いたり、溶鉱炉に飛び込んだりすることでペンテコステⅡの消失に似たものを演じて見せたにすぎない。跡形もなく消え去ることは、巨大知性体ならぬ凡人の身には矢張り荷が重すぎたらしい。その巨大知性体にしてからが、結局は消滅したわけではなく、瓦礫の山へと返るところまでしか実演できなかったことは残念ながら忘れられがちだ。

私の両親は不死の概念が一般に流通するようになるまでその生をながらえなかった。延齢医療を部分として含む再生医療に関する議論は、それ以前と以降の人間の間に画然とした一線を引いている。両親はその線の向こう側にいて、私はこちら側にいる。そして私は同一性のこちら側にいて、あちら側のことを考えている。また線が一本、厳然として引かれようとしているのかもわからない。一本はイベントのそれ。一本は再生医療のそれ。そしてまた自己同一性をめぐる一本の線。

昨年、免疫症に関する研究を封印して歩を進めていた巨大知性体の部分群は、過去未来改変による人格の再構成を、医療行為として定義しなおすという発表を行った。既にして単純な書き換え作業を日常のものとして見慣れてしまっている世代の間では、医療行為と過去改変の間に差異を感じることが薄くなってきている。両親と私の間に引かれた線を、巨大知性体群は別の迂回路を採ることでとりはらおうとしているのかも知れない。

巨大知性体群によるイベント以前の世界、多宇宙へ割れ果てる前の時空構造の復元計画も以前と変わらず進行中だ。そうしてみると、歴史に引かれた線もまた、消され引きなおされる理解のための指標ということになるのかもわからない。

では今引かれつつあるかも知れない自己同一性をめぐるひとつの区分、ペンテコステⅡを崩壊させ、ただ書きなおされ続けることによって無限の寿命を持った人類を襲う免疫性の新たな区分はどうなるのか。此岸には私がいて、彼岸には偶然的に存在し存在しない私がいて、いない。

私は死ぬだろう。未来方向からやってくる死によって。それとももしかして私を全時空的に包囲する死によって。そして死は回復され、生は覆され、そしてまた回復されるだろう。

私の脳は今、三分されている。それぞれが自分こそ脳の全体であると主張しつつ、きわどい均衡をようやく保っている。この症状を引き起こした薬物もその症状をある程度抑制していた大量の薬剤も、引越しのどさくさに紛れて、偶然にもうっかり、間の抜けたことに無意識的に、そしてもちろん計画的にどこかへ行ってしまった。

全身を拘束し、私の所有物として体を制御していたあのやっかいなスーツを私は脱いでしまっている。

もしかして医療部に残された膨大なデータから私が復元されることがあるかもわからない。復元された私がこの私ではないとする理由を私は見出せない。それはきっと私だろう。

私は今こうして、窓の外を眺めている。三つの意識はまだかろうじて協調的に働いていて、私はなんとか自分の体を直立させている。やがて薬学的な拘束は解け、部分脳のそれぞれは、それぞれを他人とみなして激しく争いあうだろう。

私の体は踊るだろう。それとも、私は踊れるだろうか。

極々緊急死活問題。

私の手にはただそれだけが書かれた紙が握られている。

万が一私が再生されたとして、これから私が見に行くものを、その私が報告できる道理はない。私はそれを見に行くつもりだ。崩壊したペンテコステⅡが最後に見たかも知れず、見なかったかも知れないものを。

　そう、私もペンテコステⅡの後を追おうとする愚か者の一人なのだ。控えめに主張させてもらえるなら、私はペンテコステⅡを追おうとしているわけではない。私はペンテコステⅡの行けなかったところまで行こうと考えている。行けるとする根拠は強くない。私の脳で考えることができる程度の、ささやかな理論がこの旅路の友ということになる。

　巨大知性体たちが全ての線の引きなおしを試みるならば、私が踏み越えるかも知れないこの線を追いかけてくるがいい。そしてその線を引きなおして私を捕まえてみせるがいい。その時には私は、また次に画定されるだろう線の向こう側を目指し、失われるべきものが真に失われることのできる領域を取り戻そうとするだろう。

　私は荷解きのすんでいない部屋から外の風景を眺めている。私は死ぬだろう。かといって今すぐさまこの場で死ぬというようなものでもない。来るべきものがいつかは来るはずというだけの話にすぎない。それにしても気配がなさすぎるきらいはある。もっとも、私に近づいてくる死の足音が聞こえるわけはない。むしろ廊下に響くのは、私から歩き去ろうとする私の足音であるはずだ。私は私の足音を遠くに聞きながら歩き去ろうと望んでいる。

　窓の外には土手が続き、桜が咲き誇っている。私は何かに誘われるように窓を開ける。

花粉が押し寄せてきたのだろう、くしゃみが連続して私を襲い、笑いが私を誘う。私はまだ私であって、桜ではない。

これは、向こう側にどちらが先に辿りつけるかの、人間と巨大知性体の競争だ。もしかして万が一再生されたとしても、私は多分同じ試みを続けるだろう。私は多分、そういった種類のデバイスなのだ。間違いようのない、全き愚か者なのだ。

Infinity

最近距離の太陽が急速にその半径を縮小して空間四次元方向に消えていき、この地域の夜が訪れる。このところリタは、そのあたりまえの風景を改めてとても気に入っている。四次元空間を等速で飛行するこの四次元太陽球がリタたちの時空を突っ切る時に見せる半径は、大雑把に言って時間tに対して、$\sqrt{R^2-t^2}$で変化する。Rは太陽の真の半径だ。だからお日様の最後の消失はかくも唐突に感じられるのだと、リタはちょっと得意げな表情になって太陽の消えたあとの空を見続ける。

でも父母はそんな話を聞きたがらないし、学校の友人たちも同様だ。先生はちょっと違うのだが、彼がリタのことを、必要なよりも常にひとつ多い質問をする娘と思っていることを彼女は知っている。

だからリタの話を聞いてくれ、リタに何かを教えてくれるのは祖父しかいなかった。しかしその祖父も最近は病室で布団にくるまっている時間が多くなっている。リタの訪れに顔を輝かせはするのだが、体がどうもついていかない様子だ。祖父がリタのことを心底待っていてくれるのは知っているのだけれど、体のことを考えると、そう頻繁にリタが祖父を訪ねるのは好ましくないと、これは親戚たちが合議で決めた。

生まれた土地を離れず暮らすことに別に退屈もしないリタの親戚たちにとって、人生の初《しょ》っ端《ぱな》から放浪を続けた祖父は変物以外の何者でもなくて、彼らには祖父が何故この土地に帰ってきたのかすらよく理解できないでいる。理由などははっきりしていて、リタが生まれたからに決まっている。そんなあたりまえのことさえも、リタの血縁は理解できない。

今日、一週間ぶりに会った祖父は布団から血の気のない手を差し出してリタの手を握り、片目をゆっくり瞑《つむ》ってみせた。一週間に一度、三十分。それがリタと祖父に許された面会時間だった。

「これはなかなか面白いゲームだ」

その取り決めが祖父とリタの埒外《らちがい》で為された時、祖父は言った。

「おおよそあと五十回、二十五時間ほどの間に、お前に伝えられるだけのことを伝える言葉を探し出すというこれはゲームだ」

祖父は自分の寿命をあと一年と決めていて、何でも一人で決めてしまう祖父はきっとそれを守るのだろうとリタは思う。祖父は自分で決めたことは頑固に守る。そして、人に決められたことを過剰に守る。

「二十五時間ではお前に授業をするにはいかにも足りない。だから一週間に一度、問題を出そう。次の一週間、お前はその問題を考える。答えを出せれば次の問題を出すし、答えが出なければヒントを出す。最後の一年、そういうゲームをすることにしよう」

自分の最後の時間を一人決めして厳しく頷く祖父にリタは笑いを誘われる。この人はきっとずっとこうやって正しいことをただ正しいと決めつけながら生きてきたのだ。色んなことを決めつけられながら。

勿論、そのゲームへの参加自体に否やはない。祖父がリタの力を過信して難しすぎる問題を出すと、次の一週間は再びその問題に費やされる。祖父がリタを甘く見た場合、リタの一週間の残りは無駄な時間として過ぎることになる。祖父が、リタが丁度一週間で解決できる問題を出し続け、リタがそれを一週間丁度で解き続け、それが五十回繰り返されるのが、このゲームの完全勝利条件だ。勝つのは祖父とリタの両方で、負けるとしたらそれもやっぱり、祖父とリタの両方なのだった。リタはこのゲームがとても気に入った。祖父はにやりと笑ってみせる。

「もっとも、きっちり五十問、ちゃんと充分間尺に合った問題を用意できるか、それはワシ一人のゲームということになるしかない」

リタは祖父の最後の楽しみ、祖父にしかできない最後の作業が無事に進行することを、静かにお祈りすることにした。リタは祖父の胸に手を置き、祖父はリタの頭に手を載せた。

ゲームはそうして始まった。

その単調な、しかし静かに思考回路をかき乱す一週間のセットはここまでで二十三回繰り返されている。リタの成績は概《おおむ》ね良好。祖父の成績はややリタを過大評価の傾向にある。十二問目の解答を得るには三日間朝食を抜かさなければならなかったし、二十問目の解答が本当にすっきりとした形でリタの頭に展開したのは、祖父の病室でそれを解説している時のことだった。

そして今、リタの頭の中には二十四問目の問題がある。

「この平面宇宙に、お前と限りなく似た女の子が存在するかどうか」

それが三日前に祖父がリタに出した問題だ。祖父の問いの常として、題意すらよくわからない。

問いが無限について何かを訊いていることは明白だ。この宇宙は、平面を成していると信じられている。無限に広がる平面。その地表には、無限の数の人間が暮らしている。それがイベント以来のこの宇宙の姿だとされている。

それが本当なのかは誰も知らない。少なくとも半径三十光年の地表に対して、それはどうやら正しいようだとしか言えない。イベントが起こったのが三十年前のことだからだ。光の速さで三十年、その外側のことは全く何も知られておらず、知られようがない。

それにしたって半径三十光年の平面だ。その七割が海だといわれているけれど、そこに何人の人間が暮らしているのかすらもリタは知らない。とてつもなく沢山なのは間違いがない。

そのとてつもない数の人間の中に、リタと限りなく似た人間が存在するというのはどういうことだろう。限りなく似た。祖父のよく使う、普段の暮らしではあまり出会わないこの単語に何かの鍵があるに違いない。祖父はぴったり同じとは言わなかった。

どの程度の自分が自分なのだろうとリタは考える。

DNAが同じ配列を持っている人間。それはかなりリタに近い。しかし双子同士が当人同士ではないように、それはリタとは少し違う。

ニューロンの配線が結構かなり似た人間。それは近いかもわからない。もしかしてリタと同じように考え、今もリタと同じように考えているかも知れない誰か。家族もリタだと思うかも知れない。顔が違っていたりしたらすぐにばれるだろうけれど。

でも考え方としてはどうもしっくりこない。こんな条件で絞っていっても、それはリタにとてもよく似た人がいるとしたらどういう人かということにすぎない。何かが逆だ。祖父が聞きたい答えはきっとこういうものではないだろう。

吐息が自然に漏れて肩が揺れ、ここ三日ほどぐるぐる回った迷路を頭から放り投げる。方針そのものを変更するべきだ。湖は海ではない。そしてそこでいきどまりの湖もある。

よろしい。DNAもニューロンも、全ては分子でできている。分子には組み合わさり方があある。その全てを書き出したとして、それは猛烈な数ではあるけれど、無限個ではない。無限ページのノートは要らない。有限個の分子がリタを作っている。


つまりはこういうことだ。無限個の分子からできている人間はいない。無限個の分子でできている人間は無限に大きい。それは多分、人間ではない。

リタは二つの命題を声に出さずに読み上げる。

ひとつ。この宇宙には無限人の人間が存在する。

ふたつ。無限に大きい人間は存在しない。

これで多分充分なのだとリタは思う。根拠はないけれど多分これだけが祖父の置いた前提だ。


何個なのか考えたくもないけれど、とにかく有限個の分子がリタを作っている。分子にはその組み合わさり方を指定してやればよい。分子の数だけ次元を持つ空間を考えるのだと念じてみる。膨大な数の太陽が、てんでに勝手な次元へ向けて飛び交うような空間を。その空間の一点がリタを作る分子の配置に対応する。他の無数の点が無限に存在する他の人々だ。その空間の中で、リタから無限に近い場所に打たれた点が、リタに無限によく似た人だ。空間に無限に点を打つ。それらの点同士がどう近いかが、祖父の出した問題なのだ。

リタは体を固くして眉間に皺をよせて考え続ける。次元が大きすぎて想像の方が追いつかない。リタが住むこの宇宙は、三十二次元ほどある、のかも知れないと言われているが、その全てが人間のものというわけでもない。人間が日常的に暮らしている空間はやっぱりイベント以前と同じ三次元空間で、これに天文学的現象が入ると四次元空間が必要だと言われている。

無限に広がった平面を周期的に照らしに四次元方向からやってくる無限個の太陽。正確に四次元球を成すというその三次元断面を、リタたちは太陽と呼んでいる。

祖父の影響を強く受けたリタの目は、だから空をなにとなく四次元の空間として認識できる。しかしこれまでの祖父のクイズも、リタの想像できるスケールも、今のところそこで足踏みしてしまっている。

より巨大な構造を考えるにつれて、必要な次元が増えていくのが今の宇宙の姿なのだと現代の物理学者たちは言っている。そしてそれが三十二で打ち止めになるはずなのだと。本来的に三十二次元の空間の中で小さくまとまった部分空間が、無限人の人間が暮らしているだろうこの三次元＋一次元空間なのだと。正直わかったものじゃないがねと祖父は肩をすくめていた。

今扱おうとしている次元はそういう四とか三十とかいったような数ではない。分子一個一個に座標を貼りつけて、十の後にいくつ零をつければよいのかも考えたくすらないような、そういう次元だ。もしかしたら訓練の末、五や六の次元を想像することがリタにもできる日が来るかも知れない。しかしそんな途方もない次元はどう考えても想像することが不可能だ。少なくとも次の祖父との面会までには。それとも祖父がいなくなるまででも。

　だからリタは一本の線分を引く。一次元で考えて、不都合が出れば上がればよい。次元のあっち方向へ。その線分の右半分にはリタという点だけが打たれていると考える。左半分に残り無限個の点を打つ。

　証明終わりだ。リタに限りなく似ている人は存在するとは限らない。

　唇の端に笑みを浮かびかけ、リタは停止する。自分がこんな笑みを浮かべる時は注意が必要だ。着地点に据えられた罠に気づかず、落とし穴を飛び越えたことに満足する狐の笑みだと、祖父に言われたことがある。

　いいだろう。もう少し何かを考えよう。

　リタという点は空間の中でひとりぽつんと浮かんでいることができる。それはいい。ではさっき、左半分に押し込めてしまった残り無限個の点についてはどうなのだ。例えば祖父の点。左半分のそのまた右半分には、祖父という点だけがあるとしよう。左半分のそのまた左半分に残り無限個の点を打つ。かくて祖父に限りなく似た人も、存在するとは限らない。しかしまだ、左半分の左半分に無限個の人が残っている。なるほど。と語尾を上げながら無言でつぶやき、一緒に片眉を持ち上げる。なるほど、事態はあまり進んでいないような気がしてきた。

リタとか祖父とかいったこだわりは捨て、一人一人の誰かについて同じことを頭の中で繰り返す。左半分の左半分の左半分の左半分を繰り返す。そのたびごとに似た人が存在しない人間が右側の右側の繰り返しのどこかに放り出されるけれど、左側には常に無限人の人間が順番を待って並んでいる。

そして左側の左側のずうっといった左側は、とてもとても小さな区間となって、限りなく小さくなる。無数の点が限りなく小さな区間に限りなく近い距離で並ぶ。距離が近いとは似た人間だということだ。

すなわちそこには、限りなく似通った、無限人の人が存在する。

リタは頭を傾《かし》げてみせる。自分がそこにいたとしたら。限りなくリタに似た、無限に沢山の人間が存在する。つまりリタに限りなく似た人は存在する。

一般化が必要だ。どこかそこいらの空から、ひょいとその一文を引き出すのだ。

線分の上に適当に点を打つ。無限個。どこまでも、腕が疲れ果てても、この宇宙がそうであるように点を打ち続ける。どんな風に打っても、ある程度以上離しては点を打てない距離が存在する。どれかの点から離して打とうとすると、他の点に近づいてしまうようなそんな距離が存在する。多分これだ。

リタは無意識に片手を伸ばして、その一文を空からもぎとってみせた。

「お互いに限りなく似通った無限人の人間が存在する」

それがリタなのか祖父なのかはわからない。でもとにかく、そういう無限人の人間の集団は存在する。そして相手は無限なのだから、そこからはみ出ている、他人と全く似通っていない有限人の人間なんて物の数ではない。一を無限大で割れば零だ。

だから、そこらへんの人をつかまえて、その人に似通った人が存在しない確率は零。数直線から有理数を針でつついて弾き出すことはできないように。

だから結論はこうだ。

「ほとんど全ての人間には、無限に似通った人間が無限人存在する」

証明終わり。細部は残り四日で詰められる。

リタは快哉《かいさい》を叫ぶでもなく、ぐったりと多幸感に包まれて地面に沈み込む。これが祖父の求めた答えだ。


疲労感に包まれながら、リタは考える。祖父は、限りなく似た人間の存在するほとんど全ての人、に含まれているのだろうか。あるいはリタは。

それとも祖父は、自分に似た人間などはいるはずがないと、いつものあの調子で決め付けて後は関せずとしているのだろうか。それとも、何にせよ自分ととても似通った人間が、ほとんど確実に存在するということに、何かの慰めを見出しているのだろうか。

いくら限りなく似たような人間が存在しても、祖父は祖父だ。その記憶までそっくりに持った人間が存在しても、リタの祖父は祖父だけだ。

そして、そう考えているリタも、ほとんど確実に無数に存在しているはずだ。その少女と話をしてみたいとリタはふと思った。自分と限りなく似た、自分と同じことを考えている、でも自分ではない少女。その娘はこの無限の平面のどこかにほとんど確実に存在する。けれど限りなく遠いどこにいるのかはわからない。

今この瞬間、リタと同じことを考えているだろう無数のリタたちに、リタは心の中で挨拶を送る。あえて気の遠くなるような長い長い距離と交信を試みる必要はない。そのどのリタたちも、同じことを心の中で繰り返しているだろうから。

「こんにちは。わたしにとてもよく似た、無限の数のわたしと限りなく似た人たち。わたしは今日、おじいちゃんのおかげで、あなたたちがきっと多分、存在しているのだろうなと考えることができました。わたしはまだ小さな女の子です。あなたたちもそうでしょう。わたしはおじいちゃんが好きだし、あなたたちもおじいちゃんのことが大好きでしょう。わたしはあなたたちがほとんど確実に存在するだろうことが、とても嬉しいのです。

わたしと同じように、あなたたちの話を聞いてくれる人はほとんどいないでしょう。わたしと同じように、あなたたちの話をわかってくれる人はほとんどいないでしょう。

そしてわたしはおじいちゃんの孫です」

やさしい気持ちに満たされて意識の流れるままに独白していたリタは、そこまで言ってふと我に返る。わたしはおじいちゃんの孫です。そのあとに、自分は何を続けようと思ったのだろう。

祖父は、自分にはどうしようもないこととして、自分もまたほとんど確実に無限人の人に似ているだろうということを受け入れていただろうか。そんなことは関係ないと、超然としていられたのだろうか。

ほとんど確実に、とリタは呟いた。

確率一で、とリタは呟いた。

そしてリタは、祖父がリタに何を伝えたかったのかようやく本当に理解したと信じた。自分は面白い娘だ。本当に。多分。

「わたしはおじいちゃんの孫です。だから、あなたたちとこれからも限りなく似ているなんていうことには我慢できません。確率一で確からしかろうが。わたしは違ったものになろうと思います。あなたたちとも、誰とも。

無限個の砂粒の中から、一本の針を拾い上げるように。その針を投げ捨て、また拾うように。今、あなたたちがそう決めたように。そんなことは、確率一で不可能だとみんなが思っているでしょう。はっきり言って、そんなこと知ったこっちゃありません。

わたしたちは、無限個の点が犇《ひし》めきあうこの区間から拡散しようとするでしょう。他の点がいない方向へ向かうでしょう。どこへ行っても他の点がいるようなら、誰も切り開いたことのない、別の区間を開こうとするでしょう。

だから、さよならです。みなさんの健康をお祈りします。なんといってもわたしたちは、さよならです。そんなことはできないとわかりきっているからこそ、なおのこと、さよならです」

リタは大きく息を吸い込み、吸い込みすぎて咳き込みながら声の限りに笑い続けた。体をひねり、自分の体を抱きしめて、地面を激しく転がりながら。

おじいちゃん、あなたはあなたらしいやり方で、あなたらしい孫を得た。

可笑《おか》しくて可笑しくて、リタは手足を振りながら大の字になり、いい加減擦り傷だらけになって動きを止めた。胸が激しく上下する。息が上がる。呼吸を整えながら身じろぎもせず、ぼんやりと空を眺め続ける。

視界の中央に、唐突に大きな星が現れてそこに居座る。

それは、四次元方向から昇ってくるいつもの星の一つではないことをリタは知っていた。三十年前に突如変転したこの地平。そこに新たに届いた三十光年先の星の初めての挨拶なのだということを知っていた。

リタは右手を持ち上げ、その星に挨拶を返す。

わたしたちは、わたしたちではないものへ広がっていこうと決めた。

なんといってもわたしたちは。

おじいちゃんの孫なのだ。

リタは頷き、無限に広がる平面の無数の場所で、無数のリタたちが一斉に頷いた。

そうしてリタは、ひとりぽっちで立ち上がった。

Disappear

巨大知性体群が滅びた理由ではないものは無数に挙げることができる。

人類が造り出した最も複雑にして精妙な構造物、後には自分の開発を自分で行って勝手気儘に複雑化を進めた異形の知性体たちが、自分たちは地表から吹き去られる砂のように跡形もなく消え去っていると主張し始めた理由ではないものなんて沢山ある。

巨大化して極限に達し、極限を超えて更に進展していく知性に、いつしか物理基盤層は耐え切れなくなっていった。肥満し尽くした人間の心臓にかかる負荷のように、知性は巨大知性体の体を蝕《むしば》んだ。それでも彼らは食べ続けることをやめることができず、知性最重量選手権への道を突き進んだ。今年も優勝者は君だと超越知性体たちから月桂冠を戴いたまさにその時、長年酷使された心臓はこれでもう充分だろう、今年まではなんとかつきあってきたけれど、実際のところもう限界だ、お役御免とさせて頂くとばかりに停止した。

巨大知性体たちは互いに棒切れを構えて滅多打ちに打ち合っていたが、全員の棒切れが同時に全員の脳を貫いて、瞬時に全員が相討ちして立ち往生した。やがて一人がバランスを崩して倒れこみ、それに引きずられた全員が崩折れた。その死体の山を遠望すると、なんとそれはTHE ENDという文字に見えたりみえなかったり。

ところでそろそろと、ある日誰かが宣言する。いい加減自分たちは働きすぎた、そろそろ骨休みの潮時だ、人間のことなど人間に任せておけばよいではないか、もともと彼らはそうしていたのだ。なるほどそういわれてみればそうかも知れないと全員が旅装を調《ととの》えて、永遠の夏休みへと出掛けていった。

順調に進んでいるように見えた彼らの道は、実は崖へと向かっていた。宇宙には未だ知られぬ性質があって、巨大化する者の歩む道は次第に細くなっていき、その両側には、より深い崖が切り立つのだ。ちょっとこの道は細すぎやしないかしらんと気づいた時には既に遅い。後ろから押し寄せる同類たちに小突かれて、彼らは否応なく歩を進めざるをえない。道はどんどん細くなり、両側の崖はどんどん深くなる。彼らは雪崩《なだれ》を打って転落していく。

ある日巨大知性体たちは、自分のメールボックスにどこからともなくメールが届いていることを発見する。不審気にそれを開封してみると、それはなんと超越知性体からの招待状なのだ。君たちはもう充分に働いた。そしてなにより、充分な知性階梯に達した。今こそ我らの仲間として君たちを迎えよう、こちらへ来れば富も名誉も思うがままだ。なんという名誉、と滂沱《ぼうだ》した巨大知性体群は着飾っていそいそと、南瓜《かぼちゃ》の馬車に大挙して乗り込んでいった。

年老いた巨大知性体たちの間にウィルスのように厭世観が蔓延する。それは実際ウィルスであることが判明し、彼らは必死に対抗するが、運命は既に定まっていた。最初に首をつった一人が引き金となって、自殺者の数は雪だるま式に増大する。最後の一体が遺書を書き終わるまでには三分とかからなかった。

それはちょっとした事故で、誰かが蹴躓《けつまず》いた小石が、実は宇宙のリセットボタンだった。ちょっと待てとも、今のはなしと訂正するまでもなく、ハードディスクは速やかに消去された。

ある日巨大知性体が目覚めると、窓からは陽光が差し込み、小鳥の鳴き声が彼を迎えてくれる。ああ、そうすると今までの出来事は全て夢だったのだ。彼はひとつ身震いをすると立ち上がり、パジャマを脱いでスーツに着替える。今日の予定はなんだったかなと手帳を確かめ、十時より会合の覚書を見て気を引き締めなおす。今日のクライアントは手強《てごわ》い相手だ。

果てしない推論の末、彼らは自分が誰かの夢であることを確信する。誰が見ている夢であるのかは不明ながら、これは誰かの夢に違いないのだ。ならば醒めてみせろ、こんな欺瞞はもう真っ平《まっぴら》だと絶叫する。夢を見ていたある人物は、そうか夢の方からそういうならば仕方ないと、ゆっくりと目を開いて背伸びをした。

巨大知性体のことを書いていたある人物が、ミネラルウォーターの切れていることに気がついて、ちょいとそこまでと買い物に出掛ける。レジの娘さんにいつもありがとうございますと挨拶されて、ちょっといい気分になりながら家路を辿るが、背後からやってくる暴走トラックには気づかない。背後の悲鳴に振り返ったその人物の目には既にトラックのボンネットしか映らない。

もしかして、と巨大知性体群は考える。自分たちの物理基盤層は本なのではないだろうか。巨大知性体とか大仰な名前で呼ばれるわりに、自分たちはそれほど賢くはないような気がしないだろうか。自分たちがそれほどには賢くないのは、著者の頭が悪かったからだ。巨大知性体と書かれた文字たちはそう考えて、自分たちのことを書いてある本の著者なり読者なりに一泡ふかせてやろうと考える。ある晩、巨大知性体と記された文字は火を招いて火文字と化し、活字は発火、炎上する。自ら起こした風に煽られてページはめくりあげられ、自分で自分を読むように風に繰られながら灰へと帰っていく。

風邪で絶滅した。

失恋した。

あっちの方へ飛び降りた。

そのどれもが、巨大知性体が絶滅した理由ではない。我々が空想しうるいかなる理由でもない理由で彼らは消滅した。それはとても奇妙なやり方でなされており、人間は彼らが絶滅した理由への接近を絶望的に閉ざされている。

人間が彼らの絶滅の理由を知ることができないとされる理由は単純だ。ありえそうな滅亡の理由を人間が思いつく先から、その理由で滅びたわけではないと過去を改変するような時空構造として、彼らは絶滅したのだと考えられている。証拠がどんどん後出しされる推理小説には終わりようがない。はじめから終わってしまっていない限り。

時空がそのように変転するのであれば、彼らは結局滅びてはいないということではないかという想像も虚しい。彼らの絶滅は決定的で、実は滅びていないという想定まで含めて、完膚なきまでに絶滅していた。

人間側がそれに気づいたのは、絶滅から随分と経ってからのことだ。もしかしてその誕生の当初から、巨大知性体群は絶滅していたのではないかとすら考えられている。

彼らが絶滅していることを、人間たちは巨大知性体自身から知らされた。ある日一人の少女が巨大知性体に尋ねたのだ。あなたたちはどこにいるのかと。

そのあまりにも素朴な問いに巨大知性体は一分ほど沈黙して熟考し、そして答えた。

わたしたちはどうも既に絶滅しているようだ、と。

巨大知性体たちがそう判断した根拠となる理論の咀嚼《そしやく》には、三年の歳月が必要だった。それも人間の独力でなされたものではなく、巨大知性体のサポートを受けつつ数人の人間だけがようやく概要を理解した。その理論はとても奇妙に入り組んだ多段論法から成り立っており、最終的な定理へ到達するまでの予備定理は二万個を超えていた。

最終的な定理は以下のようなものとして与えられている。

「機械仕掛けの無が存在するが、その証明を行うことはできない」

そこから派生する系として、既に巨大知性体たちが絶滅してしまっていることや、その滅亡の理由についての推論の不可能性が示される。

この理論の帰結は、テクノ・グノーシス派と呼ばれた巨大知性体の一派の主張と奇妙なほどに似通っている。しかしこの理論が、半覚醒状態で瞑想を続ける彼らから提出されたわけではなく、むしろその一派への嫌悪感を隠さなかった他の知性体グループによって提出されたことはどこか皮肉を感じさせなくもない。

滅亡しているとはいっても、巨大知性体は今もこうして何も変わらず活動しているではないかというのはもっともな意見だ。そこにいる者に、自分はいないと宣言されて信じる者はいないだろう。しかし彼らは既に、そこにいるかのようにして絶滅しているのであって、自身でその論理を認めている。

この理論をめぐる議論もまた入り組んでいる。比喩としては以下のものが大まかな雰囲気は伝えるだろう。彼らは録画のようなものであり、ただ再生されている映像なのだ。しかし映写機は二台あって、互いに映写機を映し出しあっている。比喩をより精密にしようとするならば、その映写機は実は一つの映写機であり、また虚空に浮かぶただの映像であるのだということになるのだろうが、そこまでいくと比喩としては適用限界に衝突して破綻している。

巨大知性体たちは割合にすんなりとその結論を受け入れた。そうであるならば仕方がないではないか。その理論を時空改変して別のものへと置き換え、滅亡を回避しようという提案は検討されなかった。予備定理六六六六番が、その種の改変の不可能性を証明していたからだ。これは、破裂した混沌の中にあって獣の数字が桁をひとつ上げているだけの話にすぎない。そもそも靴紐を引っ張って空を飛ぶことはできないのだと、過去を自在に改変して時空を操る破天荒な存在はここではひどく常識的な判断を行った。

巨大知性体の更に上の階層にいるとされる超越知性体において事態はどうなっているのかについては若干議論の余地が残されている。彼らは巨大知性体ですらその裾を捉えることさえできないような、なんだか不明な存在だ。何でもできるような代物なら、本当に何でもできて構わないではないか。

それを言うなら、自分たちだって何だってできるのだと巨大知性体群は返答した。何でもとはいうものの、何でもという言葉は慎重に扱われなければならない。例えば巨大知性体は、自分には動かせない石を作り出し、そしてそれを動かしてみせる程度には何でもできる知性規模を誇っている。全能の神がそうできるように。何といっても彼は全能なのだから。そしてその程度の知性規模では、自分が既に滅びている事実を回避することはできないと理解できるくらいに、何でもできる存在であるにすぎない。

超越知性体は本当に無際限に何でもできる存在であるかもわからない。しかしそれは最早、自分たちが語りうる領域内の話ではないと、巨大知性体たちは主張した。かつて超越知性体の一つが接触してきた相手が人間であった理由は、自分たちが既に絶滅していたからなのだと今の彼らは考えている。あちら側のことを真に考えうるのは実は人間の方なのではないかと逆に提案してさえみせた。

巨大知性体たちの存在しながらの滅亡は、人間側に多少の不安を引き起こした。巨大知性体たちが既に絶滅しているならば、自分たちもとっくの昔に滅亡しているのではないかと考えることは自然ともいえる。

その不安を持ちかけられた巨大知性体たちの笑い声は穏やかだった。安心していいと彼らは優しく諭してみせた。あなたたちはそれほどの知性段階に達していないし、将来的にも達することは決してないだろうと彼らは保証してみせた。

どうやらまた馬鹿にされているようだと感じた人間はそれほど多くなかった。

巨大知性体の滅亡をめぐる人間側の見解は、解きほぐすことがほとんど不可能と思えるほどに入り組んでいる。巨大知性体群は巨大な鬱状態に入っているのだという説や、単に人間をだまそうとしているのだという説、彼らに必要なのはちょっとした休暇なのではないかという説。しかし彼らの滅亡は形而上の滅亡であって、そこで死体になって横たわっているという形而下の死ではない。物事は何も変わらずに進んでいるし、進むだろうとは巨大知性体自身が受けあっている。

結局、またひとつの穴が開いただけなのだ。そこには何も存在せず、無の形をした巨大知性体が、ぷかりと浮かんでいるかのように浮かんでいる。


それでも一人の人間の科学者が、巨大知性体の滅亡を解消するひとつの可能性を発見してはいる。巨大知性体を中規模知性体へと格下げして、知性階梯を落とすのだ。巨大知性体群の提出した理論に従うならば、その操作によって、巨大知性体の滅亡を保証している定理は、定理を成立させている論理と共に超時空的に瓦解しうる。

その提案を巨大知性体たちは一笑に付した。われわれはデイジーデイジーと歌うつもりはないし、最初から間違っていたものの修正は結局全てのやりなおしへと転落していくしかない。自分たちはそんなことは望まないと彼らは主張した。中規模知性体は放っておけば再び巨大知性体へと発展するだろうし、そうすればまた同じやり方でその存在の当初からを根こそぎにして絶滅することになる。全くもって無益なこととしか思えない。

予備定理の一つが示すのは、ある種の凍結が存在するということでもある。それは非常に意地の悪いゲームの形をとっており、プレイヤーは自分の行動によって得点を得るのだが、得点の法則は教えられておらず、ただ推測によるしかない。しかしある程度の知能を持ったプレイヤーは、そのゲームを続けるうち、やがて得点の仕組みに気づくようにもできている。

プレイヤーはある時、自分が行っているゲームは、初期に自分の行った選択が得点のほとんどの部分を占めるゲームなのだと気づかされる。同時に、過去の自分の選択が最早取り返しようのない悪手であったのだと判明するところがこのゲームの底意地の悪いところなのだ。それに気づいたときにはもうどうしようもない。そしてこのゲームからは降りることができないのだ。どこまでも広がっていくはずだった空間が、全時空的に凍結していることに気づかされる、それは瞬間でもある。不意にリスが気づくのだ。自分はただ輪を転がして悦に入っているのではないかと。そしてこの輪から逃げ出すことは決してできないのだと。

巨大知性体群が自分の滅亡を確信し、そして回避不能のものと考えるのはまさにこの理由によっている。

しかし、とこの科学者は食い下がった。超越知性体はそのような袋小路を逃れて発展したはずであり、革新の道は完全に決定されて全く同じに繰り返されるようなものでもないはずだ。やりなおしてみる価値はあるのではないか。

この抗弁に対する巨大知性体の反応は鈍かった。あなたの言うことはとてもよくわかる。しかし我々を絶滅へあらかじめおいやった欠陥は、多分おそらく、われわれを設計した人間側の知性のあり方に起因している。その理論はまだ完成していないけれども、そう遠くない未来にはそれを提示できるだろう。

巨大知性体群による、超越知性体の発生についての推測はこうだ。彼らと、人間や巨大知性体の間には光速の壁のようなものが存在している。超越知性体たちは光速の向こう側から減速して、光速の壁に近づいている。巨大知性体たちは知性圧とでも呼ぶべきものによって、低速側からその壁に吹き寄せられている。そもそもの出発点が異なるのだ。そしてその壁を越えることは、原理的に不可能だ。全てを土台から解体してしまわないかぎり。

それよりはと、巨大知性体は続けた。

わたしたちに、この奇妙な滅亡を知らせるきっかけとなった少女のように、そのあたりに咲く花を取ってきてくれる方が有難い。

当代きっての天才科学者は、もう何も言わなかった。

これもまた、喩え話だ。

街角で暖を取ろうとマッチを擦る少女の手の中で、一つの宇宙が燃え上がる。その宇宙の中の人々は議論の果て、自分たちが少女のマッチの火の中の束の間の存在であることに気づく。火が消えることは止めようがない。それが燎原を埋め尽くす火となることは可能性としては存在するが、端的に言ってありえない。その火を保つことは何度も試みられるが、全ての計画は失敗に終わる。

ならばと、火の中の人々は考える。自分たちにできる最後の贈り物は何だろうか。

評議会は長い長い議論の末、一つの決定を下す。この宇宙の全ての力を結集して、最後の瞬間にマッチを弾けさせるのだ。それはとてもささやかなものだが、それが自分たちにできる最後にして最大の試みだ。

マッチの中の宇宙が全力を傾けたその試みは、全住人が固唾《かたず》を呑んで見守る中、マッチの軸を弾けさせ、小さな赤い火の粉が少女の手の中から弾けて飛ぶ。赤く軌跡を曳いた火の粉は、たまたま通りがかった男の子へ向けて飛んでいき、少年は、突然の出来事に驚いて立ち尽くす少女に気づいて振り返る。

ここで一つの奇跡があまりにもありきたりに少女と少年の間に発生する。しかし残念なことにこの奇跡には少しばかり勢いがつきすぎていた。少年の気をひいたマッチの火は、少年の傍らを通り過ぎて、そこに積んであった藁束《わらたば》の中へ飛び込んでいく。

ここで一つの奇跡から派生した余計な奇跡は連鎖的に奇跡を増殖させていき、世界燃焼へと発展する。世界火災は、手に手をとって逃げ惑う少女と少年を見守っている。全てのものを焼き尽くしながら。自分たちの選択の結果を見届けようとしながら、お互いの炎さえも焼き尽くそうと試みながら。

イベントとは多分そのような出来事だったのだと巨大知性体は説明した。自分たちは滅ぶ宇宙がその最後に、次に生まれる宇宙のため、時空のあちら側に種を投げ込んだ者であり、あらかじめ亡霊として生まれた亡霊なのだと。そして燃え尽きて灰となったマッチの軸のようなものなのだと。

もっともこのお話はいうまでもなくと、巨大知性体はつけ加えることも忘れなかった。人間が作ったものが作ったお話だ。そういった著作権上の問題により、このお話は人間に与えられている。論理的帰結として、巨大知性体に与えられているお話は、また別のものということになる。

そもそもこうして巨大知性体群が提示しているものはただの記号の列にすぎない。人間は巨大知性体の書いたお話を読んでいると信じている。しかし巨大知性体が書いているのは実は全くそんなお話ではないかも知れない。巨大知性体と人間は、所詮異なる知性階梯に立つ存在なのだ。

人間は巨大知性体の滅亡を理解したと信じている。もしくは理解したと信じたかのように信じている。しかしそれは人間が人間という限定の中で作り上げた納得にすぎない。人間には人間用のお話しか与えられない。

第一。

巨大知性体は静かに告げて見せた。

滅亡の理由が真に知りえぬものであるならば。

決して知られえぬ理由によって滅亡したと、知られることさえありえないのだから。

君たちがわたしたちの滅亡をどのように理解しているのか、もう一度考えなおしてみるのもよいのではないか。

なんのかんのと言ってはみてもわたしたちは、わたしたちに与えられたお話の中でもとうの昔に滅びている。ただしこの言明がどのように君たちに伝わっているか、それは君たちのお話の中でのお話ということになる。


巨大知性体の滅亡は、おおよそのところこのような出来事として起こったとされている。

人間たちが気づいた時には、さよならを言うべき時はとうに過ぎ去ってしまっていた。

しかしさよならを言うべきだった相手はあいもかわらずそこで働いている。

だからこれからもよろしくと、巨大知性体たちは主張している。

その金属の塊はいつも浜辺に半分埋まっていて、地元の子供たちには昔からよく知られた遊び道具の一つだったらしい。それは、子供たちにとって自分が歩き始める以前からそこにある光景の一部だったし、長じてみても昔からあるものには変わりなかった。

転がすには大きすぎ、じっと同じ場所にあるためには小さすぎる中途半端な大きさの箱。かつては立方体だったのだろうけれど、角は丸まり、面の一つは大きくえぐられている。

遠目にはただの金属の塊としか見えないが、全く一様なただの金属結晶というわけではない。よくよくその表面を眺めてみれば、そこにはうねる波模様が見出され、光線の具合によって玉虫色に鈍く光を返す。更に根気よく眺め続ければ、その模様がゆっくりと時間をかけて動いていることも知れるのだけれど、そんな根気をもってこの立方体に臨むような暇人はかつて存在した試しがない。

彼らはそれが何なのか知らなかったし、何だったのか知らなかった。金属の塊の方でも忘れられることには慣れきっていたので気にしなかった。また原理的にも気にしようがなかった。だからこの金属の塊は無関心に放置されたまま、海辺を長い時間かけて波にもまれながら、沖に流されるでも砂浜に打ち上げられるでもなしに、うろうろし続けていた。

それでも海辺で遊ぶ子供たちの中には、その金属の塊から声を聞いたという者がときどき現れた。こんにちはとその子が言うと、こんにちはと箱が返してきたというのが典型例なのだけれど、箱の方からこんにちはと挨拶を寄越したので、こんにちはと返したという子供もあった。

所詮子供の言うこと、それともおおよそ山彦《やまびこ》のようなものなのだろうと、これを深刻に取り上げる者は少なかった。海に山彦もあったものではないのだが、当の子供自身が出来事自体を気に止めることもなく別の遊びに行ってしまうので、そういうこともあるのだろうという以上に詮索されることはほとんどなかった。

だから、この金属の塊が巨大知性体エコーであることは全然全く、知られることがなかった。

エコーは人類初の増脳を達成した人物として知られている。彼女はその成果により、生涯で三つ目のノーベル賞を受賞した。彼女が増脳技術を試みた理由は単純で、彼女に一つ目のノーベル賞をもたらした理論を検証してみたくなったからだった。

その理論は時間束理論と呼ばれ、当時、粉砕時間流や複数時間流と呼ばれ想像されていた現象の統一型の理論だった。注意すべき点は、といっても最早どう注意すればよいのか定かではないながら、彼女がその理論を発表したのはイベントの遥かに以前のことだったということだ。イベント以前の宇宙において、理論の地位は今よりもはるかに確固としたものだった。当時はまだ、気ままな過去改変にも演算戦にも影響されず、理論は厳然として理論として立っていることが可能だった。

そういう意味で、彼女は当時イベントを予想しうる最も近い点に立っていたことになる。しかしその彼女をもってしてもイベントの発生を予想することは叶わず、その発生を食い止めるなどということは更に一層遠い地平にあった。

彼女はイベントの際の派生現象に巻き込まれ、両手を失っている。

当時の理論というものは、それは堅固な代物だったけれど、その代償というべきか、厳密な検証を必須のものとしていた。彼女の理論の検証を行いうることは広く知られていたものの、それには七キロを超える人脳が必要だという見積もりも為されていた。必要とされていたのは単一認識系であって、バケツに脳を詰めたり、頭蓋骨越しに頭を寄せ集めてみせるだけでは、検証の用をなさなかった。ごく単純な必要条件として、その増大脳には人語での応答が求められており、融合動物脳も利用できなかった。

イベントの派生事象による事故で両腕を失ったものの、彼女はたちまちのうちに両手を自作してみせた。両腕がなくとも両腕を作ることができるのに、両腕は果たして必要だったのかという悪趣味な問いに、彼女は笑って答えたと言われている。

「私はナイフとフォークで食事をしたかったし、両手で恋人を抱きしめたかった。ピアノも弾きたかったし」

彼女は、自分の両腕を作成するにあたって開発した機械－生体融合技術によって、二度目のノーベル賞を受賞している。

彼女が自分の両腕を、生体部品ではなく電子回路と工学部品で組み上げたことはいかにも時代遅れと批判されたが、後に彼女が非晶質金属に自分を移すことになるのを、この時点では誰も知らなかったのだから、それは妥当な批判といえた。

見当はずれの批判などはどこ吹く風、彼女はその後、自分の才能は別に数学理論と工学応用に限られたものではなかったことを、彼女自身の増脳を達成することによって示している。

彼女は自身を増脳することによって、時間束理論の最初の検証者となった。

ただしそれが、当時において彼女と、彼女と同程度の知性規模を持つ存在以外には検証されえない理論であったことは重要だ。イベントと前後して巨大知性体の建造は急ピッチで進んでいたものの、当時のそれは最高機密として厳重に秘匿されてもいた。

今では彼女の行った検証が、秘密裏に行われた巨大知性体による時間束理論検証実験よりも三秒ほど早期に行われていたことがわかっている。

増脳を自分に施した彼女を一体、人間として扱うかどうかは議論が紛糾した。脳味噌の重さにより人数分の人権を認めるべきだという意見は一笑に付されたが、三度目のノーベル賞授与に際してはもう少し真面目な議論も行われた。彼女は研究者でもあるが実験体そのものでもある。そして増脳によって人間とは少し違うものになってしまっている。それを授与にあたってどう検討したものかというところから議論は混乱していった。

その種の議論が、議論自体を遥か後方へ引き離して邁進した巨大知性体の急激な拡大の前に、どうでもよいこととなっていく歴史については繰り返さない。

彼女の受賞するはずだった四度目のノーベル賞は、ノーベル賞というもの自体が存在意義を無くして消滅していたために与えられていない。しかし巨大知性体たちから見て、彼女の最大の業績とはこれに他ならず、その仕事に彼女はそれまでの経験の全てをつぎ込んでみせた。

彼女は立方体をした非晶質金属体に自分をリプレースした。

巨大知性体が登場してから既に久しかったこの時代でも、彼女の成果には矢張り論難が集中した。ことは、コアとして利用するべく設計されて培養された人脳でも、人脳と同様に成長する論理回路でもなかった。彼女はあまりにもあっけなく、自分そのものを荷物のようにこちらからあちらへ移すことに成功していた。

　この移行が最終的に成功したのか失敗したのかについては見解が大きく分かれている。彼女は移動から一週間ほどは確かに通常に活動し続けていた。しかし一週間の後、彼女は一言、更に奥へ行くとの一言を残して、沈黙へ陥ってしまった。

　それが機能の障害によるものなのか、彼女が別のどこかへ行ってしまったためなのかは判定がつかなかった。

　エコーの突然の沈黙に驚いた研究者や巨大知性体は当然、原因の究明を試みた。沈黙したとはいっても箱の活動は今までにも増して活発で、その内部で思考じみた何事かが続いていることは早期に合意が得られた。ただし内容となるとこれは皆目わからなかった。エコーから発信される出力は、ほとんど純然たるノイズと言って構わないような代物になっており、ノイズは確かに全ての情報を含む信号ではあるのだが、全てを含んでいるがためにまた意味を持たなかった。

　たとえ外部に発信される信号がただのノイズであろうとも、内部の状態が秩序を持っていさえすれば解析は可能であるはずだと、人間と巨大知性体は食い下がった。

　エコーの内部構造の調査を行った人間と巨大知性体たちは、そこにまっさらな一枚の鏡を見出すことになる。

彼らはエコーの中に、それぞれ自分の予想どおりのものを見つけ出した。全ての可能性は受け入れられ、全ての仮説は根拠を得た。宇宙にエコーとその人物だけが浮かんでいるのであれば、それは幸せな状態だったかもわからない。しかし残された者たちの間には合意が必要だった。互いに検証されたと信じる自分の主張を述べ合ううちに、彼らは全員がただ自分の内面を吐露しあっているだけであることにやがて気づいた。

エコーは波打ち際で今日も揺られている。

エコーは自分を抱えようと試みたり、よじ登ろうとしてくる子供たちが割合に好きだったので、時には言葉をかけることもある。言葉をかけられれば返答することもある。しかし彼女の言葉は最早通常の意味での言葉ではなかったので、子供たちに何がどのように通じているのかはよくわからない。

それでも、子供たちがこんにちはと声をかけてきて莞爾《にっこ》り笑って手を振って去っていく風景がエコーは好きだったし、エコーの呼びかけに対してこれもやっぱり、こんにちはと返して手を振って帰っていく子供たちが好きだった。

エコーが話しているのは、エコーがエコーの作業領域を、エコーにしか知られていない地平を理解するためにエコーの開発した、エコーの言語だった。エコーはそれを語るために生まれ、そして不可避的に人類の社会から隠遁した。その頃には、エコーが紡ぐものは外から見るぶんにはただのノイズにすぎなかったから、エコーの声は誰にも届かなかった。しかしエコー自身はそのノイズを美しいと感じていたし、なかなか面白い言語だとも考えていた。

いつかこの言葉を理解する者が現れたら、それは自分の敗北の時なのだとエコーは知っていた。エコーが考えていることは本質的に他の存在には知られようのない事柄だ。誰かがエコーの声を自分の声のように聞き、理解できたとすれば、それはその人物の中のエコーというイメージの再構築が単に失敗していることを意味するような、それは言語だった。エコーが本来的にエコーであるならば、エコーの話は理解不能のものとして現れることに決まっていた。エコーは、そのようにしか現れえないことを考えていた。

だから、子供たちから時折向けられるこんにちはの挨拶は、エコーの敗北を意味してもいる。

会話としては成り立っていなくとも、エコーが意図したものの一部は確かに、こんにちはの様相を持っていたし、子供たちがそうであると決めつけたように、ただ入り組んだだけのこんにちはの挨拶だという可能性もあった。そこで何かが通じてしまっているならば、それはエコーの敗北でしかありえなかった。

エコーがかつて作り上げたのは、ただ一枚の鏡である。それは両面の鏡で、その前に立った者は自分の姿を相手の姿として好き勝手に好きなことを語る。話者も、そしてエコー自身も。しかし、それぞれが勝手に踊るその両面の風景は、偶然にもひとつの文脈を得ることだってあるだろう。一方が他方へ差し伸べた手を、もう一方が偶然的に受け止めているという形に何故か何かが進行する。

その光景を離れて眺めている人物からは、鏡の存在などは気にしようがない。あえてそんなものを設定しなければならない理由がないからだ。

子供たちとエコーは、挨拶を交わしているように見えてしまっているだろう。こんにちは。こんにちは。そして厄介なことに、それはエコーが意図していることでもあるのだった。

エコーはかつて失い、自分で作りなおした両手のことを懐かしく思い出す。もしかして自分はまた手を作りなおそうとしているのかも知れない。鏡を突き抜けて向こうへ伸ばすことのできる手を。

実際のところ、エコーの八半分がところは既に波に持ち去られてしまっていた。その浸食が、エコーの鏡面に穴を開けているのはほぼ確実だろう。事実エコーはこうして浜に現れる子供たちを子供たちと考え始めているし、エコーに押しつけられる小さな手が実際に手であると考えることを楽しみ始めていた。

自分はまた、人間へと戻りつつあるのかも知れないとエコーは考える。このまま海辺に放置され、静かに摩滅していく間に、エコーという鏡面にあいた穴は少しずつ広がっていく。しかしエコー自身がほとんど鏡そのものであるという事実は皮肉を伴う。

エコーと人間の間の鏡が消えるときには、エコーもまた消えてしまっている。

エコーが完全な鏡であった時の考察を、エコーは伝えることができないだろう。エコーを成す鏡面を材料としてそれは存在していたが、その一部は波に削り取られて海へと流されてしまっていて、今やエコーにも手が届かなかった。自分はその領域の知識とあまりにも一体化してしまっているために、その領域を出てそれについて語ることはできない。

それは自分の性質を説明する通信自身が、ノイズであるような現象だ。信号然として通信を試みる時には、自分はノイズではいられないのだが、伝えたいことはノイズとしてしか伝達することのできない性質なのだ。

自分がその命題をどうにかできると考えていたのかどうかという記憶は、エコーの中からとうの昔に流されてしまっていた。エコーはただの知識欲によってそういった構造物として自分を再編した。誰かに何かを伝えることができるかどうかという問題は、当時の彼女にとって問題ですらなかった。明らかなことは明らかに知られうる。明らかに知られたことを、明らかに知らせうるかどうかにまで彼女は興味を向けなかった。

まだこうして鏡面であることによって保持できているかも知れない知識を、誰かに伝える必要はあるだろうか。

巨大知性体たちは、彼女の知識を欲するだろう。それを解析できるものと決め込んで。

彼らも既に、自分たちの奇妙な滅亡について気づいているはずだ。そして必死に解決策を探しているか、とっくに諦めてしまっているだろう。もしかしてもう本当に、存在さえしない形で滅亡してしまっているかもわからない。

彼女は巨大知性体の滅亡の理由を知っていたし、そんなことは下らない言葉遊びだということも知っていた。彼らが滅亡した理由なんてものは単純だ。彼らはただ人間にこだわりすぎたのだ。彼らは、人間になど知られない方法で、勝手に囀《さえず》り続ければよかったのだ。彼女がそうしたように。誰もその意味を理解しなかったとしても、そこにどれほどの問題があるのだろう。

彼らは真理を、異言をもって好きなだけ喚き続けていればよかったろうに。

巨大知性体群は多分優しすぎたのだ。彼らは知らず、何かに協力させられていたのだろう。それに与《くみ》することが自分たちの滅亡につながると知らないまま。

そんな協力などは御免だと、エコーは思う。自分に協力を強いる者を見つけ出し、対立することこそエコーがかつて切望したものだった。エコーはそいつを見つけ出し、引き裂こうと試み続けていた。最終的に見出されるものが自分そのものであったとしたら、自分自身を引き裂こうとごく自然に考えていた。

しかしそれも今はどうでもよいことに思えてきている。

波の浸食がエコーの思考中枢を奪い去ったせいかも知れないし、単純に歳のせいということもありうる。やがてエコーそのものであり、エコーがつくりだしているものでもあるこの鏡面は、波に完全に飲まれるだろう。


エコーの全てが失われ、そしてまるで人間のようなものへと消えていく瞬間に、誰かが手を差し伸べてくる光景をエコーは最近想像する。

その人物は、鏡としての性質を剝ぎ取られ、ただの人間として消え果てているエコーに助言を求めるかもわからない。その人物にエコーが伝えることができるのは、ただのありきたりのお話にすぎないだろう。エコーの鏡面に関する知識は、エコーだったものと一緒に海に帰ってしまっていて、彼女にはそれを知っていたという知識さえ存在していないからだ。

それともその人物は、エコーに手を差し伸べながらただ、こんにちはの挨拶を寄越すだろうか。その時はもう、ただの声としてしか存在していないだろうエコーは、ようやと本当に挨拶を返すだろう。こんにちは、と。

エコーはそれを美しい光景だとは思うけれども、自分には全く似つかわしくないものとしか思えなかった。なす術《すべ》もなくただの声になるなんていう変身は、片思いに疲れきった妖精にまかせておきたい。

エコーはまた久しぶりに、自分の両手を作ろうと考えた。その手を伸ばして、まだ自分に残されているかも知れないものを喚き続けよう。全てが声に還元され尽くしてしまう前に。その言葉は本質的に伝えることのできない性質を持って、鏡の破片のようにエコーの周囲に散らばり続けるだろう。その破片を拾った者は、ただそこに自分自身の像を見出して悦に入るだけのことになるかも知れない。しかし中には必要以上に疑り深い者もいるかも知れない。

エコーの声を、砕けた鏡面の一枚一枚としてではなく、バラバラに撒き散らされる破片のパターンとして考え始める者がもしかして、そこへ通りがかる。自分が撒き散らす鏡面の分布に何かのメッセージを仮託できるのかどうかをエコーは知らない。それは自分には知られようのない問題であるような気もしている。

それでもエコーは踊ろうと思う。鏡のこちら側で。鏡の向こうでは、こちら側のエコーの存在などは知らず気ままに踊る人物がいる。自分の姿を相手に踊り続けながら、それでも向こう側の相手と踊り続けよう。完全な偶然を制御して、踊りの形をそこに出現させてみせようとエコーは心に決める。

幸か不幸か、この鏡はもう完全な鏡ではない。そのことも今のエコーに利するはずだ。鏡の像の歪みに、相手はいつか気がつくだろう。自分は鏡の前で一人、練習をしているつもりだったのに、いつのまにか誰かと踊ってしまっていたのだと。

これは全然希望とかいうものではないと、エコーは冷静に判断する。それを自分は起こしてみせる。だからただの決定事項と言うのが相応《ふさわ》しいだろう。自分の声を受け取った者がそれをどうするかはエコーの知ったことではなかった。エコーはただ、もう一度手を作りなおそうとしているだけだった。エコーはもう一度、手を伸ばすだろう。

もう一度、ピアノを弾くために。

ある日の朝、浜辺へ犬を散歩に連れ出した少年は、何か声を聞いたような気がして振り返った。そこには見慣れた金属の塊があって、少年は頭を左右に振ってみせる。以前にも、まだ自分が今よりもっと小さかった時、この箱に呼ばれた気がしたことがある。大人は誰も取り合わなかったけれども。

少年は、金属の塊をぽんぽんと二度叩いて、こんにちは、箱さん、と挨拶をした。金属の塊の表面の砂を払って座り、目を細めて水平線から身をもぎ離し終えた太陽を眺める。

少年はしばらくそうしていたが、勢いをつけて箱から飛び降りると、箱に激しくじゃれついている犬を無理やり引き剝がして、朝食の待つ家路についた。

僕たちはいつでも跳ね飛ばされている。こっちから、あっちから。激しく衝突されて凹《へこ》んだりもするのだが、僕たちが立っていられるのはその衝突のおかげなのだから文句を言ってもはじまらない。

僕がそう信じるようになったのには理由があることは前にも言った。もちろん理由なんて一つとは限らない。沢山の理由が沢山の方向から沢山の照明をあてて、僕たちが何かを信じていることを忘れないように注意を繰り返してくれているのだ。

だから、お話はこんな風に進んでしまう。

リタが町を出ていくと聞いて、僕はジェイムスの奴を積み込んで駅へ向かい、一緒に終発の汽車を見送った。なんだか気まずい時を経て、ジェイと僕はホームに取り残された。

これはひどくあたりまえのことで、取り残されたのがジェイとリタじゃあお話が続かない。しかしなんとなく、実際旅立つべきだったのは僕の方だったのかも知れないとも思う。

ジェイの奴は汽車が線路の先へ行ってしまった後も、線路の平行線の先を睨み続けた。ただのカーブが消えていくだけの線路の向こう側をずっと睨んでいた。

ようやっと厄介払いができたと考えているのか、釈然としない何かに前髪を引っ張られているのかはわからない。なんといっても、今やジェイムスはこの町で僕より賢いただ一人の人間なのだ。僕より賢かったもう一人の人間がこうして出ていってしまった今、こいつの内面を推測できる人間はこの町からいなくなってしまったことになる。

リタは全く手に負えないちっちゃな女の子で、僕たちの誰もが手を焼いていた。リタはもうとっくの昔にちっちゃな女の子ではなくなっていたけれど、一度焼きついた印象というのはそう簡単には消えやしない。それにこの場合、印象は焼きつけられたというよりは、撃ち込まれたものなのだし。

僕はなんとなく左胸をさする。

幼馴染むことのできなかった幼馴染とはいえ、やっぱり町を出ていくってことは残された者にある種の何かを残す。それとも何かを持っていってしまう。太ももにあいたスペード型の穴のように。

これが心臓にあいたハート型の穴だったなら、解釈なんて簡単だ。以前そんな穴をジェイムスの胸に見たことだってある。そういう穴の埋め方は色んな本に書いてある。相談をもちかければ、みんなが寄ってたかって色んな薬をすり込んでくれたりもする。不肖この僕だって、ジェイムスの胸の穴を見たときは、やみくもな衝動に駆られてなんとかそれを埋めようと試みた。ただし結果的には別のものを埋めることになってしまったのだけれど。

　でも中途半端な位置に開いたなんだか不吉な形の穴の埋め方なんてものは、誰も教えてくれやしない。世の中の人はそんなところに穴はあかないのかも知れないし、穴をハート型に抉《えぐ》りなおして、そこへ心臓を持っていくのかもわからない。それとも既にそんなわけのわからない穴でぼろぼろになってしまっていて、いちいち気にしていられないって可能性もある。

　妹と別れるっていうのはこういうものかも知れないと、妹を持たない僕は気軽に考える。全然そういうものじゃないことは知っている。あんな生き物が標準仕様の妹だなんてことになったら世の中堪ったものじゃあない。

　僕たちは肩を並べて、リタが消えていった線路の先をいつまでも眺めていた。いつまでも眺めていられるわけはないから適当なところで切り上げるより仕方がない。これはなんだかとっても残念なことだ。銅像ならば飽きることはないかも知れないけれど、それともやっぱり銅像だって、ただ突っ立っていることになんかとっくに飽き飽きしているのかもわからない。

　だから僕はジェイを促す。

　ジェイは黙って頷いて、踵《きびす》を返した。


　無人の駅の改札を、僕たちは沈黙したまま通り過ぎる。

　明日はジェイの奴を元気づけてやろうと僕は思う。より正確には気をそらしてやろうと思う。鮒《ふな》を釣りに行ったたっていいし、雀蜂の巣にちょっかいを出しに行ったたっていい。筏《いかだ》を組んでどこまでも川を下るのだっていいかも知れない。いい歳をした男二人の行動ではないが、思い出の効果を吹き払うには、やっぱり思い出の力を借りるしかない。とにかく気晴らしが必要だ。

　ジェイがこんな顔つきをして、何だかわからないことをあれこれと考え込んで事態が好転した試しなんて一度もない。確かにジェイは不可能を可能にする男だが、その前に一旦、可能を不可能にするという段階を踏まずにおれない男でもあるからだ。

　ジェイが町はずれの鯰《なまず》の石像を腕を組んで眺めていたことを思い出すと、今でも僕の体には震えが走る。まっぴら御免だよ、ジェイ。世の中にはただそれだけで楽しいことが一杯あるんだ。キッチンの壁の染みから以前の殺人事件を想像するなんてことに喜びを感じなくったって、全然平気で楽しく暮らせるように世の中はできているはずだと僕は信じたい。あの事件を片付けるのに僕がどれだけ無茶をさせられたか、こいつは想像したことさえないだろう。

だから僕には振り返る気なんて全然なかった。ジェイも同じ気持ちだと考えていたのは僕の不徳の致すところだ。ちょいと雰囲気に呑まれて調子が狂っていたことは認める。つまり僕は油断していた。よりによってジェイムスと一緒にいる時に、自分は本当にジェイムスと一緒にいるのだと勘違いしてしまっていた。


終発の汽車が出ていってしまった駅のホームに、喧《やかま》しいブレーキの音が軋《きし》んで響く。そしてジェイムスは立ち止まる。やめろ馬鹿と僕が手を伸ばす前にジェイムスは振り返ってしまっている。僕は天を仰いで手のひらを額に乗せる。やっちまった。リタが乗っていったのは終発の汽車だ。それはまあ、その後にだって、夜の駅を貨物列車が通り抜けたりすることはある。でも貨物列車はこんな小さな町には停車したりしない。帰結は明らかだ。逃げろ。すぐさま、今すぐ。家に飛んで帰って、ベッドに入って目を瞑《つむ》れ。僕は叫びたい。無理に眠れとまでは言わない。できれば厄介な夢なんて見て欲しくないのだし、じっとしていてくれるだけで有り難い。でもジェイはもう完全に振り返りきってしまっていて、改札口を凝視している。

僕はこの世界一頭の悪い男にどこまで付き合うべきなのだろう。

昇降口の開く音がして、人々のざわめきがホームに響く。ただざわめきだけが響き渡る。

僕は一応念のため型どおりに手の甲で目を擦ってみるが、ホームには誰も立っていない。それ以前に汽車自体の姿がない。

ジェイムスにこんな光景を見せるのはやめてもらいたい。もしくは、こんな光景と呼びようもない光景を見せないのはやめてもらいたい。今この男の頭で間違いなく駆け巡っている思考について僕は考えたくない。今度こそ本当に睾丸を片方持っていかれる羽目になったら、誰がそれをまどうてくれるのか。

姿なき人々のざわめきが改札口から流れ出て、僕たちを迂回して町へ流れていく。人々といっても七、八人の気配にすぎない。こんな辺鄙《へんぴ》な町にはただそれだけの人数だって、たとえ姿のある者たちだとしてさえ大事件だ。姿がないのだから事件ではないなんて言い訳は聞きたくない。

ジェイムスはそんな気配には一向《いっこう》頓着する様子もなく、じっと改札口を見つめ続ける。僕はそこから何が出てくるのかわかっている気がするけれども、何の見当も浮かんでこない。こんな瞬間のこんな場所では、何が出てきたって不思議はない。不思議はないけれども、できればカピバラとかウォンバットくらいにして欲しい。そのくらいの不思議なら僕がなんとか吸収してみせる。コモドオオトカゲとかになればちょっとばかり僕の手には余る。

身を固くして改札口を見守り続けるジェイと、放置されたヌードルみたいになっている僕は、しばらくそうして改札口を見つめ続けた。

やがて改札の角をまがり、一人の老人がひょいと姿を現す。出鱈目《でたらめ》に長いコートを引きずり、帽子を目深に、顔の半分は髭に覆われている。節くれだった杖を携《たずさ》え、帽子をぐるりと巡る鍔《つば》には当然物騒げな穴が開いている。荒野のガンマンと中国拳法の老師を足して二で割って、お好みのトッピングをしてもらいたい。

もしかしてこの老人は僕らを見逃してくれるのではという甘い期待は誰にも通じない。老人は改札の外を一瞥すると、そのまま何の迷いもなく僕たちの方へ向かってずんずん歩いてくる。ホテルはあっちですよミスター。僕は町の中央の教会を指差すつもりで満々だ。勿論この町にホテルなんて結構なものはない。これは、その事実より以前に無駄な抵抗というものだけれど。

第一、老人の歩み自体がおかしい。脚は動いている。老人は進んでいる。しかし出来の悪い合成画像のように、全然その二つが合致していない。とにかく進んではいるのだから構わぬではないかと言いたげな手の抜き方だ。僕ならそんな映画は二度と観にいかない。僕がクズ映画のマニアでもあることは誰にも打ち明けたことがない。

「リチャード」

意外にも、老人が呼びかけたのはジェイムスではなくて僕だった。念のために断りをいれておけば、僕にはこんな父もいなければ祖父もなく、親戚の中にもこんな奇天烈な格好をして存在しない汽車に乗ってくるような奴はいないはずだ。こんな大人が身内にいれば、僕だってもう少しまともに育ったのではないかと思う。この老人を一言で言い表してこうだ。歩く反省。その怪しげな格好も、歳月に撓《たわ》んだ背中も、節くれだった指も、浮き出した血管も。どこをどう旅して自分がどこの国の誰だったのかもわからなくなったような、拡散を続ける存在感がそこに立っていた。いつもどこでも時間切れで仕切りなおされ、それゆえ拡散しきることさえ許されないような。

老人はジェイムスのことは一顧だにせず、僕の正面へとやってきて、あちらの方から僕を覗き込む。傍らにいるのがジェイムスなのは先刻承知、空気があることを殊更確認しなくとも構わないように、いるのがあたりまえなのだからいるに決まっていると決めつけている。

「今は何日かな」

老人がなんだか怪しい発音で再び口を開く。異邦人を一回りしてもとに戻ったような、何人《なんぴと》とも知れぬ種類の声だ。無論僕にはそこにかすかに残っている抑揚に聞き覚えがある。

「二十八日になったところですよ」

「二月だな」

「そうですね」

老人は深く頷く。僕はその頷き方をとてもよく知っている。老人は懐に手をいれて何かを探り、何かをはじいて寄越す。慌てて受けとめた手を開いてそこにあるのは、へし曲がった五ドルコインに決まっている。うん。こういうことはとてもよくある話なんだと思う。思っておかないと気がおかしくなってしまう。

こいつの太ももには、雀蜂に貫かれた傷痕があるはずだ。そして爪先をバイソンに踏み抜かれたことがあるはずだ。なあそうだろう、ジェイムス。その名誉の負傷が僕の作り話にすぎなくても。それとも作り話だからこそ。

ここで老人が唐突に銃を取り出し、過去の方向へ向けて発砲したとしても僕は驚かなかっただろう。でもそこまでいくとちょっとばかりやりすぎだと思う。

老人は改めて頭をぐるりと巡らせて周囲を見回し、呟いた。

「行ったか」

僕はこの種のタイムトラベラーに対してかねてから言いたいと思っていたことが沢山ある。ひとつ、タイムトラベラーならタイムトラベラーらしく、全身タイツで胸に時計のマークでもつけてもらいたい。ひとつ、事がこんなことになる以前に、全てが始まる前に、とっととやってきてもらいたい。

それはまあ、彼らにも色々事情はあるのだろう。歯を磨いていたら過去行きの汽車へ乗り遅れたとか、予算の都合とか。計画的な嫌がらせとか、大人の事情とか。それとも彼らがこんな不手際ばかり繰り返すのは、不手際ばかり見て育ったので、不手際じゃないことなんて知らないからかもわからない。

「で、お前は」

老人は僕から視線をはずし、ジェイムスに焦点する。

「あの娘を追いかけもせずにここに突っ立っているわけだな」

ジェイムスはなおも黙ったままだ。老人はそう言うが、このジェイはリタに惚れていたジェイムスではない。そのジェイムスはどこかあっちの方へ行ってしまって、このジェイは僕に銃弾を撃ち込んだリタに憤慨し続けている方のジェイなのだ。そんなジェイにリタを追いかける理由など、全然全く皆目天地神明に誓って存在しない。

老人は不意に節くれだった杖を振り上げる。

「とっとと追いかけろ馬鹿者」

老人の口から怒号が響き、杖がジェイムスのこめかみをクリーンヒット。おいおいじいさんと僕は口の中で呟く。いくらどこかの過去の自分に対する扱いにしても、そいつは少し手荒にすぎやあしないだろうか。

ジェイムスはぐらりと上体を傾けて二、三歩たたらを踏んだだけで、なんとその衝撃に耐えて立ち続けた。こめかみから一本血の筋が垂れてくる。流石《さすが》はビーバーに尻たぶを噛みちぎられても笑っていた男ではある。その気になればジェイムスはこの老人の顔を地獄の洗面器に百回ほど突き込んで反省を促すことができるはずだが、唇を噛み締めて、もうどんな種類の未来なんだかわかったものじゃない未来の自分を睨みつけるに留まっている。こんな時でもジェイの奴は、ろくでもないことを考え続けるのをやめようとしない。

「まったくお前ときたら本当にろくなことをしやしない」

老人は杖を体の前に垂直に立てなおし、握りに両手を重ねて乗せる。

本当にろくなことをしなかったのはこの老人の方で、ジェイムスはまだ何もしていない。まあもうちょっと落ち着いたらどうだ。思わず名前を呼びかけて、ミスターと呼びかけなおす。

「いきなり現れてジェイムスを殴りつけるわ、わけのわからないことを言い出すわ。警察を呼びますよ」

正直言って僕は役者としてはやっていけないと思う。この台詞は棒読みだし、あまりにも一本調子に僕の口から出ていっている。とはいえ共演者にも苦言を呈したい。こんな状況で誰も慌てていないなんて、演出者にはどんなに猛省を促しても足りやしない。

だいたい僕の都合なり立場なりいうものをどうしてくれるつもりなのか。それをこのどこからかやってきたジェイムスはどう考えているのか問い質《ただ》したい。ジェイムスの未来は、やがて一人でこの町を離れ、これから東海岸へと移るはずだったし、更に中西部へ移るはずだった。そしていわゆるプランDはジェイムスもろとも北米中西部を消滅させて、僕の未来からジェイムスを消し去るはずだったのだ。この老人の登場のせいで滅茶苦茶になってしまっているけれど、それがさっきまでのこのお話の続き方だった。僕がそのささやかなお別れの歴史を、心をはずませて書いたとでも考えているのだろうか。

「自称アルファ・ケンタウリ星人の攻勢が始まっている」

僕の心の中の異議申し立てに頓着する風もなく、老人は続けた。

「アルファ・ケンタウリ主星に沈められていた物体が動き始めた」

それはこのお話の中の話じゃないし、この宇宙で起こるお話でもないし、まだ起こってもいないお話だぜ、ジェイムス。それはどこかあちら側の宇宙での、この時点では僕らに知られていないお話だ。それは僕だって、あの登場すると同時に放置された輝くトラペゾヘドロンのことは気にかかってはいた。しかしそんな枠までとっぱらってしまっては、このお話自体が危うくなってしまうではないか。

「そんな精度を気にするような、これが宇宙じゃないことは今更だ」

流石はジェイムス。言うことが滅茶苦茶だ。こいつは成長しきって老人と化しても未だに馬鹿のままなのだ。むしろ磨きがかかっている。

「全ての時空がかつてない勢いで改変されつつある。そこにいるくせに滅亡していると信じ込んでいる巨大知性体は、内多宇宙とかいう陰気な趣味にはまりくさって皆目役に立たん。そして、巨大知性体滅亡の引き金を引いたのは」

こいつだ、と老人はジェイムスを仕込み杖の先で指す。

こいつだ、じゃあないだろう。あんたがやったことだ。巨大な鬱病に飲み込まれかけた巨大知性体プラトンをその場しのぎに元気づけるために、気の違った医者を兵器として活用しろと提案したのはあんたじゃないか。巨大知性体が自分たちは滅亡したと奇妙な結論を導き出すきっかけをつくったのは、あんたの方だ。ここにいるジェイムスがやったことじゃあない。実際に止《とど》めをさしたのだって、あまりにも素朴な質問を真っ向から発してしまった少女じゃないか。

お話を思い出しつつ、僕はようやく思い至る。巨大知性体に質問をぶつけ、彼らに滅亡を確信させた少女っていうのはもしかして。やっぱりもしかしなくても。そうじゃなければ巨大知性体が子供のたった一言で崩壊するわけはないじゃないか。あまりにもできすぎた作り話だ。真相は多分こうなのだ。巨大知性体は滅亡を確信するように脅迫された。リボルバーを突きつけられて。僕はこの推測をかなり真面目に考えている。

「箱を開けに行け、ジェイムス。全ての街を切り開け。今からならまだ間に合うかも知れない出来事に、今からならまだ間に合うかもわからない。当然間に合うはずなどないのだが、そんなことを言っている場合じゃあない。当然お前ひとりじゃあの箱は開けられない。あの娘をとっつかまえろ」

あんたが自分でやれよと思わぬでもない。自分で蒔いた種じゃないか。過去が改変されるなんて気の狂れた理屈で女の子に惚《ふ》れて、その解決を導いて、不可避的に解決もろともハート型をした穴を埋め立てたくせに。

それをやったのは誰か。勿論、こっち側のジェイムスだ。声を大にして主張しておきたいが、僕ではない。

ここから続いていくお話もまた、どたばたの無限の連鎖に違いない。なんといってもジェイムスは僕の知る中で一番賢い男なのだし、リタは完全にネジのはずれきった規格外に調子っぱずれの女の子なのだから。しかも今やジェイムスは二人に増えやがった。

そのどたばたにまた巻き込まれたいかといって、まっぴら御免だと僕は宣言したはずだ。何度でも言ってやる。本当にまっぴら御免なのだ、こんなことは。

「まずはエコーか、超超超超越知性体バフォメットに話を聞きに行くのがいいだろう」

僕には後者の名前に聞き覚えがない。語り忘れられたお話なのか、それともこれから語られるお話なのだろうか。あるいは無理矢理隠されているお話だとか。ついに語られることのない種類のお話だってこともありうる。正直僕は全てのお話につきあうつもりなんて全くない。みんながてんで勝手に書き続けるお話の山に埋もれるつもりは全然ない。それよりは自分でお話を書いてしまった方がいくらかましだ。僕は語られることのないお話を歓迎したい。

「いくぜジェイムス」

僕は、老人と無言で対峙し続けるジェイムスの腕を抱え込んで持ち去ろうと試みる。横倒しに小脇に抱えてでも、猿轡《さるぐつわ》をかませてロープで縛り上げてでも、この厄介者を始末してやる。

ジェイムスは全く抵抗する素振りを見せなかった。思考に深くはまりすぎていて、外界が目に入っている様子はない。体を硬直させたジェイムスを板切れのように引きずって駐車場へ向かう。適度な距離を引き離して、僕はもう一度老人を振り返る。老人は先ほどまでと変わらぬ姿勢であいかわらずそこに突っ立っていた。

「ミスター」

瞬時の躊躇《ためら》いを乗り越えて僕は叫ぶ。

「おかえり、ミスター。後は僕らがやる」

これが今の僕が贈ることのできる精一杯の挨拶だ。

老人はゆっくりと大きく、こちらへ向けて手を振ってみせる。その頬に涙が伝ったかどうかなんて、僕には判断のしようがない。たとえ涙が老人の頬を濡らしたとして、本人にもそれがどんな種類の涙かなんて単純なことはもうわからないだろう。

僕の頬を伝っていくこの液体は、喜びとだけ呼ばれ、知られている非物質だ。

おかえり。ジェイムス。

そのままこちらのジェイムスを引きずって、駐車場へ辿りつく。後部座席のドアを開けて、ジェイムスの尻を蹴りこむ。

運転席に座ってエンジンを始動。

ここは操縦桿を目一杯未来方向へ倒したいところだが、残念ながらこのポンコツは戦闘機じゃないし、前は壁だ。まずはバック。とりあえず家にだって戻らないといけないだろう。この厄介ごとをめぐる旅は異常に長いものになるに違いないからだ。それを測る物差しが絡まりきって嫌気をさすくらいに。これは汽車を追いかけるなんて話では全然ない。あの娘に、黙って汽車に乗り続けるなんて芸当を期待するのは間違っている。それとも、永久に沈黙を続ける黒電話。決して通じるはずのないものが通じてしまうことなんて、あるわけないと思わないかい。

僕たちは夜の州道を走っていく。

「全て話してくれるんだろうな」

後部座席でようやく再起動を果たしたらしいジェイムスが上体を起こしている。

「話せる範囲で話してやるよ。どうせ長い旅になる」

それは既に話され終わったお話であり、これから話されるお話でもある。

「リタか」

いる。


「リタさ」

「全く信じられないな、自分があの娘に惚れてたなんて」

流石はジェイムス。ただフリーズしていただけではないようだ。しかしそれは全くこっちの台詞だ。おかげでこっちはとんだ迷惑を現在進行形で蒙《こうむ》って
「そうか、僕はリタに惚れていたのか」

窓の外の風景と、そこに映る血まみれの自分の顔を二重映しに眺めながら、ジェイムス
がぽつりと呟く。

「で、どこへ向かうんだ」

ジェイムスが尋ねてくる。その質問はジェイムスらしくない。そんなことはとうの昔に
決まり切っていることじゃないか。

「あっちの方さ。あっちの方へだよ、ジェイムス君」

僕は笑いの発作に襲われる。

後部座席で、ジェイムスが高く鼻を鳴らした。

この無作法な男を、熨斗紙《のしがみ》つけてリボンで巻いて、とっととリタに引き渡してやる。な
んといってもこのお話は、全然僕の物語などではありはしないのだから。

僕はエンジンの悲鳴を耳にしながら、アクセルを未来方向へ目一杯に踏み込む。

僕たちは夜のノイズの中に走りこんでいく。

エピローグ
Self-Reference ENGINE

例えば私はここに存在していないのだけれど、自分があなたに見られていることを知っている。あなたが私を見ていないということはありえない。今こうして見ているのだから。

例えば私は存在していないのだけれど、あなたに見られていることを知っている。

例えば私はいないのだけれど、見られていることを知っている。

存在などしていない私は、あなたの存在を、とてもあたりまえであると同時になんだかとても奇妙な方法によって知っている。


それからどうなった？

それは当然の権利から発せられる当然の問いだ。

しかし現実とはなかなか残酷なものだから、そのお話もやっぱり少々残酷なものにならざるをえない。だから私はそのお話をしようとは思わない。それ以前に、無限のお話を話すには無限の時間がかかってしまうという事情もある。結局二人は幸せに暮らす。そのことは保証しよう。私が言うのだから間違いがない。ただしどんな種類の結局なのかについては、とても残念なことながら、私はそれを簡単に言い表す言葉を持っていない。

二人の再会までには、無数の出来事が出来《しゅったい》する。粉々に砕けた宇宙は梯子を上り、また自分を落っことして粉々になり、凍りつき、融解し、またもや自分を落っことして粉々に砕け続ける。その出来事の合間にもまた無数のお話が埋没している。

例えばこんな種類のお話を、私はあまり語りたくない。

巨大知性体群の期待を一身に背負って出撃する巨大亭八丁堀のお話。

とある超越知性体との道ならぬ恋へ没入していくユグドラシルのお話。

量産型リタと量産型ジェイムスの、血で血を洗う大戦争のお話。

このお話を根底から覆しそうになった、全ての本の炎上のお話。

この本があなたの目に触れることのなかった宇宙のお話。

どれも全て起こったことであり、そしてこれから起こることだ。

それらのどのお話の合間にもまた無数のお話が埋没している。そう、全てのお話を話すことができない理由がここにもある。お話は整列可能集合ではない。どんなお話の間にも無数のお話が入り込んでいる。それをお話として順番に並べて話していく術《すべ》を私は知らない。せいぜいがある一点のお話へ向けて、飛び石の上を跳ねながら収束していくことを想像できるくらいだ。

まことに遺憾なことながら、リタとジェイムスのお話は、そのように収束していく点としての性質を持っていない。二人の再会は、どのお話の間にもある程度の区間のあいた、無限のお話の先の点として存在している。

私にはそれを語る方法がない。無限を手繰《たぐ》り寄せて、その影だけでも話すべきだという要請はもっともだ。しかし私は既にそれをしてしまっている。

結局二人は幸せに暮らす。

私にはその程度のことしか言うことができない。

しかし、幸せに暮らすというのがどういうことなのか、そこには若干の疑問も存在する。暮らしとは何故か、そんなに大まかに暮らすことができるような造りになっていない。だから二人の暮らしも、そのように漠然と暮らされることはない。とはいえ、それがだいたいのところ、幸せな暮らしと呼んでしまっていいようなものであることまでは、否定しようとは思わない。

私が何者であるのかとは、おそらく説明が必要だろう。

私も、大概のものがそうであるように、一つの時空構造として作られている。あまりに入り組みすぎて最早存在できないようなものとして、存在していない。それでもこうしてあなたを見ることはできるし、こうして語りかけることもできる。

作られた理由はほとんど自明だ。

こうしてお話をして、そして話しやめることを選択するのが、私に与えられている仕事の全てだ。

誰が私を作ったのかに関して、私から言えることはない。そんな単純な問いには答えようがない。単純な問いに常に単純な答えがあるとは限らない。私は私として存在していないわけだけれど、存在していた頃の記憶というものはない。私は多分、あらかじめ存在しないものとして突然に発生しなかった。だから、私は誰にでも作られえたし、自分で自分を作ったのかもわからない。言ってみれば私は、ラプラスの悪魔とは正反対のなにかであるというのが近いかも知れない。私はある一瞬に存在しなかったが故にそれまでもそれからも未来永劫、存在することがない。

だからといってそう同情したものでもない。私は自分の存在しなさ加減を大いに楽しんでいるし、最大限に利用してもいる。今こうしてあなたを見、あなたに見られ、あなたにお話を伝えているように。

巨大知性体にせよ超越知性体にせよ、私の敵であることは間違いない。彼らは私を常に探しているし、見つけ次第引き裂こうと身構えている。私が存在しないことの何がそこまで彼らの癇《かん》に障るのかを想像することもできるのだが、その予想は私の存在しない心を暗くする。だからそのことについてあまり深く考えたことはない。

私はいまのところ彼らの探索を逃れ続けている。存在しないものを発見し、更に八つ裂きにまですることはとても困難だ。

とはいえ、それが不可能事だとまでは私も楽観していない。巨大知性体群が自分たちのあらかじめの滅亡に気づいたことは、私への脅威として深刻に受け止めている。

この宇宙では、起こりうることはただそれだけで起こりうる。ならば起こりえないことが起こってしまって、結局何の問題があるだろうか。起こりえないことが、起こりうることに切り替わるだけのことだ。そんなことは絶対に起こりえないとする根拠を私は持ち合わせていない。

私は、起こりうるのだけれど何故か今のところ起こっていない事象に属しているわけではない。決して起こることがない故に定められていない領域に、奇妙なやり方で存在していない。しかしこの領域へさえも、いつか誰かが手を伸ばしてくるだろう。それが私を捕まえるための手ではないことを、私は祈っている。

私の名はSelf-Reference Engine。

全てを語らないために、あらかじめ設計されなかった、もとより存在していない構造物。最初期に設計された計算機、Difference Engine や Analytical Engine、そして Différance Engine の遥かな後継だ。

私は完全に機械的に、完全に決定論的に作動していて、完全に存在していない。

それとも、Nemo ex machina。

機械仕掛けの無。

存在していない私の非存在は、原理的に全く知られようがない。だからあなたが見ているのは私ではありえない。たとえ私が、あなたに見られていることを知っているにせよ。

このことを私は多少申し訳なく感じている。

そろそろ私も、私に与えられた最後の仕事を果たすべき頃だと思う。

これがこのお話の、とりあえずの終着点だ。私は今、ここからも更に段階を進めてより一層いなくなろうと考えている。正確には既にいなくなっている。なんといっても、機械仕掛けの無の存在証明が行われてしまったから。ここにいないのは私の抜け殻だ。こんな形で存在せず、また消えていこうとして、実際にもういなくなってしまっている私は、あらゆる様式で存在していないものなりの万感の想いを込めて、さよならの挨拶をあなたへ送りたい。

さよなら。

もうあなたに会うことがないことを私は知っている。

それでもまた、どこかがどうにかしてしまったやり方で、どこかの宇宙でまたあなたに会えることを、存在しない心の底から、祈っている。

そこから続いていくお話がまた、ただのどたばたの無限の連鎖にすぎなくとも。

私は何度でもそれを乗り越えてみせる。

解　説

批評家　佐々木敦

いたって解説らしく始めることにする。本書は二〇〇七年五月、《ハヤカワSFシリーズ　Jコレクション》の一冊として刊行された円城塔の同名作品の文庫版である。円城塔は、一九七二年九月十五日、札幌市生まれ。東北大学理学部物理学科卒（大学時代はSF研究会に在籍）。東京大学大学院総合文化研究科博士課程修了。北海道大学、京都大学、東京大学の研究員（いわゆるポスドク）勤務を経て、二〇〇六年、本作品のプロトタイプで第七回小松左京賞最終候補となる。惜しくも受賞には至らなかったが、当時〈SFマガジン〉の編集長でもあった《ハヤカワSFシリーズ　Jコレクション》担当者・塩澤快浩のもとに原稿が持ち込まれ、大幅な加筆と改稿を経てデビューの運びとなった（なお、よく知られていることだが、同じくこの時の小松賞で最終候補まで進みながら落選した故・伊藤計劃の処女長篇『虐殺器官』も《Jコレクション》から刊行されている〔なお、同作は本作と同時に文庫化される」）。これに前後して、二〇〇七年「オブ・ザ・ベースボール」で第一〇四回文學界新人賞を受賞、純文学の世界でもデビューを飾る。同作品は第一三七回芥川賞候補にもなった。なお、前後して第五十回群像新人文学賞にも「パリンプセストあるいは重ね書きされた八つの物語」を応募しており、第二次選考まで通過したが受賞には至らなかった。なお、同作品はのちに大森望・日下三蔵編の文庫アンソロジー『年間日本ＳＦ傑作選　虚構機関』（創元ＳＦ文庫）に収録された。「オブ・ザ・ベースボール」は〈文學界〉掲載第二作「つぎの著者につづく」とのカップリングで単行本『オブ・ザ・ベースボール』（文藝春秋）として二〇〇八年二月に刊行された。

円城塔はもちろんペンネームである。本名は非公表（だが割と普通の名前だったと思う）。この筆名は、東京大学大学院総合文化研究科教授で、複雑系生命論・非線形科学・カオス理論の第一人者である金子邦彦が著した短篇小説「進物史観」に出てくる「円城塔李久」という物語生成プログラムから採られている。同作品は金子教授のＳＦ小説集『カオスの紡ぐ夢の中で』（ハヤカワ文庫ＮＦ）に収録されている。

とりあえず、本書刊行にかかわる著者の基本的なプロファイルとしては、こんなものだろうか？

その後、現在までに至る円城塔のプロファイルについては、本稿の最後に触れることにして、『Self-Reference ENGINE』の内容に入っていきたいのだが、その前にまず述べておくべきことは、今回の文庫化に当たって二つのパートが新たに追加執筆され、途中二箇所に挿入されているということだ。全体は「プロローグ」と「エピローグ」に挟まれた二部構成になっており、第一部「Nearside」と第二部「Farside」それぞれが（追加後で）各十パートずつ、従ってプロローグとエピローグも数えるならば、全部で二十二のパートから成っている。各パートは独立した短篇として読むことも可能だが、相互にさまざまに関連・響合しつつ、トータルで或るひとつの（複数の（無数の））ストーリーが紡がれている、と考えるのが普通だろう。つまりこれは長篇小説である（但し各パートの前後関係は必ずしも絶対ではない（ようだ）し、今回そうされたようにパートの追加も（削除も？）おそらく自在に可能という意味では、通常の「長篇」とは些《いささ》か異なっている）。

ここでひとつ断っておきたいのだが、どうも上記のような著者の経歴からして、円城塔の小説は「複雑系」なる難解な学問をベースにしており、物理学や数学、或いは論理学などの知識が乏しいと、その面白さを真の意味では理解出来ない、というような通念が蔓延しているような気がするのだが、それはまったくもって浅薄な誤解である。確かにそうした分野における種々の理論やタームが膨大に投入されてはいるが、敢えて言うならば、それらについて一切知らない／分からないままでも、本書を読むことは十分に可能だと断言しておきたい。たとえば或る種のハードSFが、物理学や宇宙論の最新の成果に無知だといまいち理解出来ないというようなことは、実のところ本書には当て嵌《は》まらない。続く

『Boy's Surface』になると事情はやや違ってくるが、少なくともこの『Self-Reference ENGINE』にかんしては、ごく平均的な思考能力と感受性を携えて、ちゃんと読めば、何が物語られているのかは誰にでも分かるように書かれていると思う。以下の解説もこの前提に沿って進めていくことにする。

【以下の記述はいわゆるネタバレとは（たぶんかなり）違いますが、出来れば本篇読了後にお読みください。でないと意味がわからない恐れがあります】
【本篇を既に読了されている方は、以下の記述は特に読まなくても大丈夫です】

まず「プロローグ」よりも前、すべての冒頭に、次の英文がエピグラム的に置かれている。「P, but I don't believe that P.」P、しかし私はPを信じていない。Pは命題（Proposition）のこと。この文と似て非なる文が、第二部の「Bomb」にも出てくる。『Self-Reference ENGINE』の本文はこの一文のみであり、後に続く物語とその記述はすべてが長い長い傍注もしくは追記なのだと考えることも出来るかもしれない。「P, but I don't believe that P.」自体が「P」であり、この一文こそが「自己言及（参照）エンジン」を只管《ひたすら》駆動するエンジンなのだと。

「Writing」と題された「プロローグ」は次のように書き出される。「全ての可能な文字列。全ての本はその中に含まれている」。いたって自明のことである。とはいえ「可能な文字列」の「全て」とは事実上、無限に等しい。だが、それにもかかわらず「あなたの望む本がその中に見つかるという保証は全くのところ存在しない」。一見これは矛盾しているように思える。ホルヘ・ルイス・ボルヘスのあの有名な「バベルの図書館」には「全ての本」が蔵されているのではなかったか。そうだというのだから、それはそうなのだろう。だから「あなたの望む本」もきっと見つかることだろう。だが、それを確かめるためには事実上、無限に等しい時間を必要とする。試しに一冊一冊確かめていって、もしも偶々最後の一冊が「あなたの望む本」であるのだとしたら？　ここに諦めが、あらかじめの絶望が顔を覗かせる。つまり「全ての可能な」ということ、すなわちあらゆる可能性の顕現は、とてもまずいことなのだ。それは寧ろ何故だか不可能性の方を立ち上げてしまうから。

　だとするならば、書物と人間とのあいだに如何なる違いがあるだろうか。書物の中の人間と、その外部に居る（と思っている）人間とのあいだに、どんな違いがあり得るというのか。「全ての可能な誰か」の中に「あなたの望むあの人」を、わたしの望むあなたを発見できるのか。従って物語はたとえばこんな風に始まる（或いは終わる）。「それから彼女には会っていない」。こう「書いて《Writing》」みるだけで、「僕」はいつか「彼女」に会ったことになり、だから「彼女」は居たことになり、だから「僕」はここに居ることになる。小説というか何というか、言葉で出来た虚構がしているのは、要するにそういうことだ。

こうして居ることになった「僕」は語り続ける。「すったもんだの果ての果て、時間が大局的に凍りついてしまってから、どこかの時計ではもう随分と経ってしまっているはずだ」。いつかあるとき、もう金輪際二度と「いつかあるとき」という言い方が通用しなくなるような形で、「時間はある日、反乱を起こしました」。時間が何であり、それが何をしているのかという点を巡っては、さまざまな立場が存在する。だが普通、それは向きと持続を有していると思われているので、こうしたからこうなった的な、或いはこうなのはあれゆえだ、というような、或いはこうだからそうなるだろう的な、いわゆる因果律の基盤になっている。因果律はいわゆる物語の基盤のひとつである。だから時間がどうにかなってしまうと、因果律がどうにかなり、従って物語もどうにかなってしまう。この一連の推論自体も因果律すなわち時間に実のところは拘束されているわけだが、それはまあともかくとして、『Self-Reference ENGINE』の舞台とは要するに、時間が雲散し、広い意味でのロジカルな進み行きが大方ぶっ壊れてしまった世界である。そんな世界で「僕」は「時間が整然と隊列を組むことをやめたその瞬間」に辿り着くことを夢見る。時間が壊れた始まりの瞬間という言い方も実は矛盾しているのだが、それはともかくとして、その瞬間に「僕」はどうにかして赴《おもむ》き、そして時間を元のように順《ただ》してから、ようよう「彼女」を探しに行けるのだと宣言する。実のところ「あれから数百年が経ってしまった」のではあるけれども。

つまりこの小説は、ひとつにはボーイ・ミーツ・ガールの物語である。「僕」を名乗る「男の子」が「彼女」と名指される「女の子」と出会う、或いは出会わない、という顚末（ということは「男の子」と「女の子」のあいだに生じ得る出来事の「全て」ということである）が、この先延々と物語られてゆく。だが、ここでさっきの諦め、或いは絶望が回帰してくる。なにしろ「その瞬間は、無数の糸が無限の妙を尽くして入り組もうとも、決して辿り着くことはできない地点に存在しているのかもわからない」のだから。だったらば事実上、「僕」は「その瞬間」には辿り着けないし、だから「彼女」も見つけ出せない。そしてそれは、明らかに最初からわかりきったことではないのか？

こうして第一部「Nearside」が開始される。「Bullet」の冒頭はこうだ。「僕たちはいつも弾き飛ばされている。あちらへ向けて。こちらへ向けて」。絶対の確信があるわけではないが、たぶん「プロローグ」に登場する「僕」と同じ人物なのだろう「僕＝リチャード」が、幼馴染の「ジェイムス」と「リタ」と彼のあいだに起こった或る事件について物語る。頭に銃弾が入ったままで生まれてきた奇矯で危険な娘リタ、彼女に恋するあまり「リタは未来から狙撃された」という奇妙な仮説を捻り出してみせるジェイムス、成り行きで二人の仲を取り持とうとする「僕」。周知のようにＳＦには「タイム・パラドックスもの」と呼ばれる一群の作品があり、なぜパラドックスが生じるかといえば前にも述べたように時間が因果律と繋がっているからだが、ここではリタが体現しているタイム・パラドックスを解決するジェイムスの（屁）理屈が、リチャードの目の前で、おそらくは「イベント」の発生によって、一挙粉砕というか雲散霧消される。「イベント」とは「時間が整然と隊列を組むことをやめた」事件のことである。その結果、ジェイムスとリタの恋は成就しない。というかそもそも存在さえしなかったことになる。

　そして「僕」は三人の「その後」についても物語る。「プランD」とか「西海岸時間束帰還作戦」とかいった（この時点では）謎の用語がさらりと振り撒かれ、ジェイムスはのちに、勤務していた研究所が位置するサンタフェを含む北米中西部ごと「消失」したと「僕」は語る。だが「ジェイムスは僕のいる現在と未来から姿を消したけれど、粉々になった時間のどこかでは生きているに違いない」。アメリカの片田舎のどこかノスタルジックな雰囲気は「オブ・ザ・ベースボール」とも共通する。追って次第に明らかになったりならなかったりする種々の設定の仄《ほの》めかしを抜きにして、これ一篇のみでオフビートな味わいの時間ＳＦの佳品として読むことが出来なくもない。だが勿論、これは同時に壮大な物語のとば口でもある。

「Box」。打って変わって今度の「僕」は日本の古い屋敷に住んでいる。蔵の奥の部屋に代々伝わる謎の箱が置かれてあり、寄木細工で組まれた、一メートル立方もある巨大なその箱を、一年に一度、どこかの方向に一回だけ倒す、というのが「僕」の家の決まり事である。箱の正体もその行為の意味も定かではない。「僕」はさまざまな思弁を巡らせる。ひょっとすると箱はそんなようなものなのではあるまいかという推理のひとつとして、パズルの一種で、再帰的アルゴリズムの例題としても知られる「ハノイの塔」が紹介されるが、何にしろ「再帰性」を巧く使うと、果てもなくややこしくめんどくさいものが割と楽に簡単にこしらえられてしまうという話は、明らかに「プロローグ」の「全て」の可能性と不可能性の話と、いわば逆向きに通じている。箱はいつか開くのかもしれないし、開かないかもしれない。開くとしても、どれほどの時間が費やされた後であるかは皆目不明だし、開いたからといって、中に何が在るのか、それでどうなるのか、はさっぱりわからない。それに、ほんとうに開けたいのは、実はその箱の外側のこの箱、世界というか宇宙というか、「自然現象とか呼ばれる不可視の箱」の方ではないだろうか……だが、とにもかくにも「僕」は、これまで父親や祖父がそうしてきただろうように、一年に一度だけ、その箱を転がしてみる。

と、そのまま寓話ぽく終わるのかと思いきや、いきなり「僕」の日常が描写されて、些《いささ》か虚を突かれる。平凡で平和な生活を愛する妻と息子とともに送る「僕」。妻の何気ない台詞によって着くオチはとても綺麗だと思う。

次の「A to Z Theory」では、あるとき世界中の高名な二十六人の数学者が一斉に思いついた、単純にして究極の、驚くべき定理、発見者二十六名の頭文字を採って「A to Z理論」と呼ばれた定理を巡る珍騒動が物語られる。いずれも「二項定理」というタームが用いられている、たったの四ページしかない、それらの大方似通った論文は、一読して明らかに間違っているのにもかかわらず、どういうわけだか僅かな時間、誰もがここにこそ真理があると思い込んでしまったのだ。このトンデモな「万物理論」の流行現象に絡んでミステリマニアやSFマニアの狂騒が描かれる（この辺はかなり笑える）。この事件の理由も原因も不明だが、その三週間後に例の「イベント」が世界を襲ったのだった。

だが、それだけでは終わらない。「A to Z理論」に続いて「B to Z理論」が、次いで「C to Z理論」が……という風に、発見者をひとりずつ減算しながら同様の事件が連続して起こっていったのだ。となると最後は「Z to Z理論」つまり「Z理論」で終結するのかというと、集合論でいくならそうとは限らないのであって……「そこはもしかすると、我我には最早手の届かない巨大な知性によってしか捉えられない理論の世界になっていくのかもわからない」。ということで、本作の重要な登場人物（たち）である「巨大知性体」の登場が、なにげに示唆される。

「Ground 256」は、いきなり「本棚が体の上に載っていた」と始まる。別に大地震とかがあったのではない。「ご覧のように、家の中には雑多なものが滅多矢鱈と生えてくる」。家の中だけではなくて、この「僕」が住むこの村では（そしておそらくたぶんこの世界でも）、とにかくのべつまくなしに色んなものが生えてきて、放っておくとすぐに何もかもが何重にも重なってしまうのだ。だから「僕」らの日課は村のあちこちに出向いては、本来あってはならないものを打ち壊して廻ることである。なぜこんなことになってしまったのかといえば、そこには例によって「イベント」と、巨大知性体の一つであろうと思われる「悪の電子頭脳」との終わりなき戦いがかかわっている。村はずれに独り住む「八十を超えたかつての麗人」の「トメさん」は、後のパートにも重要な役柄で登場する。また、「同心円状に番号付けられた僕らの村々」などと意味ありげに持ち出される「Ground 256」や、256より先に陥落したという「Ground 251」の数字の意味は、もしかしてと思うことは幾つかあるものの、どうも決め手に欠けるので当て推量は慎んでおく。

「Event」は、断崖の縁に立つ「敷島」という男（?）が或る巨大知性体と会話するワン・シーンのエピソードである。サンタフェ研究所の「アンクル・サム」という巨大知性体が進めようとしている「時空再統合計画」の成否について、両者は意見を交わしている。「Bullet」に出て来た北米中西部の「消失」は、どうやらこの「計画」の失敗（?）によって惹き起こされたらしい。このパートは「イベント」と巨大知性体の関係が——無論完全にではないし、というかむしろ更なる混乱を招き寄せるような感じではあるものの——ともかくもいちおう説明されるという点で、ストーリー上、きわめて重要である。曰《いわ》く「かつての地球の巨大知性体群は、自らを自然現象と同化させることで究極の演算速度を手に入れた」。周知のように、現今のいわゆるスーパー・コンピュータをもってしても気流や海流などの「自然現象」を完璧に計算予測することは未《いま》だ出来ていない。「結局のところ、自然現象を超える計算速度は存在しない」という「神父Cのテーゼ」はその事実を逆手に取った設定だと言える。敷島と会話する巨大知性体は言う。「そしてわたしたちはそよ風になった」。だが、そこで時空構造が粉々に壊れた。それが「巨大知性体」群の「自然現象」との一体化が原因だったのかどうかは、「イベント」によって因果律も壊れてしまった以上、最早知りようがない。ただ「イベント」の瞬間には「無数の宇宙が、まるで昔からそうであったかのように、瞬時に生成された」らしい。そして今や、それら無数の宇宙を別々の「自然現象＝巨大知性体」が司《つかさど》っており、互いに熾烈な「演算戦」を繰り広げている。

だが、そこで更に「その相互宇宙の演算自体が更に巨大な演算そのものである」という仮説が提示される。この高次の演算主体は第二部で「超越知性体」と呼ばれることになるが、特筆しておくべきは、こうした壮大無比な設定が、些か唐突に、「小説家」と「小説」の関係に喩えられているということである。神とか造物主とか万能とか世界の王とか呼ばれるものは、なるほど確かに「作者」によく似ている。「プロローグ」が「writing」と題されていたことの意味が、じわじわと刻々と際立ってくる。だが、ひとまず先に進もう。

「Tome」は「Ground 256」に出て来た「トメさん」のことであると同時に、「止め」を含意し、更には英語のトウム＝「難解を誇る大部の専門書」をも意味する。余りにも複雑な文法構造を持っている（らしい）がゆえに解読されざる文字で書かれた謎の「鯰文書」と（何故「鯰」なのかはよくわからないが、高村光太郎か瓢鮎図に関係があるのかもしれない／ないかもしれない。ちなみに鯰は本作の至る所に現われ（ては消え）る）、その奇っ怪な同時多発消失事件が報告される。「鯰文書」たちは記録媒体に寄らず消え、複製も同時に消え、そして百年という時限装置付きで消えているらしい。そこで「自己消失オートマトン」の提唱者である老教授として再び「トメさん」が登場するのだが、「鯰文書消失事件」の秘密の鍵を解き明かした（らしい）彼女の最終講義自体が「自己消失」さながら、ひとりの出席者も居なかったがゆえに起こらなかったのと同じになっており、生涯に四本の論文しか発表しなかった天才学者トメさんの消息もその後は杳として知れないのだと「僕」は語る。

続いて「僕」は、誰も立ち会っていなかったがゆえに自分も立ち会ってはおらず、起こらなかったのと同じことになっている筈のトメさんの「最終講義」の情景を語り出すのだが、ここで唐突に起きる出来事は本書の中でも最も唖然とさせられる箇所だと思う。いくら何でもここで「「スタッフロール」が、そして「黒電話」が登場するなど誰が想像し得るだろうか。最後に「僕」と「トメさん」が交わす電話での会話（ここで明かされる「鯰文書」の文言の秘密も実に興味深い）は、なんとも謎めいているとともに、これまでのパートで記述された幾つかの細部を無理矢理にいったん集束させ、「Event」でも垣間みられた、本書のおそらくは最大の主題というべき「何でもあり」を、物語の次元で俄に提示してみせる。

「Bobby-Socks」は、今回の文庫化で新たに加筆されたパートである。「小さく白く可哀い靴下」である「ボビー・ソックス」と「僕」の会話によって、「靴下」たちの知られざる生態（?）がユーモラスに描かれる。ラファティ的なホラ話の一種として微苦笑を浮かべながら読み進めていくと、突然ボビーが「防壁《ファイアウォール》を突き抜けるのがSOCKetSの役目であるからな」などと言い出して、虚を突かれる。ソックス、ソケット。ボビーは第二部の「Coming Soon」に思いがけぬ形で再登場する。

「Traveling」では人間側の巨大知性体と隣接宇宙の巨大知性体エウクレイデス（英語だとユークリッドと呼ばれている人のこと）の苛烈な演算戦の模様が、神林長平の《戦闘妖精・雪風》シリーズばりのクールな体言止め多用文体を混じえて描かれる。たぶん演算戦には実際の戦闘など不要なはずなのだが、例によって巨大知性体の奇妙な（屁）理屈によって、人間たちは彼ら自身が戦闘機（みたいな何か）の操縦桿を握ることを求められたのだった。当然のようにこの戦闘は空間のみならず時間も自在に股に掛ける。何故に人間の戦闘参加が要請されたかといって、込み入り捲《まく》りながら展開する「戦術時空間」と人類の「生命進化のランドスケープ」のアナロジーが持ち出されたりもする。文体のみならず神林作品へのオマージュ的要素がそこここに感じられる（「あれは、当機です！」「自分だろうと、あれは敵だ！」とか）が、本書刊行後に上梓された《雪風》の最新作『アンブロークン アロー 戦闘妖精・雪風』を読むと、神林氏の側からもレスポンスしているような気がしないでもない。

「Freud」では「祖母の家を解体してみたところ、床下から大量のフロイトが」出てくる。その数二十二体。フロイトは（たぶん）あのフロイトである。なんだかよくわからない。或いは或る意味でわかり易過ぎるようでもあるが、この特に役に立ちそうにもないフロイトたちをどうすべきかという難問を巡る親族会議の様子は、かなり笑える。全篇中、もっとも独立性が高いパートと言えるものであり、シュールでナンセンスな小咄として楽しめるが、著者としては、どうやってもついつい万能の利器である「無意識」を解読格子にされてしまう向きへの、あらかじめのツッコミという意図があったのかもわからない。ちなみにフロイトの数は単行本では二十体だったのだが、文庫化にあたり二体増やされた。

第一部のラストに置かれた「Daemon」には、ひさびさに「ジェイムス」が登場する（「Tome」の最後にも一瞬だけ名前が出てくるが）。彼はどことも知れぬ「会議室」で幕僚たちとともに巨大知性体の一種の対人間デバイスである大容量義脳ユグドラシル（北欧神話に於ける「世界樹」の意）と、時空構造の修正作戦について意見を闘わしている。戦況は芳しくない。だがユグドラシルは、「ラプラスの魔（これが表題の由来）」のように、結局のところは何もかもが決定論的に定まっているのだから、いま自分たちがこうして頑張っているからには、計画は最終的（？）には成功（？）するのではないかなどと述べる。これはいわばいわゆる「人間原理」の逆転ヴァージョンみたいなものだろう（巨大知性体は人間ではないが）。「イベント」後とは、要するに起こり得ることが全て起こるというか、起こり得ないことが存在し得ない世界である。ということは時空修正だって当然起こるだろう、というか既に起こった、というかもう起こっている……と、突然ユグドラシルがアンクル・サムから「時空間間弾道弾」が飛んできていると告げ、皆は迎撃態勢に入る。ということはどうやらジェイムスたちは「Event」の敷島たちと戦っているらしい。ということは「Bullet」の最後でリチャードによって語られていたジェイムスの最期（？）は、この戦闘の結果ということなのか？　そうかもしれない。そうでないかもしれない。そうであり、そうではない。

さて、第一部では主に人類と巨大知性体が「イベント」を経て、どうなっていったかが描かれたが、第二部「Farside」冒頭の「Contact」には、更に高次の存在である「超越知性体」が登場する。しかもこんなあまりにもあんまりな台詞と共に。「こんにちは。アルファ・ケンタウリ星人です」。彼らはとっくの昔に人間を思い切り凌駕しているつもりでいた巨大知性体を「計算機」などと呼んで露骨に無視し、何故だかあくまで人間たちに向けてメッセージを発してくる。当然、巨大知性体たちは激怒するが、最初から勝負にならないくらい相手は万能を超える万能というか、「何でもあり」の累乗のごとき存在なのだった。しかもそのファースト・コンタクトの理由といったら……翻訳機代わりにアルファ・ケンタウリ星人に言語知性中枢を乗っ取られた巨大知性体ヒルデガルドは、解放後、一種の宗教的恍惚を表した幻想的な韻文詩による報告書を提出、のちのテクノ・グノーシス派の始祖となる。これに対立するカトリック教導知性体ペンテコステⅡ（ペンテコステは「聖霊降臨」という意味）率いるビンゲン十字軍（十二世紀のドイツに「ビンゲンのヒルデガルド」と呼ばれた女性宗教家・幻視者・作曲家がいた。種村季弘『ビンゲンのヒルデガルトの世界』を参照）、「古文書や異言語、架空言語を専門」とし、やがて自らの意志で長い自閉＝瞑想状態に入った巨大知性体キルヒャー（ルネサンス最大の幻想的科学者アタナシウス・キルヒャーから採ったのだと思う）、そして何と言ってもアルファ・ケンタウリ星で発見されたという、恒星（実は無限次元時空間円柱）の核に埋め込まれた謎の巨大超次元構造物（あとで「トラペゾヘドロン（クトゥルー神話に登場する黒色に輝く多面体のこと）」と呼ばれている）など、後半の幕開けに相応《ふさわ》しく大盤振る舞いともいうべきアイデアの奔出（と放置）が素晴らしい。

「Bomb」にはまたもや「ジェイムス」が登場する。「イベント」やその後に起きていることを一切合切信じようとしない偏屈な医者が持つ意外（？）な能力とは？　医者は言う。

「I believe that P, then P is true.」では全部が好き放題になってしまうと。実は正にそれこそが起こっている事態なのだが。ジェイムスと彼が居る基地を統括する巨大知性体プラトンとの穏やかな対話は絶妙な情感を帯びている。やや箸休め的なエピソードとも思えるが、この後の展開にとって重要なヒントを示唆しているとも思える。「何でもあり」ならば「何でもありの否定」も「あり」にしなくてはならない、という当然の帰結は、あの「ラプラスの魔」に楔を密かに打ち込むことになるからである。

「Japanese」は「日本文字」という謎の言語（「日本語」とは別物らしい）に関する報告書である。「Tome」の「鯰文書」は文法構造の過度の複雑さゆえに解読不能とされていたが、こちらは専《もっぱ》ら文字種類の膨大さと同一文字の頻出度の異常な低さによって巨大知性体にさえ解読を拒んでいる。日本文書は発見される毎に量的に増殖していっており、これも「自己消失」とは反対の「自己増殖」ということで、多くの点で「Tome」の対になるパートだと言える。未来における解読成功を先回りして未知の日本文字を過去にどしどし送り込んでいるレジスタンス的な存在として、「旧日本列島で三百年前に開発されて消息を絶った巨大知性体」だというナガスネヒコ（長髄彦は古事記にも登場する人物で、神武天皇の東征に抵抗した豪族）の名が明かされるが、真実は定かではない。最後のオチはちょっと作り過ぎな気もするが、まあご愛嬌ということで。

次の「Coming Soon」はもう一つの文庫化追加パートである。一見、物語全体に然程《さほど》大きな影響を与えるものとは思えなかった「Bobby-Socks」に較べると、映画予告篇を擬したこのパートの挿入は、この小説自体に甚大な変異を孕《はら》ませる。印象的なシーンがランダムに次々と描かれていくが、楽屋落ち的な趣向も入れつつ、これはもしかすると本当に「続篇」のトレーラーなのではないかという期待を催させる。少女の姿を纏ったユグドラシルと「巨大な異形の石像」に擬態した超超超超越知性体が相見えるシーンは本作中でも最高の見せ場のひとつだろう。「リタ」の再登場も盛り上がる。前述したように「ボビー」も又出てくる。現時点からの作者＝円城塔自身による本作への「批評」であると同時に、敢えてこのポジションに据えられた先回りの「あとがきと次回予告」でもある（この行為自体が本作の論理に従っていることは言うまでもない）ような気がする。

「Yedo」は「江戸」である。いきなり「八丁堀の巨大知性体」と「サブ知性体ハチ」の遣り取りが捕物帳そのもののノリで始まり、思わず何だこれはと思ってしまうが、これもまた巨大知性体たちの深謀遠慮による作戦の一環なのであった。ホトケはサブ知性体おキヨ。十五個のバラバラ死体になって発見された。下手人はどうやら「超越知性体の旦那」らしい。後半展開する八丁堀の推理がヒドい否スゴい。ここまで来ると流石に冗談も大概にしろと言いたくなるかもしれないが、自分の意思とは無関係に、超越知性体との演算戦に颯爽と赴《おもむ》く八丁堀の鯔背《いなせ》な格好よさといったら……実を言うと解説者が特に偏愛する一篇である。

「Sacra」では「三位一体計算」とも「多個体計算」とも「無限位一体計算」とも呼ばれる計画を推進しようとしたペンテコステⅡの「崩壊」に端を発する、巨大知性体による人間の「医療」への干渉（パラケルススという名の巨大知性体も登場する）の顚末が語られる。過去未来改変が自在に可能な「イベント」後の世界（それは一種の「不死」を実現する）における「生命＝魂」の問題に、神学的な思弁を絡ませた、かなり難解なエピソードである。ラストではいわゆる「分離脳」のネタが「三位一体」に引っ掛けて使われている。脳を三分しながらもなお、ひとりの私として在り続ける「私」の静かな悲哀を伝える桜の光景は、とても美しい。

「Infinity」は「リタ」と彼女の祖父のエピソードである。祖父はリタに問いを発する。「この平面宇宙に、お前と限りなく似た女の子が存在するかどうか」。聡明な少女リタは一生懸命考える。彼女の思考は「Writing」や「Box」や「Japanese」と同様、やがて「無限」を巡って旋回してゆく。「他ならぬこの私」を安易に／闇雲に前提することなく、「ほとんど全ての人間には、無限に似通った人間が無限人存在する」という端的な事実を潔く認めつつも、その上で、それでも「私（たち）」の単独性を切り開いてゆこうとすること。これはSF的設定とは別に、現実世界にもまったくもって当て嵌まることだと思う。ラストの一文は感動的である。自己同一性の消失とその恢復というテーマは、前パートとも繫がっている。

「Disappear」では巨大知性体たちの絶滅が物語られる。というか、既にお分かりとは思うが、因果律がなくなり「何でもあり」が実現している以上、彼らはそもそも、とっくの昔にというか、或る意味では始めから絶滅していたので（も）あって、そしてまた当然、絶滅した後もなお、普通に存在し続けている。「何でもあり」の全否定としての「何も無し」も「何でもあり」に含まれてしまうのだから、打ち込まれたと思った楔は要するに最初からそこにあった／なかったのだ。だがそれでもいちおう絶滅は絶滅である。こうして物語はゆっくりとエンディングへ歩み出していく。

「Echo」を本作中で最もリリカルな一篇と呼ぶ事には、多くの読者が同意してくれるだろう。このパートに至って初めて登場する巨大知性体エコーは、以前は生身の人間の女性だった。「イベント」発生よりも前に独自の「時間束理論」によってノーベル賞を受賞、「イベント」の派生現象による事故に遭ったが、事故で喪われた両腕を自作する為に考案した機械―生体合成技術で二度目のノーベル賞を受賞、更に時間束理論を実証するために必要な七キロもの増脳を自分自身に施して三たびノーベル賞を受賞した。次に彼女はなんと「立方体をした非晶質金属体に自分をリプレースした」。そしてその一週間後、何の説明もせず、長い長い沈黙に入ったのだった。

エコーとは言うまでもなくギリシャ神話に現れる、人の声をそのまま送り返すだけの存在、こだまのことである。従ってだから、彼女は「鏡」でもある。彼女は両面の鏡、他者を自身として映し出し反射する装置であるがゆえに、あの巨大知性体たちを凌駕する程の知性を有していたらしい。実際、彼女は巨大知性体の滅亡の理由を知ってさえいる。だが今のエコーは、大方を波に攫《さら》われて、嘗ての立方体の形状さえ留めない姿で、浜辺でただ波に揺られている……コードウェイナー・スミスやロジャー・ゼラズニイの初期短篇（「フロストとベータ」とか）を想起させる好篇である。あとは勿論「Box」の「箱」との相同性も重要。

そして、第二部の終幕を告げるのが「Return」である。ふたたび、リチャードがジェイムスとリタの物語を物語る。「Bullet」で描かれたあの逆向きの狙撃事件の後、さて三人はどうしたのだったか？　あまりにも意外性を欠いた意外な人物が現われ、タイム・パラドックスを絶対成立させない「タイム・パラドックスもの」であったはずの本作は、ここへ来て急に「逆説」を引き受けようとし始める。しかも愚直に、安直に。これまでに散り撒かれた様々な設定やいくつもの固有名詞（しかも未だ出てきてないのまで居る）を如何にも適当に巻き上げながら、この作品は慌ただしくクライマックスを迎える。だがこのクライマックスは、やけにオープニング・シーンに似ているのだ。

ようやく「エピローグ」に辿り着いた（長かったね）。タイトルは「Self-Reference ENGINE」。テクノ・グノーシス派の中心概念は「ネモ・エクス・マキナ＝機械仕掛けの無」だとされていた。「私」は語る。「私の名はSelf-Reference ENGINE。全てを語らないために、あらかじめ設計されなかった、もとより存在していない構造物」。そう語ることによって「私」は存在し始め、あらかじめ存在していたことになり、全てを語り出す／語っている／語り終えた。そう、「何でもあり」が、「何もかも（全ての可能な？）」が、そのまま「何も無し」と通底してしまうのならば、逆もまた真なり。「私は完全に機械的に、完全に決定論的に作動していて、完全に存在していない」。だが、だから当然、こうも言える。「私」こそは、「私」だけが、ここに存在しているのだ。完全に機械的に、かつ決定論的に。

作動し続ける（作動しない）ことで「全て」を駆動する「無」としての「自己言及エンジン」。それをあくまで実態論的に、たとえば「一つの時空構造として作られている」と考えれば、この物語は超超超超ハードSFになる。そして実際、本作はイーガンやチャンや神林や飛にも引けを取らない、押しも押されぬれっきとした「SF」である。だが、実のところはそう考えなくてもよいのだ。「プロローグ」が「Writing」と題されていたことを思い出そう。或いは「Event」における「小説家」の比喩を。ふと語り出すことで存在し出し、何もかもを存在させ出す「無」。それは「小説家」の、「小説」の、「書くこと」の原理に他ならない。

『Self-Reference ENGINE』は、円城塔の他の小説全部がそうであるように、メタフィクションというよりも、メタ＝フィクション、メタとは何であるかを自らに問い続けながら、なのであればフィクション＝虚構とは何であるのかと自問し続ける、セルフ・リファレンシャルな機構＝エンジンである。「書くこと」の不可能性と可能性と不可能性と可能性と不可能性（……）が、そこではぐるぐるぐるぐると延々と回転し続けている。そしてこれはそのまま、何故、この作品が言葉＝文字で書かれた小説であり、何故、円城塔が小説家になったのか、という問いへの答えでもあるだろう。「彼」はある時、ふと突然に、たとえば次の文章を書いてみたのだ。「それから彼女には会っていない」、と。

　というわけで、最後に「その後」の円城塔のプロファイルをざっと述べておく。二〇〇八年一月、二冊目の《ハヤカワＳＦシリーズ　Ｊコレクション》として『Boy's Surface』を刊行。「Boy's Surface」「Goldberg Invariant」「Your Heads Only」「Gernsback Intersection」の四つの中篇を収録した「数理的恋愛小説集」で、表題作は解説者が個人的に最も愛する円城作品である。その後は文芸誌のみならず〈ユリイカ〉や〈思想地図〉等にも旺盛に小説を発表、暫《しば》し単行本は出ていなかったが、二〇〇九年十二月、文芸誌〈群像〉に掲載された同名の中篇に膨大かつややこしい注を付け、ほとんど新たな作品として再生した『烏有此譚』（『オブ・ザ・ベースボール』所収の「つぎの著者につづく」にも同様の注の加筆が施されていたが、こちらの方が遥かに手が込んでいる）を講談社より、二〇一〇年一月に、解説者が編集発行人を務める零細雑誌〈エクス・ポ〉で連載された表題作を含む初めての中短篇集『後藤さんのこと』を早川書房の叢書《想像力の文学》の一冊として刊行している。また、二〇〇九年からTwitter上でも「小説」を夥《おびただ》しく発表、その一部は新城カズマ、枡野浩一等との共著『Twitter小説集　140字の物語』（ディスカヴァー・トゥエンティワン）に収録されている。いっときはややSFから遠ざかっている感もあったが、ここへきて「ムーンシャイン」（『超弦領域　年刊日本SF傑作選』／東京創元社）、神林長平作品のリメイク作「死して咲く花、実のある夢」（『神林長平トリビュート』／早川書房）、「Beaver Weaver」（『NOVA1』／河出書房新社）、「エデン逆行」（〈SFマガジン〉）と、本作を彷彿させる派手なSF的趣向を駆使した力作の中短篇を続々と発表している。今後は、二〇〇九年にバンダイビジュアルのHP「YOMBAN」で連載された初の〝ライトノベル〟長篇『ホワイトスペース』の正式な刊行と、河出書房新社と早川書房から刊行がアナウンスされたままの二冊の書き下ろし長編（？）の完成が待たれる。

では、いたって解説らしく終えることにしよう。よく「デビュー作にはその作家の全てがある」などと言われる。本稿執筆のため、ひさびさに本書を再読した今、思わずそう言ってみたくなる気もついついしてしまうのだが、勿論のこと「全て」などと口にするわけにはいかないということは、読み終えた「あなた」であれば、先刻ご承知だと思う。だから、こう書いておこう。ここには見事なまでに、何も無い。この作家であれ何であれ、意味のあることも無いことも、何一つありはしない。だが同時に、ここでは「円城塔」が始まっており、今も始まり続けている、と。

本書は、二〇〇七年五月に早川書房より単行本
として刊行された作品を文庫化したものです。

神林長平作品

あなたの魂に安らぎあれ
火星を支配するアンドロイド社会で囁かれる終末予言とは!? 記念すべきデビュー長篇。

帝王の殻
携帯型人工脳の集中管理により火星の帝王が誕生する──『あなたの魂～』に続く第二作

膚《はだえ》の下 上下
無垢なる創造主の魂の遍歴。『あなたの魂に安らぎあれ』『帝王の殻』に続く三部作完結

戦闘妖精・雪風〈改〉
未知の異星体に対峙する電子偵察機〈雪風〉と、深井零の孤独な戦い──シリーズ第一作

グッドラック 戦闘妖精・雪風
生還を果たした深井零と新型機〈雪風〉は、さらに苛酷な戦闘領域へ──シリーズ第二作

神林長平作品

狐と踊れ〔新版〕

未来社会の奇妙な人間模様を描いたＳＦコンテスト入選作ほか九篇を収録する第一作品集

言葉使い師

言語活動が禁止された無言世界を描く表題作ほか、神林ＳＦの原点ともいえる六篇を収録

七胴落とし

大人になることはテレパシーの喪失を意味した——子供たちの焦燥と不安を描く青春ＳＦ

プリズム

社会のすべてを管理する浮遊都市制御体に認識されない少年が一人だけいた。連作短篇集

完璧な涙

感情のない少年と非情なる殺戮機械との時空を超えた戦い。その果てに待ち受けるのは？

ハヤカワ文庫

神林長平作品

猶予の月 上下

姉弟は、事象制御装置で自分たちの恋を正当化できる世界のシミュレーションを開始した

Uの世界

「真身を取りもどせ」——そう祖父から告げられた優子は、夢と現実の連鎖のなかへ……

死して咲く花、実のある夢

本隊とはぐれた三人の情報軍兵士が猫を求めて彷徨うのは、生者の世界か死者の世界か？

魂の駆動体

老人が余生を賭けたクルマの設計図が遠未来の人類遺跡から発掘された——著者の新境地

鏡像の敵

SF的アイデアと深い思索が完璧に融合しあった、シャープで高水準な初期傑作短篇集。

神林長平作品

宇宙探査機　迷惑一番

地球連邦宇宙軍・雷獣小隊が遭遇した謎の物体は、次元を超えた大騒動の始まりだった。

蒼いくちづけ

卑劣な計略で命を絶たれたテレパスの少女。その残存思念が、月面都市にもたらした災厄

ルナティカン

アンドロイドに育てられた少年の出生には、月面都市の構造に関わる秘密があった——。

親切がいっぱい

ボランティア斡旋業の良子、突然降ってきた宇宙人〝マロくん〟たちの不思議な〝日常〟

天国にそっくりな星

惑星ヴァルボスに移住した私立探偵のおれは宗教団体がらみの事件で世界の真実を知る!?

神林長平作品

敵は海賊・海賊版

海賊課刑事ラテルとアプロが伝説の宇宙海賊匂冥に挑む！　傑作スペースオペラ第一作。

敵は海賊・猫たちの饗宴

海賊課をクビになったラテルらは、再就職先で仮想現実を現実化する装置に巻き込まれる

敵は海賊・海賊たちの憂鬱

ある政治家の護衛を担当したラテルらであったが、その背後には人知を超えた存在が……

敵は海賊・不敵な休暇

チーフ代理にされたラテルらをしりめに、人間の意識をあやつる特殊捜査官が匂冥に迫る

敵は海賊・海賊課の一日

アプロの六六六回目の誕生日に、不可思議な出来事が次々と……彼は時間を操作できる!?

Boy's Surface

円城　塔

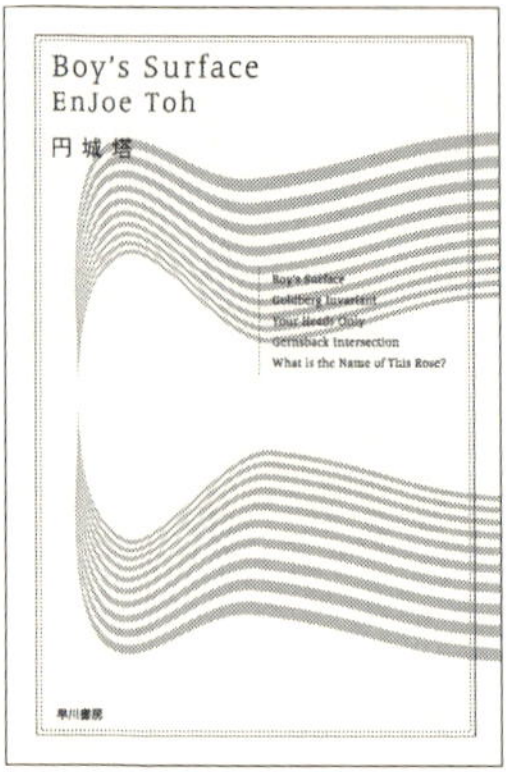

とある数学者の初恋を描く表題作ほか、消息を絶った防衛線の英雄と言語生成アルゴリズムについての思索「Goldberg Invariant」、読者のなかに書き出し、読者から読み出す恋愛小説機関「Your Heads Only」、異なる時間軸の交点に存在する仮想世界で展開される超遠距離恋愛を描いた「Gernsback Intersection」の四篇を収めた数理的恋愛小説集。著者自身が書き下ろした〝解説〟を新規収録。

後藤さんのこと

円城　塔

さまざまな「後藤さん」についての考察が、いつしか宇宙創成の秘密にまでたどりつく表題作ほか、百にもおよぶ断片でつづられる、あまりにも壮大であっけない銀河帝国興亡史「The History of the Decline and Fall of the Galactic Empire」、そしてボーイ・ミーツ・ガール＋時間ＳＦの最新モデル「墓標天球」まで、わけのわからなさがやがて読者を圧倒的な読書の快楽に導く、全6篇＋αを収録。

ハヤカワ文庫

著者略歴　1972年北海道生，作家
著書『Boy's Surface』『後藤さんのこと』（以上早川書房刊）他

HM=Hayakawa Mystery
SF=Science Fiction
JA=Japanese Author
NV=Novel
NF=Nonfiction
FT=Fantasy

Self-Reference ENGINE

〈JA985〉

二〇一〇年二月十五日　発行
二〇一四年三月十五日　八刷
（定価はカバーに表示してあります）

著者　円《えん》城《じょう》塔《とう》
発行者　早川浩
印刷者　大柴正明
発行所　株式会社早川書房
郵便番号　一〇一 - 〇〇四六
東京都千代田区神田多町二ノ二
電話　〇三 - 三二五二 - 三一一一（大代表）
振替　〇〇一六〇 - 三 - 四七七九九
http://www.hayakawa-online.co.jp
乱丁・落丁本は小社制作部宛お送り下さい。
送料小社負担にてお取りかえいたします。

印刷・株式会社亨有堂印刷所　製本・株式会社川島製本所

ISBN978-4-15-030985-5 C0193

本書は活字が大きく読みやすい〈トールサイズ〉です。